Hielo de
invierno

Narrativa
contemporánea

Gestel, Peter van.
    Hielo de invierno / Peter van Gestel ; ilustraciones Daniel
Díaz Tamayo ; traducción Gonzalo Fernández Gómez. -- Edición
Alejandro Villate Uribe. -- Bogotá : Panamericana Editorial, 2018
    328 páginas ; 22 cm. -- (Narrativa contemporánea)
    Título original : *Winterijs*
    ISBN 978-958-30-5720-5
    1. Novela juvenil holandesa 2. Novela histórica 3. Literatura
neerlandesa 4. Holocausto judío (1939-1945) - Ámsterdam
(Holanda) - Novela juvenil 5. Judíos - Ámsterdam (Holanda) -
Novela juvenil I. Díaz Tamayo, Daniel, ilustrador II. Fernández
Gómez, Gonzalo, traductor III. Villate Uribe, Alejandro, editor
IV. Tít. V. Serie.
839.313 cd 21 ed.
A1591515

        CEP-Banco de la República-Biblioteca Luis Ángel Arango

N ederlands
letterenfonds
dutch foundation
for literature

 Reino de los Países Bajos

Este libro fue publicado con el apoyo de la Fundación Neerlandesa de Letras
y la Embajada del Reino de los Países Bajos

Primera edición en Panamericana Editorial Ltda.,
abril de 2018
Título original: *Winterijs*
© 2001 Peter van Gestel
© 2010 Uitgeverij De Fontein
© 2015 Panamericana Editorial Ltda.
de la versión en español
Calle 12 No. 34-30, Tel.: (57 1) 3649000
www.panamericanaeditorial.com
Tienda virtual: www.panamericana.com.co
Bogotá D. C., Colombia

Editor
Panamericana Editorial Ltda.
Edición
Alejandro Villate Uribe
Traducción del neerlandés
Gonzalo Fernández Gómez
Diagramación y diseño de carátula
Martha Cadena / Jonathan Duque
Caligrafía de carátula
© Daniel Díaz Tamayo (El Fox)
Fotografía de carátula
© Sophie Laubert - Shutterstock.com

ISBN 978-958-30-5720-5

Hielo de
invierno

Peter van Gestel
Traducción GONZALO FERNÁNDEZ GÓMEZ

PANAMERICANA
E D I T O R I A L
Colombia • México • Perú

A Daniël K.

Nieve de antaño
que no quiere derretirse.

Remco Campert, *Días en Ámsterdam*

El verano sin nubes y sin lluvia

ES PLENO VERANO. Hoy hemos vuelto a casa mi padre y yo. Ya estamos otra vez en Ámsterdam. En la cocina hay hormigas y las camas están llenas de pulgas. Nuestra única planta tiene las hojas amarillas.

En la foto del calendario aparecen tres gorriones junto a una maceta. Debajo dice: "Marzo 1947".

Marzo ya quedó atrás hace tiempo, pero tengo que decirle a la tía Fie que no arranque la página de los tres gorriones. Por mi padre no tengo que preocuparme, porque él no toca el calendario. Y yo no necesito un calendario para saber en qué día vivo. Lo tengo todo en la cabeza. Hoy es domingo 3 de agosto. Los pájaros trinan en los árboles.

Los últimos cuatro meses hemos estado en Apeldoorn como inquilinos de un viudo más viejo que la sarna.

En la casa había goteras hasta cuando no llovía.

El viudo apenas se dejaba ver. Cuando se cruzaba conmigo en el pasillo ponía cara de susto. A veces se encerraba en el baño y parecía que no iba a salir nunca. Sus expectoraciones se oían desde el jardín. Yo no sé cómo lo hago, pero siempre que el baño está ocupado resulta que tengo unas ganas terribles de orinar. Había veces que casi me hacía en el pantalón en aquella maldita casa de Apeldoorn.

La cocina olía a leche cortada, por lo que yo la evitaba como a la peste. Mi padre podía usar la cocina a partir de las seis para preparar nuestra comida. El viudo comía caliente a las doce del día. Él solo, en la cocina. Una vez me asomé a escondidas desde el jardín y lo vi chupando el plato. Cuando se dio cuenta de que lo estaba mirando, escondió la cara detrás del plato. Seguro que pensó: "Si yo no veo a ese mocoso, él tampoco me ve a mí".

Mi padre y yo dormíamos juntos en una cama de matrimonio que chirriaba que daba gusto. El colchón era tan blando que nos hundíamos. Cuando no podía dormir, me ponía a dar vueltas en la cama y casi siempre despertaba a mi padre. Las protestas que farfullaba me servían de arrullo y por fin me quedaba dormido.

Por desgracia, en Apeldoorn también hay escuelas. En clase me sentía como un forastero. Los pueblerinos me ignoraban por completo durante las largas jornadas escolares, tanto en los pasillos como en el aula. No me tiraban del pelo, no me escupían en la cara y no me ponían zancadillas para ver cómo me caía de bruces. Eran tan sosos que ni siquiera se les ocurrían esas cosas. Su docilidad me ponía de mal genio.

La maestra tampoco me prestaba la más mínima atención. El primer día pensé que me hacía una mueca para verme reír, pero enseguida me di cuenta de que repetía el mismo gesto cada dos por tres. No era más que un tic. Qué chasco. Una vez, en mi turno de lectura, leí el texto en voz alta y clara, articulando bien las palabras y dándoles la entonación adecuada, y ella me dijo:

—Eres un teatrero. Aquí no leemos así.

El tiempo fue mejorando poco a poco.

El invierno parecía cosa de un pasado lejano. A veces me preguntaba si realmente hubo alguna vez invierno.

Mi padre estuvo empleado durante cuatro meses en Apeldoorn como trabajador social en una fábrica de cartón donde hacían cajas de todos los tamaños. Su labor consistía en consolar a las muchachitas de la fábrica cuando alguien las tiraba del pelo o les daba un pellizco en el culo, o cuando lloriqueaban sin ningún motivo. El que necesitaba consuelo, sin embargo, era mi padre, que echaba de menos Ámsterdam. Pero yo no sé cómo es eso de consolar a los demás. Además, yo también echaba de menos la capital.

Un buen día despidieron a mi padre del trabajo. Todos los días llegaba tarde a la fábrica y se iba antes de la hora. Y eso, como él mismo dijo, no les hacía mucha gracia a los patrones.

Ahora estamos de vuelta en Ámsterdam y vivimos en nuestra propia casa.

Yo estoy de vacaciones.

Dentro de unas semanas empiezo un nuevo curso en mi escuela de toda la vida, donde me tirarán del pelo como siempre y el maestro no me llamará teatrero cuando lea en voz alta.

La casa está todavía muy desangelada. Hay tanto polvo en todas partes que basta soplar un poco en cualquier sitio para levantar una nube. Da pena ver los ceniceros de lo vacíos que están. Solo hay dos colillas minúsculas en la encimera de la cocina.

Mi padre siempre ha sido un desastre..., y siempre lo será.

Lo que no quiero es que le vuelva a salir un trabajo lejos de casa. No quiero moverme de Ámsterdam y tampoco quiero tener que ir a pasar otra temporada en casa de la tía Fie. La tía Fie siempre me da coles de Bruselas o coliflor y todas las mañanas me veo en aprietos para encontrar mi manopla de baño y mi cepillo de dientes, y por las noches no me deja poner la radio porque a esas horas siempre le duele la cabeza. Mi padre tampoco me deja poner la radio, pero a él no le hago ni caso.

Este es el verano más caluroso de mi vida.

Aunque eso no quiere decir nada, porque solo tengo diez años.

Estoy junto a la ventana mirando las fachadas traseras de Weteringschans. Los jardincitos particulares, que dan al canal, están descuidados y llenos de trastos.

Mi padre está echando una siesta.

Un niño de unos seis años corretea por la cubierta de una gabarra carbonera. Lleva un sombrero de paja adornado con dos flores rojas. Su madre no tardará en darse cuenta de que ha desaparecido su sombrero. Entonces saldrá a la ventana y le pegará un grito a su hijo para que vuelva a casa como un rayo.

Mis pensamientos me trasladan al largo y frío invierno.

En la escalera, entre el correo acumulado durante nuestra ausencia, había una carta de Zwaan. En el sobre decía "Para Thomas Vrij", y la carta empezaba con "Querido Thomas". Ya la he leído veinte veces. Zwaan se ha ido a Estados Unidos en barco y ahora vive en Brooklyn, un barrio de Nueva York.

Mi historia

QUIERO CONTAR MI HISTORIA. La historia de mi amistad con Zwaan y con Bet, la historia del frío, el hielo de invierno en Ámsterdam y el deshielo que vino a poner fin a todo. ¿Cómo se empieza una historia? Y ¿a quién se le puede contar?

Un chico nuevo en clase

EMPEZARÉ CON CUALQUIER COSA. Hace más de año y medio murió mi madre; para ser exactos, el segundo día de Navidad[1] de 1945, es decir, poco después de que terminara la guerra. Al año siguiente, cuando llegó la Navidad, no pusimos árbol ni nada. En la escuela, si había que cantar villancicos, yo no cantaba y nadie se daba cuenta.

Las primeras semanas después del entierro, mi padre salía por las noches a deambular por la ciudad pensando que yo dormía tranquilamente. Nada más lejos de la realidad: yo tenía los ojos cerrados, pero estaba despierto. Por aquella época, mi padre hacía otras muchas cosas raras, como poner la tetera a calentar sin agua o hablar con un grifo congelado, lo cual no servía de nada. Yo le di un puñetazo a ese maldito grifo, pero tampoco solucioné nada. Mi padre lo tenía todo manga por hombro y a veces se quedaba ensimismado mirándose los zapatos.

La tía Fie vino a buscarme.

—Ya llevas demasiado tiempo sin lavarte los pies, jovencito —me dijo—. Te vas a venir una semana con nosotros.

—Y ¿papá? —pregunté yo.

---

1. N. del T.: En Holanda la Navidad se celebra durante dos días. El 25 de diciembre se denomina "primer día de Navidad", y el 26 de diciembre, "segundo día de Navidad".

—No te preocupes —contestó la tía Fie—, que no le quitaremos el ojo de encima.

Mi tía no sabe nada de niños como yo. En la calle me obligó a darle la mano. ¡A quién se le ocurre! Me sentía ridículo. Al cabo de dos semanas me trajo de vuelta a la casa de Lijnbaansgracht. Así se llama el canal donde vivo con mi padre, que para entonces ya se había afeitado y, por suerte, no se había olvidado de mí.

Cuando enterraron a mi madre yo todavía estaba de vacaciones. Mi padre no publicó ninguna esquela en los periódicos, por lo que en la escuela nadie sabía nada. Yo tampoco dije nada. Cuando alguien me daba un empujón en el pasillo o me pegaba el envoltorio de un caramelo en la espalda, yo decía:

—Se lo voy a decir a mi madre.

Mi escuela primaria está en la calle Voormalige Stadstimmertuin, cerca del río Amstel. Pero desde la ventana no se ve el agua. Para entrar a la escuela hay que pasar primero por un portón.

El edificio es espantoso.

Siempre se me olvida dónde he colgado el abrigo. Muchas veces, cuando son las tres, creo que ya son las cuatro.

Seis meses después de que muriera mi madre, pasé de tercero a cuarto. El primer día de clases tras las vacaciones de verano me enviaron a una nueva aula. Era más grande que la del curso anterior, pero los pupitres eran igual de pequeños. Daan Vrolijk seguía estando demasiado pegado a mí y, como de costumbre, apestaba a alquitrán. Sus eructos olían a gachas de avena.

Un hombre larguirucho se plantó delante de la pizarra.

Por fin teníamos un maestro. Lo miramos expectantes. Durante los tres primeros cursos habíamos tenido una maestra demasiado vieja que nos tenía martirizados. Si pasabas la página del libro de lectura antes de lo que ella consideraba oportuno, te llamaba a su mesa y te pegaba diez reglazos en la palma de la mano derecha. Los demás iban contando los golpes en voz alta. Además, se pasaba el día entero regañándonos: "Endereza la espalda", "Cruza los brazos", "No arrastres los pies…".

—Soy el maestro Kollewijn —dijo el larguirucho—. Vayan diciendo su nombre por turnos, empezando por la primera hilera a la izquierda y terminando en la última hilera a la derecha.

El único que dijo su nombre antes de que le tocara fue Daan Vrolijk, pero el maestro no se enfadó. Cuando terminamos de decir nuestros nombres se abrió la puerta.

Un chico completamente desconocido entró al aula y todos nos quedamos mirándolo en silencio.

¿Qué se le podía haber perdido a aquel tipo en nuestra clase?

—Y ¿tú quién eres? —le preguntó el maestro.

El muchacho sostenía una cartera apretada contra su cuerpo y llevaba un abrigo negro de un modelo que solo se ponían los señores mayores. Tenía el pelo oscuro con alguno que otro rizo lánguido. No era muy alto. Lo más seguro es que fuera de tercero.

—Soy Piet Zwaan —se presentó—. Es mi primer día en esta escuela.

—Ah, sí —dijo el maestro—, ya me lo había dicho el director. Siéntate ahí, en la última hilera a la izquierda. Es la primera y la última vez que llegas tarde a clase.

Piet Zwaan se sentó en la última hilera, donde no había ningún otro alumno, y sacó de la cartera un cuaderno sin prestar atención a nadie, pero bajo la atenta mirada de todos. Era tan formalito que ponía los pelos de punta.

—Ese es un pendejo —susurró Ollie Wildeman detrás de mí.

Yo asentí firmemente con la cabeza.

Ollie Wildeman ya ha repetido curso dos veces y todo el mundo le tiene más miedo que a un nublado, porque es muy grandulón y a la menor provocación se pone a repartir coscorrones.

Un día lluvioso de octubre hablé por primera vez con Piet Zwaan. Ya habían dado las cuatro. Pasé por delante de un aula y lo vi de pie entre los pupitres vacíos. La puerta estaba abierta. Cuando me vio, se rascó la cabeza con timidez y sonrió. Lo había pillado in fraganti y no me podía quedar sin decirle nada. Me acerqué a él con paso firme.

—¿Qué haces aquí? —le dije—. Esta no es tu clase.

—¿Sabías que esto antes era el Liceo Judío?

—No… —contesté.

—Después de la guerra ocuparon el edificio.

—¿Por qué? —pregunté.

—Porque estaba vacío. ¿Tú no sabes nada, Tommie, o qué?

—Mi padre me llama Thomas.

El invierno de la nieve dura y compacta

MEDIADOS DE FEBRERO. Ya hacía casi dos años que había terminado la guerra. Mi padre no tenía trabajo, el invierno era gélido y todos los canales estaban helados. La nieve acumulada sobre el hielo se había ido prensando hasta formar una capa dura de color grisáceo. Yo me daba tantos trompazos que siempre tenía costras de sangre en las rodillas.

Martes por la mañana. La estufa grande estaba al rojo vivo. El maestro se había quitado la chaqueta y nos miraba con las manos en los bolsillos, apoyado contra la pizarra con un cigarrillo en la comisura de los labios. Aquella actitud solo podía ser el preludio de alguna de sus fabulosas historias y me estremecí anticipando el placer de escuchar la narración.

El maestro es un tipo muy fornido para su edad.

Tiene el pelo gris. Cada dos por tres se pasa por la cabeza un peine que lleva siempre asomando en el bolsillo de la camisa. A veces se pone como un basilisco y reparte guantazos a derecha e izquierda. Cuando terminan las clases se mete al gimnasio y se cuelga de las anillas o hace ejercicios sobre el potro con las piernas perfectamente estiradas.

—¿Quién puede contarme algo de la Primera Guerra Mundial?

Piet Zwaan levantó la mano. Siempre lo sabía todo. Qué niño más repelente.

—En la Primera Guerra Mundial fuimos neutrales —dijo—. No participamos. Y también perdieron los alemanes.

—Hay que decir *señor maestro*, jovencito —lo reprendió el profesor—. Y no te des tantas ínfulas, que como sigas así te veo con bigote y várices antes de cumplir los quince.

—Como usted diga, *señor maestro* —contestó Piet Zwaan.

El maestro cerró un ojo.

—No me gusta ese tonito con el que hablas.

Todos miramos a Piet Zwaan. Si el maestro nos ponía ahora a hacer sumas en vez de contarnos una de sus historias, sería culpa de Piet.

—Yo estaba en el servicio militar y era una especie de Jan Kordaat[2] —dijo el maestro—. Fue la mejor época de mi vida. Disfrutábamos a lo grande todos los días, aunque tuviéramos que arrastrarnos por el barro.

Liesje Overwater levantó la mano.

—¿Mató usted a algún alemán, señor maestro?

—Nosotros éramos neutrales —contestó el maestro imperturbable—. Ya lo ha dicho el señorito Zwaan, que tanto sabe. Pero teníamos que estar preparados en todo momento para cualquier contingencia. Todas las mañanas

2. N. del T.: Jan Kordaat (que se podría traducir como *Juan el intrépido*) es la denominación en neerlandés de un héroe de cómic belga (su nombre original en francés era Jean Valhardi). Apareció por primera vez en 1941. En la Bélgica ocupada por los nazis, Jan Kordaat representaba el ideal de la justicia moral.

les sacábamos brillo a los botones del uniforme y limpiábamos el cañón del fusil. Pero los canallas de los alemanes no pusieron ni un pie en nuestro país. Si hubieran venido, habría disparado contra ellos sin pedirles ninguna explicación.

El maestro agarró la vara de la pizarra, dio un paso al frente y nos apuntó como si fuera un fusil.

—¡Pam, pam, pam! —Fingió disparar.

Nos echamos a reír a carcajadas.

—En mi etapa de soldado —dijo el maestro cuando volvió la calma—, tuve ocasión de conocer hasta el último rincón de nuestro hermoso país. Marchábamos por dunas y valles, con el fusil y el morral a la espalda. El sol brillaba en el cielo. Las muchachas de las granjas nos saludaban al pasar. Nosotros nos acercábamos y les ofrecíamos una chocolatina Kwatta a aquellas encantadoras muchachas lozanas de cabellos rubios. Ellas, a cambio, nos daban un beso. Olían a leche y a mantequilla. Yo me casé con la más dulce de todas y ahora me espera todos los días en casa y me remienda los calcetines.

Suspiros en la audiencia.

—Yo cogía zarzamoras para ella cuando todavía no sabía ni cómo se llamaba. Una vez le puse una zarzamora en los labios con mucha delicadeza. Ella cerró los ojos y se ruborizó.

El maestro hizo una pausa. En el aula reinaba un silencio expectante.

Yo cerré los ojos y pensé en Liesje Overwater. Me pregunté si algún día me dejaría ponerle una zarzamora en los labios.

—Pero había que tener mucho cuidado para no mancharse el uniforme de rojo —continuó el maestro—, porque entonces los superiores tronaban y te ponían a pelar diez cubos de papas.

De pronto entró el director. Miró al maestro y carraspeó tapándose la boca con la mano. El maestro se puso rápidamente la chaqueta.

—Tengo que hablar con ustedes —dijo el director—. Deben saber que la madre de Thomas Vrij falleció el año pasado y eso es algo muy triste. La señorita Willemse me ha contado que se meten con Tommie. No vuelvan a hacerlo. No cuesta nada ser amable con el prójimo.

Dicho eso, se dio media vuelta y se marchó.

Solo un director de escuela podía ser tan imbécil. Y mi padre, que era quien se lo había contado, era otro imbécil. Pero la más imbécil de todas era la señorita Willemse, por meterse donde nadie la llamaba. Lo único que habían conseguido era darle ideas a toda la chusma que me rodea. Cuando el maestro se volvió hacia la pizarra, Ollie Wildeman me pasó la mano con firmeza por el pelo. ¿De qué me servía eso?

Tras el estúpido discursito del director, miré disimuladamente a mi alrededor. Piet Zwaan, que nunca prestaba atención a los demás, me estaba mirando. Pero me daba igual.

Lástima que no me mirara Liesje Overwater. Su pupitre está delante del mío, pero en diagonal. Liesje Overwater es rubia y a cada lado de su cabeza asoma un trocito de oreja entre sus largos mechones de pelo.

En clase podía mirarla interminablemente sin que ella se diera cuenta. Cuando la mandaban salir a la pizarra y no sabía decir nada sobre los bátavos o lo que fuera, se frotaba la nariz con la palma de la mano y abría tanto sus ojos azules que yo me sumergía en deliciosas ensoñaciones.

Yo estaba loquito por Liesje Overwater, pero ella no lo sabía. Cuando le pedía un borrador se hacía la sorda y a mí me entraba un ataque de nervios.

Liesje Overwater solo habla con las demás chicas. Dios sabrá por qué. Esa es la costumbre en nuestra escuela, y yo no puedo hacer nada por cambiarlo.

Al salir de clase vi a Piet Zwaan delante de mi casa. Estaba él solo en el hielo del canal, mirando la capa de nieve compacta. De pronto levantó la vista hacia mí. Bajé al hielo de un salto y me acerqué a él.

Piet sonrió y golpeó con el pie la superficie helada del canal.

—Es hielo de invierno —dijo—. A lo mejor ya no se derrite nunca. El invierno podría durar eternamente. Aunque también podría empezar el deshielo en cualquier momento. A mí me gusta el frío. Por mí, que no se acabe el invierno.

—Pues vaya… —murmuré yo.

—Se meten contigo, ¿verdad? —Cambió repentinamente de tema—. No lo sabía…

—No es lo que parece —contesté—. El padre de Ollie Wildeman es carbonero. De vez en cuando nos da un saco de carbón. Y la semana pasada me invitaron a un tazón de sopa de guisantes en su casa.

Piet Zwaan esbozó una sonrisa burlona.

—A mí no me gusta la sopa de guisantes.

—Ollie hace a veces como si se metiera conmigo —continué yo—. Pero yo sé que es puro teatro. Sus trompadas no me hacen daño. Si grito es solo por darle gusto.

Piet Zwaan entrecerró los ojos.

—No lo sabía…

—¿Qué?

—Lo de tu madre.

—Y ¿a ti eso qué te importa? Ya hace mucho tiempo que está muerta.

Piet Zwaan seguía mirándome, pero no decía nada.

—Que te parta un rayo —le dije.

Me di media vuelta y me alejé de él.

Miércoles por la tarde. Iba paseando por la calle Utrecht, camino al Cineac, con las últimas monedas de mi padre bien apretadas en el puño.

Tremendo sobresalto me llevé al ver a Liesje Overwater un poco más adelante, caminando en la misma dirección que yo. La reconocí por el pelo y los trocitos de oreja que asoman a ambos lados de su cabeza. Nunca me había fijado en lo delgadas que tiene las piernas.

—"Madre, si me compras medias —canté entre dientes—, cómpramelas con pantorrilleras, que los chicos dicen que tengo canillas en vez de piernas"[3].

Llevaba una bolsa de la que asomaba un pan. Iba andando tan despacio que tuve que reducir el paso para no chocarme con ella. Me fijé en el pan. A lo mejor acababa de salir del horno y estaba todavía caliente.

Pensé que podía acercarme disimuladamente, agacharme y pegarle un mordisco.

---

3. N. del T.: Antigua canción infantil holandesa. Adaptación libre.

Pero no tenía agallas para hacer algo así.

Crucé la calle, eché a correr a toda velocidad por la otra acera —no me caí de un resbalón de milagro—, volví a cruzar y caminé con toda parsimonia en dirección a Liesje Overwater. ¡La cara que puso! Como quien ve pasar el viento. Cuando me crucé con ella, vi que el pan tenía un mordisquito. Me detuve y me volví hacia ella.

—¿Estaba rico? —le pregunté.

Pero ella siguió andando con la determinación de quien solo oye lo que quiere oír. Fuera de la escuela yo no existía para ella, por mucho que gritara o muchas monerías que hiciera.

A la altura del Vana[4] vi a mi padre por detrás. Iba cargado con dos bolsas llenas de carbón, una en cada mano: el equilibrio perfecto. Había ido a buscarlo a casa de la tía Fie. Iba con la mirada clavada en el suelo para no resbalarse con el hielo, por lo que parecía más encorvado que de costumbre.

Yo me detuve.

Últimamente, mi padre no hacía más que protestar por el precio del carbón, la margarina y el queso. Todo era demasiado caro para nosotros. A mí me atacaba los nervios. A causa de sus continuas quejas, la guerra parecía más reciente que la muerte de mi madre.

Pero ahora que lo veía cargado con el carbón me pareció un encanto de hombre. Por la noche la casa estaría calentita, lo cual era una excelente noticia, pero me di media vuelta y continué en la dirección opuesta. Ya bastante veía

4. N. del T.: Antigua cadena holandesa de tiendas de comestibles.

a mi padre en casa. Además, malditas las ganas que tenía de cargar con peso. Yo lo que quería era ir al Cineac.

Por la noche, la estufa crepitaba que daba gusto. Y a su lado había un cubo lleno de carbón.

Mi padre y yo no cabíamos en nosotros mismos de felicidad. Con las almohadas de la cama en el respaldo de nuestros butacones de madera y los pies apoyados en sendas cajas de madera invertidas, nos pusimos rosaditos del calor.

Todavía no llevábamos ni un minuto sentados y mi padre ya estaba soñando despierto. Empecé a hacerle muecas, pero él ni se inmutaba. De vez en cuando sonreía embobado por alguna cosa que le venía a la cabeza, no por lo que veía con los ojos. Lo saqué de su ensueño con una pedorreta y me miró sorprendido como si de pronto cayera en la cuenta de que no estaba solo. "Vaya, si también está aquí mi hijo —vi que pensaba—. ¡Qué bien!".

—Voy a ir preparando las papas —dijo—. Pon tú la mesa, Thomas.

La mesa estuvo puesta en menos de lo que canta un gallo.

Mi padre pelaba las papas cuando ya estaban cocidas. Con sus manos inmunes al calor, las puso con solemnidad en mi plato. Detrás de la estufa se estaba calentando la salsa en la tetera con el pitorro roto de la tía Fie. Mi tía es capaz de hacer una salsa con un hueso y media cebolla. También había compota de manzana. Trituré mis papas, las mezclé con la compota y la salsa y en un dos por tres di buena cuenta de aquella pasta caliente, ligeramente dulce.

—Haces mucho ruido al comer, Thomas —me amonestó mi padre.

—Podría comerme diez raciones más como esta.

Al decir eso, me entró hipo. Cada vez que hipaba nos sobresaltábamos los dos, lo cual resultaba muy divertido.

—El hambre se puede aplacar —dijo de repente mi padre—, pero las penas, no.

Ya empezábamos: lágrimas en sus ojos. Bobadas. Cuando mi madre todavía vivía, mi padre también lloraba en los momentos más extraños.

—¿Sabes cómo se puede aplacar una pena? —me preguntó.

Yo no lo sabía y tampoco lo quería saber.

—Con más penas.

Aquello me hizo reír.

—¿Por qué te ríes, Thomas?

—Por los nervios —contesté.

—¿Te estás riendo de mí?

—¿Por qué no comes? —Intenté cambiar de tema.

—Porque ya comí ayer.

—Ese chiste es muy viejo. Ya me lo sabía.

—Eso me temía. No tengo chistes nuevos para ti, ya te los he contado todos.

Más tarde, esa misma noche, mi padre se sentó solo a la mesa con un voluminoso cuaderno con tapas de cartón pintado. A juzgar por su mirada, cualquiera diría que tenía una aguja clavada en el cuello.

—¿Te duelen las muelas? —le pregunté.

—No —contestó él—, estoy trabajando.

—Y ¿eso duele?

—Bueno… —murmuró—. Tú todavía no sabes nada de eso.

—¿Qué escribes?

—De todo.

—¿Cosas de la guerra?

—No. La guerra es todavía demasiado reciente para escribir de ella. Y tú ya te tienes que ir a la cama.

—¿Por qué comemos siempre pan duro?

—A veces comemos pan del día.

—Yo hoy he comido pan recién hecho. Me han ofrecido un buen pedazo.

—¡Por favor, qué miseria! No deberías aceptarlo.

—Primero dije que no. Luego dije otra vez que no, pero a la tercera me lo comí. Todavía estaba calentito.

—Debes tener cuidado con los extraños. Ya bastantes preocupaciones tengo.

—¿Extraños? ¡Nada de extraños! Era una chica de esas que tú llamas huerfanitas.

—Y ¿cuándo he llamado yo *huerfanita* a alguien?

—En la guerra. Una vez vimos pasar a una chica con un carrito de bebé lleno de trastos, ¿no te acuerdas? Tú dijiste: "Mira, una huerfanita". Yo te pregunté que cómo sabías que era huérfana, y tú contestaste que las muchachas que andan por ahí solas como alma en pena viven en el orfanato.

—¿Dije "como alma en pena"?

—Sí. La tía Fie dice que yo soy mediohuérfano.

Mi padre no pudo reprimir una carcajada.

—Los mediohuérfanos no existen —dijo—. Vamos, a la cama, que si no, le digo a la tía Fie que no te ha gustado su salsa.

La luz de encima de la mesa siguió encendida, porque si no mi padre no podía trabajar. Es decir que la habitación del pasillo, que es donde están nuestras camas, no estaba demasiado oscura. Como a mí me gusta. Porque una vez que me quedo dormido me da igual que haya una bombilla encendida y mientras todavía estoy despierto, la oscuridad absoluta es demasiado oscura.

Me metí en la cama. Estaba muy cansado para leer. Es más, estaba tan cansado que ni siquiera conseguía dormirme. Me quedé un rato mirando al techo con la mente en blanco. Mi padre suele decir que cuando no puedes dormir hay que pensar en todo lo que has hecho durante el día, porque entonces, los pensamientos se transforman sin darte cuenta en sueños.

Él estaba sentado de espaldas a mí, pero yo sabía perfectamente cuándo estaba escribiendo y cuándo dejaba la pluma. Fumaba un cigarrillo detrás de otro y era como si el humo le saliera de la nuca. La tía Fie siempre dice que mi padre se fuma un costal por semana.

Mi padre dice que él no es más que un *juntaletras*, pero otros aseguran que es un escritor. En cualquier caso, muy bien de la cabeza no está, porque dice cosas como: "Solo soy capaz de pensar cuando escribo", y otras tonterías por el estilo. Yo no quiero ser escritor cuando sea mayor. No va conmigo. Inventarse un libro entero me parece un verdadero suplicio. Se te encorva la espalda y nunca tienes tiempo para jugar al dominó con tu hijo.

Dos chicos abandonados a su suerte

LOS DOMINGOS POR LA MAÑANA iba a casa de la tía Fie a comer mi *tompouce*[5] semanal. A veces me pongo a pensar en la tía Fie sin darme cuenta. Mi madre era su hermana pequeña. Tenía dos años menos que ella. Una vez, hace mucho, una niña me dijo: "Yo solo tengo seis años y tú ocho, o sea que tú te vas a morir antes que yo". No pude menos que darle la razón. Pero estaba equivocada, porque mi madre ya murió y la tía Fie sigue viva y coleando.

En la calle Van Wou no había ni un alma. Un perro lanudo husmeaba entre los cubos de basura. Tenía hambre, igual que yo. Pero con ese abrigo de piel, seguro que no tenía tanto frío como yo.

De las chimeneas, en lo alto de las casas, salían columnas de humo gris. Para verlas tenía que levantar tanto la cabeza que me entraba dolor de cuello.

Mis manos eran bloques de hielo. Se me habían vuelto a perder las manoplas. Como se diera cuenta la tía Fie, seguro que me tejía unas nuevas con la lana esa de tricotar que pica tanto. Una vez me hizo unos calzoncillos de punto y después de un día en la escuela me acabé irritando.

La calle Tellegen, donde vive la tía Fie, no está demasiado lejos. Lo que más me llama la atención de esa calle

5. N. del T.: Pastel típico holandés similar a las milhojas. Consiste en dos capas de hojaldre rellenas de crema pastelera y recubiertas de un glaseado normalmente rosa.

son las impecables fachadas de ladrillo y las ventanitas cuadradas de las casas. En la calle Tellegen, el domingo es mucho más domingo que en otros sitios.

La tía Fie estaba regando los geranios en la ventana de la mitad de la planta de arriba. Cuando me vio se puso a saludar efusivamente. Subí la escalera corriendo. Se notaba que hacía la visita con gusto.

El balde ya estaba listo en la sala. La tía Fie tenía en la mano un cubo de agua caliente y llenó el balde sin derramar ni una gota en el suelo.

Por suerte, era domingo.

Eso quería decir que no estaban las risueñas jovencitas que iban entre semana a casa de la tía Fie a recibir clases de corte y confección. No me gusta estar allí sentado como un viejo, con los pies metidos en un balde de agua caliente mientras aquellas muchachas de dieciocho años mariposean a mi alrededor. Siempre se ríen de mí, lo cual no quiere decir nada, porque se ríen de todo lo que ven y todo lo que oyen.

Me senté en la butaca de plumas que pinchan. La tía Fie se agachó delante de mí para quitarme las botas. Desde arriba le veía la coronilla y percibí el olor amargo del champú que utilizaba mi madre.

Sacó los calcetines de mis botas de caucho.

—Voy a lavarlos bien y a remendarlos —dijo—. Detrás de la estufa se secan en un santiamén.

Metí los pies en el agua.

—¡Uy, qué caliente! —exclamé como de costumbre.

Bajé la mirada hacia el balde, porque no hacía falta que mi tía supiera que los ojos me hacían chiribitas de puro placer.

—¿Dónde está el tío Fred? —pregunté cuando la tía Fie colgó los calcetines recién lavados junto a la estufa.

—Se fue a una sala de esas donde proyectan documentales de naturaleza africana los domingos por la mañana. A tu tío lo vuelven loco, y ¿sabes por qué?

Yo negué de inmediato con la cabeza, porque no tenía ni la menor idea.

La tía Fie empezó a bailar por la sala, meneando el fondillo y haciendo un movimiento de ola con los brazos. No me podía creer lo que estaba viendo.

—Por las jovencitas zulúes —dijo muy jocunda—. A las africanas les gusta cantar y bailar en cueros, y cualquiera puede entrar a mirarlas por cincuenta céntimos.

Para ocultar mi rubor, me miré los dedos de los pies. Se me habían puesto blancos por el agua caliente.

—A tu tío la naturaleza africana lo trae sin cuidado —añadió—. A él lo que le gustan son los culitos negros.

Yo no dije nada. Había oído rumores de que mi tío Fred estaba como loco por hacer fotos desnudas a las muchachitas casaderas de la clase de corte y confección. Pero la tía Fie no lo permitía. Al tío Fred lo que le gustaría es ser un fotógrafo de verdad, pero no lo es. Tiene un trabajo muy aburrido en una oficina y allí no puede molestar a la gente todo el rato con sus fotografías. La tía Fie quiere que haga fotografías de bodegones, porque es lo que a ella le gusta, de modo que eso es lo que hace mi tío Fred. Las paredes de la sala están llenas de sus bodegones: un huevo enorme con una cuchara al lado, una jarra y una pera con sombras muy alargadas, y dos limones tan exageradamente grandes que ni siquiera se ve que son limones. Muy aburrido todo.

La tía Fie dejó de bailar.

—¿Quieres ya tu *tompouce*?

—¿Están ya secos mis calcetines?

—No. Y hasta que estén secos no puedo remendarlos. ¿No trajiste la tetera?

—No, se me olvidó.

La tía Fie suspiró.

—Me tienes preocupada, jovencito —dijo—. A veces me despierto angustiada por la noche y me pongo a darles vueltas a tus cosas. "Ese muchacho se va a echar a perder", pienso. ¡Qué hace ahí metido en casa con la cabeza llena de serrín! Y tu padre no puede hacer nada, porque es un artista. Ya le decía yo a tu madre que no se casara con un artista, que saliera con él a divertirse si quería, pero que no metiera en casa a un hombre que anda todo el día en las nubes. Pero ella era muy cabezona y se acabó casando con él. En la boda, tu madre llevaba un sombrero mío y tu padre una corbata muy elegante pero manchada. Un año después naciste tú. Tu madre estaba como loca contigo, pero claro, también quería salir a bailar y divertirse, y entonces te dejaba conmigo y yo te bañaba. A ti te encantaba. En cuanto te sacaba del agua para secarte, empezabas a lloriquear. Pero ahora solo tienes al atolondrado de tu padre. Es un cielo, no me entiendas mal, pero con él estás aprendiendo un lenguaje muy grosero. Es una pena. A ver, enséñame los pies.

—No.

—¿Por qué no?

—Son dos pies con cinco dedos cada uno. No hay nada qué ver.

—Te voy a poner la salsa en una tacita, ¿vale? ¿Quieres unas cuantas papas ya cocidas?

—No.

—¿Solo sabes decir que no?

—Dámelo ya.

—¿Que te dé qué? Y las cosas se piden por favor.

—El *tompouce*, por favor.

La tía Fie se fue a la cocina y siguió hablando, pero desde la sala no se entendía nada de lo que decía. Mi madre también hablaba siempre conmigo desde el fondo de la casa cuando yo estaba en la sala. "No te oigo", le decía yo entonces. "Me oyes perfectamente", contestaba ella. "Lo que pasa es que no quieres escuchar".

El agua del balde ya no estaba tan calentita como al principio, pero aun así me quedé adormilado. El parloteo de la tía Fie se convirtió en el parloteo de mi madre.

—No te duermas, bobalicón —me dijo mi tía acercándose mucho a mi oído.

Me desperté sobresaltado. Estaba tan cerca de mí que si quería me podía quitar las legañas fácilmente con los dedos. A veces me asusto de lo mucho que se parece mi tía a mi madre.

—No pongas esa cara de pena, monito mío.

Ahora mi tía se estaba pasando, porque mi madre también me llamaba monito.

—Los monos están en el zoológico —protesté.

Alargué la mano y me dio el *tompouce*. Lo había puesto en el platito con la grieta en forma de interrogación. Tenía dos opciones: comérmelo a bocados o levantar la tapa, quitar a lametones la capa de crema amarilla y comerme luego por separado la tapa y la base. Esto último era lo mejor para no manchar, pero a mordiscos se disfrutan más los sabores, de modo que eso fue lo que hice. A los pocos segundos tenía la nariz y la boca cubiertas de crema y en el agua del balde flotaban ya algunos pegotes.

—Tu madre fue siempre una mujer muy fuerte —murmuró de pronto la tía Fie—. Yo todavía no lo entiendo. Si quieres preguntarme algo, adelante.

—Si tú misma no lo entiendes —dije con la boca llena—, ¿para qué voy a preguntarte?

—No se habla con la boca llena, jovencito.

Me tragué lo que me quedaba en la boca y dejé escapar un eructo breve pero enérgico.

—¿Eres siempre tan grosero, Tommie?

—No. Y me llamo Thomas.

—Pues yo siempre he tenido la idea de que eres un poco grosero.

Saqué los pies del balde con tanta rabia que salpiqué a mi tía. A ella esto le hizo mucha gracia y se puso a reír a mandíbula batiente. Mi tía Fie se ríe en los momentos más insospechados, sobre todo cuando crees que está a punto de regañarte.

De vuelta a casa me encontré con Piet Zwaan. A pesar de lo bien vestido que iba, no se podía decir que fuera de domingo, porque a la escuela iba igual de impecable.

—¡Mira quién va ahí! —exclamé—. ¡Piet Zwaan!

Me miró con ojos inexpresivos.

—Hola, Thomas —dijo.

Mi padre era el único que me llamaba Thomas. Piet Zwaan me pareció un señor mayor por llamarme así.

—Acabo de zamparme un *tompouce* completo en casa de mi tía Fie.

Él ni se inmutó.

—Aquí llevo una salsa solidificada —le dije mostrándole la escudilla—. Siguen cayendo heladas todos los días, ¿eh? ¿Qué es exactamente eso del hielo de invierno?

—Es una especie de hielo polar de veinte centímetros de grosor. En el Polo Sur hay hielo que lleva siglos sin derretirse.

—¿Qué haces en la calle?

—Pasear.

—¿Hacia algún sitio en concreto?

—No, más bien huyendo de un sitio.

Allí de pie, en la larga y fría calle Van Wou, me fijé en el cuello de la camisa blanquísima de Piet Zwaan. Estaba un poco deshilachada y tenía alguno que otro minúsculo agujero, pero a pesar de todo, él seguía siendo un cachaco. Por Ollie Wildeman sabía que Piet Zwaan vivía en una de esas casas señoriales tan opulentas de Weteringschans. Me encantaría ver alguna vez una casa de esas por dentro. Pero no era frecuente ir de visita a casa de un amigo. De hecho, no se iba nunca.

—Mi padre está escribiendo un libro —dije.

—Sí, ya sabía que tu padre escribe libros.

—Y ¿cómo sabías tú eso? Sus libros no están a la venta en ningún lugar. Todavía no son más que pilas de cuadernos amontonadas en casa.

—Cosas que oye uno por ahí.

—¿Tú vas a escribir libros cuando seas mayor? —le pregunté.

—No sé. A lo mejor.

—Y ¿por qué no lo sabes todavía?

—Para escribir un libro hay que haber visto y vivido muchas cosas —contestó.

—¿Qué cosas?

—De todo, Thomas. De todo.

—El domingo es un día muy tonto. Todo da pereza.

—¿Te parezco perezoso?

—No, y ¿yo a ti?

Piet Zwaan me miró muy serio. No se reía nunca. Ni por equivocación.

—Bueno, adiós —dije.

—Adiós, Thomas. Ten cuidado con la escudilla, no se te vaya a caer.

Lancé la escudilla al aire y la volví a coger con toda seguridad. Por un breve instante, de forma casi inaudible, Piet Zwaan se rio.

Seguí mi camino y él siguió el suyo. Yo volvía a casa, él se adentraba más en los barrios de Ámsterdam Sur. Volví la mirada hacia él. Iba por la calle abandonado a su suerte. Él también volvió la mirada hacia mí, y vio que yo también iba abandonado a mi suerte.

Perritos lastimeros

DOMINGO POR LA TARDE. Justo cuando se acaba de terminar el carbón de la estufa, oímos subir por la escalera a Reinier Voorland y Adriaan Mosterd. Se habían encontrado en la plaza de Leiden cuando empezaba a oscurecer. Les tengo simpatía a los dos, porque mi padre se anima siempre mucho con su compañía.

—No tenemos ni un céntimo —explicó Voorland—. De modo que le dije a Ad: "En mi casa la leche está cortada y el pan tiene moho. Vamos a casa de Johannes a ver si nos invita a algo".

—Caballeros —dijo mi padre—, el carbón se acabó y no tengo nada de comer en casa.

El viejo Mosterd, orgulloso, le enseñó a mi padre un paquete sucio.

Voorland se puso a husmear por la sala y mi padre le dio un suave golpe en la mano al ver que tenía intención de abrir su cuaderno. Voorland es pintor. Nadie compra sus cuadros, pero él siempre dice que ya llegará su momento.

Mi padre vació un cenicero lleno en otro cenicero menos lleno.

Voorland se sentó junto a la estufa, que ya estaba fría, y alargó las manos hacia ella cerrando los ojos con expresión de placer, como si realmente estuviera encendida.

Me fijé en sus sandalias y le pregunté:

—¿No se te congelan los dedos?

—Si se me congelan —contestó él sin abrir los ojos—, me los corto y los meto en un bote de formol.

Me entró un ataque de risa.

Mosterd le enseñó a mi padre unos arenques ahumados que traía envueltos en papel de periódico grasiento. Mi padre los miró desconfiado.

—No te preocupes —atajó las dudas Mosterd oliendo los arenques—. Se los compré hace tres días a un vendedor ambulante. Están más frescos que los cachetes de una niña en flor.

—Miren a ese —dije señalando a Voorland—. El muy pasmado se cree que la estufa está encendida.

—A una estufa encendida le salen amigos por todas partes —replicó él—. Esta estufa, sin embargo, demuestra una gran personalidad, y su personalidad me calienta.

Mosterd todavía no había recuperado el aliento de subir las escaleras.

—Yo no me quito el abrigo, caballeros —dijo—. Tengo que proteger mi viejo cuerpo maltrecho contra la humedad y el frío. Contadme una historia triste, eso me servirá de consuelo.

Mosterd es un tipo genial. Más que hablar, lo que él hace es cantar. Mi padre dice que es un actor de teatro en situación de retiro. Yo no sé lo que significa eso, pero lo que sí sé es que Mosterd tiene la memoria como un colador y siempre lleva dos pares de calcetines. Tiene el pelo gris y largo, con mechones que caen de cualquier manera sobre sus hombros. Sus orejas son tan grandes como el plato de una taza de café y cuando pone caras tristes yo me muero de la risa.

Mi padre repartió los arenques en la mesa. Voorland se había quitado las sandalias y los calcetines y se estaba cortando las uñas de los pies con nuestras enormes tijeras. Pero no daba asco, porque tenía los pies limpios. Cada vez que se cortaba una uña, la sostenía entre el pulgar y el índice sobre el cubo ya vacío del carbón y se quedaba mirándola un buen rato antes de soltarla.

—¿Por qué no las tiras directamente? —le pregunté.

—Porque me cuesta mucho despedirme de algo que forma parte de mí.

—¿Cómo te va en la escuela, muchacho? —Se interesó Mosterd.

—Bah —resoplé—, no hacemos más que sumas y más sumas. Una lata.

—Tienes razón —se solidarizó Mosterd—, eso no sirve para nada. Hacer cuentas es algo que se aprende en la práctica, aunque ese tipo de prácticas es mejor evitarlas. ¿Les cuenta el maestro algo de Vondel de vez en cuando?

—¿Quién es Vondel?

—Tu pregunta me causa mucho dolor. Joost van den Vondel fue un poeta que vivió hace varios siglos. Era comerciante. Tenía una tiendita de medias de seda en la calle Warmoes, pero sus sueños eran inmensos, y su lenguaje, colosal. ¿Me parece, o has crecido unos centímetros?

—Que yo sepa, no —contesté.

Mosterd sacudió la cabeza, me miró con cierta expresión de lástima y recitó con mucha solemnidad:

—"Ay, los padres crían hijos y los ven crecer con aflicción: de pequeños manchan las alfombras, de mayores les pisan el corazón".

—¿Qué diablos has dicho? —pregunté

—Eso es de Vondel, muchacho. Yo no tengo hijos, de modo que me he ahorrado mucho sufrimiento.

—Pues no se te nota —se burló Voorland.

Mosterd me guiñó un ojo.

—Ese caballero es un granuja —dijo—. Pero pinta cuadros muy bonitos.

Con cuatro personas en la sala parecía que hacía menos frío. Mi padre, Voorland y Mosterd no paraban de hablar y a veces no sabía si discutían o estaban de broma.

Voorland utiliza un lenguaje todavía más grosero que el de mi padre. De vez en cuando se me subían los colores de vergüenza. Mosterd hacía resonar mucho la voz al hablar y escupía como un camello. Mi padre no podía más de la risa.

Para mí, que se habían olvidado de que yo también estaba allí.

En un momento determinado me acerqué a Voorland y le dije:

—¿Me dejas dar una calada? Dale, déjame dar una calada.

Voorland me pasó su cigarrillo y chupé metiendo los cachetes hacia dentro, mirando la brasa con los ojos bizcos. El cigarrillo mermaba a medida que aspiraba. Resultaba muy cómico. Me empecé a reír y me entró un ataque de tos. Mosterd me dio una palmada en el hombro con su manaza de viejo. En ese mismo momento, mi padre se atragantó con un trozo de arenque. No debería comer pescado, porque siempre se atraganta. Pero yo había conseguido captar la atención de los tres. De un ágil salto me subí al baúl donde guardamos la ropa vieja entre bolas de alcanfor, abrí los brazos y proclamé:

—Soy el más listo de mi clase. Nadie sabe leer en voz alta mejor que yo.

Pero eso a ellos, por lo visto, les importaba un comino. Tenía que pensar algo rápidamente. La historia del perro, sí, eso valdría. Cuando se lo conté a la tía Fie se estuvo sonando la nariz mucho rato, y eso que ni siquiera estaba resfriada.

—Una vez vi un perro en el hielo —alcé la voz—. Tenía tanto frío que ya no podía ni tiritar. Lo único que hacía era mirar así… miren… así, con los ojos muy abiertos y húmedos. ¡Pero mírenme! —insistí, tirando de los ojos hacia abajo con los dedos.

Increíble, por fin conseguí que se callaran. Me miraron como diciendo: "No nos cuentes más penas, que ya casi se nos saltan las lágrimas". Pero lo mejor estaba por llegar, eso era lo que ellos no sabían.

—Daba tal lástima, que intenté levantarlo —continué—, pero el pobre infeliz se había quedado con el culo pegado al hielo. ¿Sabían que la nieve helada se llama hielo de invierno? Puede llegar a tener veinte centímetros de grosor. Es una especie de hielo del polo y puede durar eternamente, aunque también se puede derretir… —Sacudí enérgicamente la cabeza. Mi padre y sus amigos no estaban para aquellas cosas enciclopédicas de Piet Zwaan—. En fin, el caso es que en una barca me prestaron una escudilla con agua caliente y un trapo viejo. La escudilla tenía el asa rota y el agua se salía.

Estudié sus reacciones. Quien recuerda detalles tan nimios sobre una escudilla no puede estar mintiendo. Se habían quedado mudos. No podía estar más orgulloso de mí mismo.

—Entonces liberé al pobre perro —dije con un nudo en la garganta—. Se puso a lamerme como un loco.

Me relamió la cara entera, una cosa exagerada. Hacía tanto frío que su saliva se congelaba casi al instante y faltó poco para que se le quedara la lengua pegada a mi nariz. Era un perro muy feo. Pero los perros feos también tienen derecho a vivir.

Me crucé de brazos y esperé el aplauso.

—¿Ya has terminado? —preguntó mi padre.

—Sí —contesté.

—Y entonces Fikkie[6] te dijo dónde vivía y lo llevaste hasta su amo —se burló Voorland.

No me digné responder.

—Di que sí, muchacho —dijo Mosterd con su voz cavernosa—. La verdad es aburrida, tienes toda la razón. Tú eres un poeta, pero todavía tienes alas demasiado frágiles para volar alto.

Mi padre sonrió disimuladamente.

—¡No me lo he inventado! —exclamé, alzando los dedos pulgar y corazón juntos—. ¡Les juro que es verdad!

Me miraron en silencio. Aquellos hombretones no estaban dispuestos a que nadie les tomara el pelo. Me bajé del baúl de un salto y me escondí detrás de un butacón con la cabeza entre las piernas. "Esta se las guardo", pensé. Son unos viejos pulgosos, unos huevones... Que los parta un rayo, que les reviente el corazón y que se les funda el cerebro. ¡No les vuelvo a contar nada en la vida!

Cuando no teníamos carbón me iba más temprano a la cama. En cuanto Voorland y Mosterd bajaron la escalera, me desvestí y me metí en ropa interior debajo de la lana.

---

6. Nombre de perro común, al estilo *Firuláis*.

Aunque lana… ¡ojalá fuera lana! Lo que tenía no eran más que tres cobijas de mala muerte y, por mucho que me tapara, seguía tiritando.

Cuando cumplí diez años, mi padre me compró un lote de libros infantiles en un mercado de pulgas. Forman una buena pila al pie de mi cama. El libro que estoy leyendo en cada momento está siempre esperándome calentito debajo de la almohada.

Me encantan los libros viejos. Tienen un olor delicioso y casi siempre tratan de un niño pobre de algún pueblo. El padre trabaja en el campo o en una fábrica y solo gana cuatro florines al mes, y la madre está enferma en la cama.

Y también me encantan los libros viejos de chicas. Las protagonistas son siempre encantadoras jovencitas melindrosas que se ponen vestiditos de terciopelo y encaje y se portan muy bien con su mamá y su hermanito, pero que también tienen un lado pícaro y travieso. En el mundo real no existe ese tipo de chicas.

Mi padre se sentó a trabajar. "Me va a salir un libro muy raro", solía decir. Sin embargo, cuando releía lo que había escrito en su cuaderno se le saltaban las lágrimas de lo conmovedor que le resultaba.

Pero ahora no estaba releyendo. Ahora estaba escribiendo.

Piet Zwaan decía que para escribir libros hay que haber visto mucho mundo y haber vivido muchas cosas.

Y yo pensaba para mí que Piet Zwaan era un charlatán que todavía no había vivido nada. Pero yo sí. Yo ya había vivido muchas cosas y si quería podía escribir un libro precioso. Piet Zwaan no daría crédito si lo leyera.

Pero el caso es que no voy a escribir ningún libro. ¡Ni siquiera tengo un cuaderno!

De pronto se apagó la luz.

—¡Maldita sea! —exclamó mi padre en la sala—. ¡Y no tengo ni una mísera moneda en casa!

—Enciende una vela —sugerí.

—No, cabeza de chorlito —contestó él—. Si escribiera a la luz de una vela me saldría un libro de un sentimentalismo insoportable. Voy corriendo a casa de la tía Fie, ¿vale?

—No, no vale.

—¿Por qué no?

—Porque me da miedo estar solo.

—En media hora estoy de vuelta.

—Vale, pero tráeme algo rico de comer. Algo dulce.

—Lo intentaré.

—Los arenques me han dejado mal sabor de boca.

—No lo menciones —dijo mi padre eructando—. Ya me ha venido otra vez el regusto.

No hacía falta que se pusiera el abrigo, porque ya lo llevaba puesto dentro de casa.

Bajó las escaleras refunfuñando. Cuando dejé de oír su voz, saqué el libro de debajo de la almohada y agarré la linterna de dínamo. Para no leer a oscuras hay que darle todo el rato a la palanca. Una lata.

El libro tiene una cubierta muy gruesa. En ella dice: "La juventud luminosa de Frits van Duuren, escrito por Chris van Abkoude".

Este no es un libro para chicas, aunque el protagonista es un poco blandengue. Me lo sé prácticamente de memoria. Hacia la mitad de la historia se muere Hektor, un pobre perro. Lo atropella un carruaje, un caballo lo pisa y las ruedas pasan por encima de él. Y encima era domingo. En el carruaje iban unos ricachones a los que poco podía importar un perro callejero. Pero Hektor no muere en el acto. Lo llevan al veterinario y Frits va con él.

Abrí el libro y busqué a oscuras las páginas del drama. Las encontré en un santiamén. Me mataba dándole a la palanca de la dínamo. La linterna emitía un zumbido y la bombilla arrojaba su tenue luz sobre las páginas.

Cuando Hektor está en el veterinario, dice: "'Gracias, amo', decían sus ojos. Hektor ya no sentía dolor. Se estiró en la esterilla y sus ojos se cerraron para siempre. Estaba muerto".

Las lágrimas corrieron por mi rostro. Me gustaba mucho esa sensación. Mi padre ya no tardaría mucho. Cuando metiera la moneda en el contador y las luces se volvieran a encender, vería el rastro de las lágrimas en mis mejillas. Pero yo no le diría nada de Hektor. Aquella historia sobre un pobre perro no era para él. Me limitaría a mirarlo sin decir nada. Yo ya sabía exactamente lo que él pensaría.

Liesje Overwater levanta la mano

EL JUEVES A MEDIODÍA el maestro nos puso a hacer letras con largos y elegantes rizos. Mi pluma se enganchaba de vez en cuando en el papel. Mordiéndome la lengua, ponía mucho empeño en que las dos mitades de la punta no se separasen, porque entonces salpicaba la tinta.

Me esforcé tanto que la pluma se me cayó al suelo. Al agacharme a recogerla, vi que uno de los calcetines a rombos de Liesje Overwater se le había bajado hasta el zapato. Tenía la pantorrilla blanca como la cal, con infinidad de pelitos rubios. En ese momento bajó la mano y se rascó la corva con su largo dedo índice. Le di un pellizco sutilísimo en la pierna y, al hacerlo, le rocé la mano.

Su espeluznante gritito me recorrió la médula de arriba abajo.

Me incorporé a toda velocidad y me concentré en una letra con un rizo muy largo. Por el rabillo del ojo seguí observando a Liesje Overwater y vi que levantaba la mano.

—Maestro, alguien me ha pellizcado impúdicamente.

—¿Quién ha sido el sinvergüenza? —preguntó el maestro.

Faltó poco para que yo también levantara la mano. Pero no hizo falta, porque Liesje Overwater me señaló al instante.

—Son todos unos cerdos, y ese de ahí es el peor. Se lo voy a decir a mi padre.

El maestro se acercó a mi pupitre.

—Ha sido un pellizco muy flojito, maestro —me defendí—. No tiene por qué preocuparse.

El maestro me dio un sopapo.

—Eso lo decidiré yo, mocoso —dijo.

—Mi padre no permite que usted me pegue —protesté.

—Tu padre dice que tienes mucha fantasía y que eres un chico muy sensible. Y yo me pregunto: ¿por qué pellizcas en el culo a una chica si tienes tanta fantasía y eres tan sensible?

—Se me había caído la pluma al suelo y al agacharme a recogerla vi su pierna. Lo hice sin darme cuenta. Y no ha sido en el culo ni mucho menos.

Me di cuenta de que Liesje Overwater se miraba los botones de la blusa, azorada. El hecho de que su culo fuera el objeto de la conversación hacía que le subieran los colores a la cara. ¡Loquito estaba yo por ella!

—¿Acaso no te has enterado de lo que ha ocurrido con un chico de sexto? —preguntó el maestro.

—No, señor, no lo sé —contesté, porque era la verdad: no tenía ni la más remota idea.

—El muy golfo se sacó la flauta del pantalón en plena clase.

—¿¡Qué ha dicho usted, maestro!? —exclamó Liesje Overwater mirándome fugazmente con ojos más grandes y más azules que nunca.

—Lo han suspendido tres días de la escuela —continuó el maestro impertérrito—. Y el director ha estado media hora hablando con sus padres. Una chica de su clase se llevó tal susto que estuvo muda una semana entera.

El maestro se quedó junto a mi pupitre y a mí me empezó a picar la cabeza de verlo allí a mi lado. Intenté trazar una jota con una filigrana primorosa, pero me salió una chambonada. Todos los chicos de la clase trataban de contener la risa, pero no se acababa de hacer el silencio a mi alrededor. Pensé: "No quiero volver a tener nada qué ver con una chica en mi vida".

—¿Tu padre ha servido en el Ejército? —me preguntó el maestro.

—¡Nunca! —contesté sin poder contener una risita—. ¡Por supuesto que no!

Eso me costó un sopapo en la otra mejilla.

—Toma, insolente —dijo el maestro—. Eso por contestar de esa manera.

Quise decir algo más, pero en ese momento sonó la campana.

Crucé el portón de la escuela y tomé el camino más corto a casa. En vez de ir hasta el puente de Hogesluis, crucé el Amstel por encima del hielo. Llevaba las dos mejillas rojas: equilibrio perfecto. La nieve crujía bajo mis pies.

Mi estado de ánimo no podía ser mejor.

Por fin me había llevado un buen par de bofetadas. Me fastidiaba desde hacía mucho tiempo que el maestro siempre me saltara a la hora de repartir guantazos. Pero ahora, gracias a Liesje Overwater, ya no estaba en clase de mero comparsa.

Sin embargo, tenía la cabeza un poco embotada. Conté hasta diez sin ningún problema, pero cuando quise contar hacia atrás me hice un lío. Seis, cuatro, cinco o algo así. No pasa nada, todo el mundo se puede equivocar.

Llegué a la mitad del Amstel.

Había algo de viento, no gran cosa. Pero allí en medio de aquella extensa superficie blanca, parecía que el viento hacía todo lo posible por derribarme.

De pronto vi a Liesje Overwater y Elsje Schoen caminando juntas por la acera. Iban en dirección al puente Magere[7].

Las seguí por el hielo, tratando de que no me vieran.

No paraban de cotorrear. Iban agarradas del brazo, por lo que no era fácil que se cayeran. De todas formas, caerse con alguien es muy divertido. Pero caerse uno solo —como me ocurría a mí de vez en cuando— no tiene nada de gracioso. Tenía las rodillas tan sucias que ni siquiera se veía la sangre. Cada vez que me caía me volvía a levantar y alcanzaba otra vez a las chicas con una torpe carrerita sobre el hielo. Me debí pegar cuatro o cinco trompazos. Unas veces me caía de culo, otras veces sobre las rodillas. Pero no pasaba nada, había vivido cosas peores.

Pasadas las esclusas del Amstel las perdí de vista. Eché a correr por el hielo sabiendo que cuanto más rápido corres, menos peligro hay de resbalar. Me detuve a cierta distancia del puente Magere.

No había nadie en el hielo más que yo.

Las vi cruzar el puente con toda calma. Desde allí arriba tenían que verme a la fuerza. Me puse a agitar las manos por encima de la cabeza. Por un instante pensé que me estaban mirando. Estaba haciendo el ridículo, pero seguí agitando las manos. Vi cómo juntaban las cabezas y cuchicheaban algo sin dejar de caminar.

---

7. *Magere*, delgado en neerlandés.

¿De qué hablaban?

Liesje Overwater negó enérgicamente con la cabeza, pude verlo claramente. Podía ser que Elsje Schoen hubiera dicho: "Tommie es muy gracioso". Pero también podía ser muy bien que no.

Las vi doblar por la calle Iglesia y por fin desaparecieron de mi vista.

Liesje Overwater vive en la calle Utrecht y Elsje Schoen vive por ahí en algún canal. Seguro que las dos tienen su propia habitación. Una habitación acogedora donde nunca hace frío, con el peluche de rigor sentado en una de esas lindas sillas infantiles antiguas, tal vez un osito con calvas en torno a la nariz y los ojos de tantos abrazos y tantas caricias. Nunca lo sabría exactamente, de eso podía estar seguro, porque no había nada más lejos de mi alcance que las habitaciones de las chicas, a pesar de las muchas que había cerca de mí, en infinidad de casas.

Me di la vuelta y me alejé del puente Magere caminando con precaución por el hielo. Cuando llegué de nuevo a las esclusas, vi que había un hombre subido a la barandilla del otro puente, el Hogesluis, agarrado a una farola.

Me detuve y lo observé mejor.

En cuanto vi su aspecto desmañado, supe que era mi padre.

—Hola, papá —susurré.

Me pregunté qué demonios hacía allí subido en la barandilla del puente. Mi padre era demasiado mayor para ese tipo de bobadas. Por edad podía ser mi abuelo. La tía Fie siempre dice que por parte de mi padre soy un hijo tardío.

Vi que empezaba a saludar.

Me avergonzaba profundamente de él. No me gusta verlo haciendo el tonto en público. Y ¿cómo me había reconocido? A aquella distancia, yo podía ser cualquier otro chico de mi edad.

Eché a correr hacia el puente.

Mi padre seguía agitando el brazo.

Me detuve debajo de él y le devolví el saludo.

—¿Qué haces ahí subido? —le pregunté.

—¡Thomas, he encontrado trabajo! —exclamó mi padre—. ¡Me voy a Nazilandia!

Empecé a sollozar y yo mismo me asusté de mi reacción. No era por los sopapos que me había llevado en la escuela, ni por el grito histérico de Liesje Overwater, y mucho menos por Nazilandia. No, sollozaba por la sencilla razón de que no se me ocurría nada mejor.

Sabiendo cómo era mi padre, se podía decir que estaba eufórico. Se puso a cantar en la cocina y hasta se subió las mangas para hablarme de Peine, la ciudad de Alemania donde iba a trabajar en una cosa que él llamaba BAOR.

—¿Qué es eso? —le pregunté.

—La British Army Over the Rhine —contestó con mucha solemnidad.

—¿Qué dijiste?

—El Ejército británico en el Rin, Thomas. He tenido que hacer un examen, ahora ya te lo puedo contar. Me daba miedo reprobarlo. Para un hombre de más de cincuenta años es humillante reprobar un examen. A esa edad es uno quien debe examinar a los demás y no al revés, ¿no te parece? Pero he aprobado con nota sobresaliente, muchacho. Mi alemán conserva todavía la misma frescura que antes de la guerra, y el comandante que me hizo el examen oral de inglés pasó vergüenza de lo infame que era su propio acento.

—Y ¿qué vas a hacer en Peine? —pregunté.

—Ganar dinerito, muchacho. Necesitas ropa y unas gafas nuevas…

—Yo no llevo gafas.

Mi padre hizo una mueca burlona.

—Voy a trabajar en el servicio de censura —dijo—. Me voy a pasar el día entero leyendo cartas de alemanes. Los ingleses tienen miedo de que haya todavía nazis conspirando con los rusos o haciendo preparativos secretos para montar otro maldito ejército.

—O sea, que vas a estar todo el santo día leyendo, tan plácidamente.

—Yo no diría eso. La censura no contribuye precisamente a que vivamos en un mundo mejor. Soy una mala persona. Pero las malas personas también tienen que alimentar a sus hijos.

—Y ¿por qué eres una mala persona?

—Las cartas de Heinrich a Hildegard no me importan un carajo. No las quiero leer y no las voy a leer. Pienso meter las cartas personales otra vez en el sobre, provistas del sello correspondiente. Eso es lo bueno de ser una mala persona, que puedes hacer lo que te dé la gana. Pásame la sal, anda. Qué bien huelen las chuletas, ¿verdad?

La mesa estaba puesta y yo ya me había sentado. Mi padre se puso un paño de cocina deshilachado en el antebrazo. Hacía de camarero. Se inclinó ante mí y entrechocó los talones.

—Oh, no, eso no —suspiré—. No hagas el alemán.

—*Verzeihung*[8] —respondió él.

—¡Déjalo ya!

—Dentro de pocos meses irás vestido como un príncipe. Iremos a Artis[9] y al circo Knie. En Peine voy a vivir con otros trabajadores en una casa señorial. Por las noches me sentaré a mirar por la ventana fumando un cigarrillo y tomando un coñac, y veré pasar a los alemanes arrastrando los pies por la nieve como almas en pena.

Me presentó una fuente de papas.

—*Noch ein wenig Kartoffeln, ja?*[10].

—¡No hables en alemán! —protesté—. Me da asco.

Mi padre se sentó, agarró un hueso mordisqueado y lo miró pensativo.

—Te he visto por la tarde —dijo, levantando la mirada y sonriéndome fugazmente—. Te he visto en el hielo. Pensé: "Vaya, pero si es mi Thomas. Ese muchacho sabe divertirse solo. Qué chiquillo más alegre".

—Venía de caminar un rato con Liesje Overwater.

—Liesje Overwater —murmuró mi padre pensativo—. ¿Una chica?

—No, un chico, ¿no te fastidia?

—Y ¿de qué hablaban?

—De todo un poco.

—Cuéntame.

—Me ha dicho que le encanta nadar. Que todos los días le dan veinticinco céntimos para la piscina, pero que a veces se los gasta en alguna chuchería y moja el bañador y la toalla en la fuente de la plaza Frederik. Una vez se le

8. N. del T.: *Perdón*, en alemán en el original.
9. N. del T.: Zoológico de Ámsterdam.
10. N. del T.: *¿Quieres unas cuantas papas?*, en alemán en el original.

escapó el bañador al centro de la fuente y no sabía qué hacer. Al final se quitó los zapatos y los calcetines y se metió en el agua sujetándose la falda para recuperar el bañador.

—Esa fuente está vacía, Thomas. Hace demasiado frío para que la puedan llenar de agua.

Me quedé en silencio un instante.

—Ya, bueno… —continué—. Es que era verano. Liesje Overwater siempre me cuenta cosas de hace mucho tiempo. Tú también haces lo mismo. A mí me parece raro, porque yo cuento cosas que me han pasado ayer, cosas que todavía recuerdo bien. Ayer, por ejemplo, la acompañé a su casa después de la escuela. Tiene una habitación muy grande, tan grande que hay que hablar a gritos. Su madre nos trajo una limonada muy dulce de color rojo chillón y yo me atraganté al beber. Liesje Overwater le dijo a su madre que se fuera. Su madre nos dejó solos y nos pusimos a jugar a los dados, un juego muy divertido. Liesje Overwater se reía cada vez que perdía, y como perdía todas las partidas, se estuvo riendo todo el rato.

—¿Por qué no la llamas simplemente Liesje? ¿Por qué dices siempre también su apellido? —preguntó mi padre rascándose una ceja.

—Porque así es como se llama —contesté.

—¿Por qué te pusiste a llorar en el Amstel?

Cuando uno ya ha dejado de llorar, no se debe hablar más de ello. A esas horas ya se me había olvidado lo del lloriqueo. Nadie tenía que venir ahora a recordármelo, y mucho menos mi padre.

—Porque sí.

—Pero ¿por qué?

—Ya te he dicho que porque sí.

—Lo que te quería decir, Thomas…

Se quedó con la frase a medias porque tuvo que sonarse la nariz.

—¿Qué me querías decir? Dilo, o te prometo que no te vuelvo a contar nunca nada de Liesje Overwater.

Volvió a guardar el pañuelo con mucha parsimonia.

—No puedes venir conmigo a Peine —dijo por fin—. Ese no es un sitio para un niño. Nos van a dar comida inglesa, que es asquerosa, y yo me tengo que pasar el día entero leyendo. Me sentiría muy mal sabiendo que andas por ahí solo y que los niños alemanes te roban la gorra o te intentan convencer de que Hitler al menos construyó buenas autopistas.

—Yo no llevo gorra.

—Ya lo sé.

—Entonces… ¿me voy a quedar aquí solo? ¿En nuestra casa?

Mi padre se quedó mirándome, pero sin verme, porque estaba sumido en sus pensamientos.

—¿Eso es lo que crees? —preguntó al cabo de unos instantes.

—No, solo lo pregunto.

—Te vas a ir a vivir a casa de la tía Fie. Allí tendrás tu propia habitación, ya sabes, el cuartito auxiliar. Esta vez no tendrás que dormir con la tía en la buhardilla.

—Y cuando me despierte por las mañanas tú no estarás allí…

—No.

—Liesje Overwater se va en verano con sus padres a Frisia y en los días de sol salen a navegar. Ella ya sabe nadar y me va a enseñar.

—No va a ser mucho tiempo —dijo mi padre—. Van a ser solo unos meses.

—Y ¿te van a dar un uniforme de soldado?

—No digas bobadas.

—Pero ¿no ibas a trabajar con los soldados?

—No, no… voy a trabajar de censor. Contratado por el Ejército inglés, eso sí, pero con mi propio pantalón y mi propia chaqueta.

—Tú nunca has disparado, ¿verdad?

—No, nunca.

—Y ¿no te gustaría haberlo hecho?

—No, nunca he lamentado no haber disparado.

—Y ¿en Peine tampoco vas a disparar?

—No, claro que no. Además, ¿a quién quieres que le dispare?

—Pues a los alemanes, a quién va a ser.

—Y ¿por qué?

—Por diversión.

—No, Thomas —dijo mi padre—. No voy a disparar a los alemanes. Esos pobres desgraciados no tienen ni dónde caerse muertos.

—Yo sí dispararía contra ellos.

—Menos mal que los niños solo tienen pistolas de juguete, porque si no, el mundo sería un caos.

—Yo ni siquiera tengo una pistola de juguete.

Mi padre sonrió y dijo:

—*Noch ein wenig…?*[11].

—¡No! —grité.

---

11. N. del T.: *¿Todavía no?*, en alemán en el original.

A medianoche me despertó una pesadilla. Pero cuando me despierto asustado por un mal sueño, al instante se me olvida qué era lo que estaba soñando.

Encendí la lámpara.

Mi padre estaba en la otra cama, más dormido que una marmota.

La cobija apenas lo tapaba. Se le veían los zapatos y una franja de los calcetines y las piernas blancuchas. Por lo visto le había dado pereza quitarse la ropa. Me sorprendía que no se despertara con sus propios ronquidos.

La extraña postura en que estaba tumbado y el olor a tabaco de su ropa me recordaron el invierno del hambre[12]. Al final de aquel invierno, mi padre ya no tenía más que un par de cajas llenas de colillas, pero el papel de fumar hacía tiempo que se había acabado. Entonces empezó a liarse los cigarrillos con las hojas finísimas de una Biblia barata de más de mil páginas. "Solo me fumo las partes en las que Dios se comporta como Hitler y extermina pueblos enteros", decía.

Miré a mi padre. Sus zapatos parecían increíblemente grandes. Tenía en el mentón la sombra de una barba de dos o tres días. Roncaba con la boca abierta, pero nunca jamás volveré a meterle un garbanzo seco, porque entonces se atraganta de mala manera. Lo sabía por experiencia.

Seguí pensando en el invierno del hambre.

---

12. N. del T.: El invierno de 1944-1945, último antes del final de la Segunda Guerra Mundial, se conoce en Holanda como "el invierno del hambre". La escasez de alimentos y combustibles alcanzó su punto más crítico y afectó prácticamente a toda la población.

Llegó un día en que se le acabaron hasta las colillas. De vez en cuando se llevaba dos dedos a la boca y se sorprendía de que no hubiera entre ellos un cigarrillo.

Mi padre gimió entre sueños. Ahora podía despertar en cualquier momento.

"Ojalá estuviéramos todavía en la guerra —pensé—, ojalá helara fuera y estuvieran las calles oscuras como el carbón, ojalá tuviéramos las ventanas todavía tapadas con papel negro". Porque entonces dormiría todavía en el dormitorio del fondo y oiría los susurros de mamá y papá en la habitación del pasillo.

Pero ya hacía tiempo que había terminado la guerra. La estufa crepitaba y a mí me dolía el estómago por las chuletas.

De a poco, el sueño se fue apoderando otra vez de mí.

—¡Pero bueno! —oí farfullar a mi padre antes de quedarme dormido—. ¿Por qué diablos me he metido a la cama con zapatos?

En la casa señorial de Zwaan

EN EL RECREO LAS COSAS SE PUSIERON FEAS. Era viernes por la mañana y todo el mundo estaba ya harto de la escuela. La tarde libre del sábado todavía quedaba lejos, y no digamos el largo y perezoso domingo.

Los chicos hacían tonterías.

Las chicas jugaban a la golosa en una parte de la calle donde había arena y yo las miraba apoyado contra la pared. Un chico se puso a saltar con ellas a lo bobo y se llevó una sarta de improperios: "¡Vete a molestar a tu hermanita!", le dijeron. "¡Fuera de aquí, desgraciado!". En cuanto se deshicieron de él, se pusieron a cantar otra vez al ritmo de los saltos.

Al cabo de un rato, las chicas decidieron ir a jugar al escondite.

Liesje Overwater apoyó un brazo contra la pared, no muy lejos de donde yo estaba, metió la cabeza en el hueco del codo y empezó a contar en voz alta. Yo me acerqué despacito a ella.

—Mi padre se va a Nazilandia —le dije al oído—. Lo han nombrado oficial del Ejército inglés y ayer ya se puso el uniforme. Ahora es un pez gordo, ya sabes, de esos con una vara debajo del brazo.

Liesje Overwater dejó de contar, me miró de perfil, sacudió la cabeza y salió corriendo.

—¡Ya me está molestando otra vez! —gritó.

Las chicas salieron de sus escondites, se acercaron a Liesje Overwater y me lanzaron miradas envenenadas. Pero yo no había hecho nada malo.

Los chicos interrumpieron sus juegos y vieron que Liesje Overwater me estaba señalando, lo cual les pareció muy divertido. Se acercaron a mí en grupo.

Con los grupos hay que tener cuidado.

Mientras tanto vi que otros chicos se iban hacia Liesje Overwater disimuladamente.

No tardaron en tenernos rodeados a los dos. Liesje Overwater y yo éramos víctimas de un mismo tumulto. Nada podía hacerme más feliz.

—Esos dos son novios —dijo Ollie Wildeman en tono burlón—. Hacen porquerías juntos.

Las chicas se llevaron las manos a la cara y los chicos de otros cursos volvieron la cabeza hacia nosotros, pero no se metieron en nuestros asuntos, porque era una regla no escrita.

Me gustó oír que Liesje Overwater y yo éramos novios, pero también me intranquilizó, aunque no tuve mucho tiempo para pensar en ello porque enseguida empezaron a empujarme hacia ella entre todos.

A Liesje Overwater también la empujaban hacia mí. Ella se resistía chillando como una energúmena y repartiendo torpes golpes con las manos, como si de vez en cuando matara una mosca posada sobre la cabeza de alguien.

Yo estaba loquito por ella.

Cada vez estábamos más cerca. En un momento dado ya no había más que unos centímetros entre su nariz y la mía.

¿Qué se proponía aquella chusma?

—Esto no está bien —dijo Daan Vrolijk detrás de mí—. Thomas no tiene madre.

Liesje Overwater miraba a su alrededor enfurecida y apretaba los labios con fuerza.

—Un besito —bramó Ollie Wildeman—, que se den un besito.

Una mano me agarró con firmeza del cuello. Yo no quería acercarme demasiado a Liesje Overwater, porque estaba tan fuera de sí que era capaz de morderme. Conseguí soltarme con cierta dificultad, pero volvieron a agarrarme bruscamente. Me solté por segunda vez y empecé a lanzar golpes al azar a mi alrededor. Alguien me hizo una zancadilla y fui a parar al suelo. Nada más caer recibí una patada en el costado y sentí, consternado, que me ahogaba en un llanto desesperado. Le pegué un mordisco a la primera mano que tuve al alcance de los dientes. Jamás había oído un chillido tan agudo. En contra de todos los usos y costumbres de la escuela, unas chicas de otros cursos vinieron a entrometerse en la reyerta.

Los perros sarnosos nos dejaron por fin en paz y volvieron a sus estúpidos juegos, que consistían en pegarse, insultarse y escupirse.

Liesje Overwater se peinó con los dedos y se alisó la falda, indignada. A continuación se dio media vuelta y se puso a saltar a la golosa tranquilamente. Las demás chicas de la clase se arremolinaron en torno a ella y no tardaron en ponerse a saltar ellas también.

Y así, de pronto, era como si allí no hubiera pasado nada. Hasta el chico al que había mordido se reía de nuevo.

Yo, sin embargo, no me había recuperado aún del revuelo. Me limpié la cara frotándome con las manos, aunque sabía perfectamente que lo único que hacía era ensuciarme más. Pero mejor tener la cara sucia que llena de lágrimas.

Piet Zwaan vino hacia mí con toda parsimonia. Volvía de su habitual paseo durante el recreo. Me ayudó a levantarme.

—Thomas, ¿en qué líos te metes?

—He mordido a uno —contesté.

—No te puedo dejar solo ni un segundo.

—Morder a alguien es una canallada.

—Sí, eso creo yo también —dijo.

Piet Zwaan y yo íbamos juntos por el puente de Hogesluis. Me pregunté si era yo quien caminaba con él o él quien caminaba conmigo. A veces uno no sabe.

Nos detuvimos en medio del puente. En la distancia se veía el puente Magere y, un poco más allá, el Blauwbrug[13]. Una mujer con un abrigo negro cruzó la ancha superficie blanca de hielo tirando de un trineo en el que iba sentado un niño pequeño. Parecía una maldita tarjeta de Navidad. Y si hay algo que odio, son las tarjetas de Navidad.

—Me fastidia ver el Amstel.

—A mí me gusta —replicó Piet Zwaan.

—En casa no hicimos nada en Navidad —dije.

—Ah…

—Nos sentamos al lado de la estufa a beber un vaso de leche caliente. Por suerte, en la radio no estaban fastidiando con el nacimiento del Niño. Al contrario, tenían puesta una música suave muy agradable.

---

13. En neerlandés, literalmente: *puente Azul*.

—¿Con quién estabas?

—Con mi padre.

—Ah… —murmuró Piet Zwaan.

—Tú seguro que pasaste una magnífica Navidad en Weteringschans, ¿eh?

—¿Por qué lo dices?

—Con un abeto enorme, seguro. Mi padre estornuda cada vez que se acerca a un abeto de esos del demonio. Estornuda hasta con los geranios de mi tía Fie.

—Será que padece de la fiebre del heno.

—¿Qué es eso?

—Una alergia que te hace estornudar en primavera cuando hay polen.

—Pues entonces no puede ser eso lo que tiene mi padre, porque lo que él hace es estornudar en invierno con los árboles de Navidad. Muy inteligente no eres, ¿eh? Mi padre estornuda también cuando oye cantos tiroleses en la radio. ¿A ti te gusta el canto tirolés?

—No —respondió Zwaan—, es un sonsonete insoportable.

—Pero seguro que no te hace estornudar.

—Si no estornudo, es de milagro.

Reanudamos el camino.

Le seguí contando cosas de nuestra Navidad y al final me olvidé de que iba a mi lado. Le conté, por ejemplo:

—Nos quedamos embobados con aquella música tan suave. En un momento le dije a mi padre que dejara de tararear y él me preguntó que por qué estaba tan de mal humor y propuso llevarme a un *café-chantant* muy bonito que él conocía, así que fuimos a ese *café-chantant* que según él era tan bonito. En medio de las mesas había un árbol de

Navidad como la torre de un castillo, un maldito árbol de Navidad con espumillón de oro y plata y todo. Y había un tipo tocando *Noche de paz* con un violín desafinado, era para volverse loco…

—Y ¿cómo entraste? —quiso saber Piet Zwaan—. ¿Dejan entrar niños?

—No —contesté rápidamente—, qué creías. En la puerta había un gigantón con una gorra y en cuanto me vio, dijo: "Ese niño no puede entrar, aquí cumplimos las reglas. Pero entonces mi padre le dio un florín y el gigantón se hizo el de la vista gorda".

—Se ve que para todo hay una solución —dijo Piet Zwaan.

—Total —continué yo—, que allí estábamos los dos muy formalitos en una mesa minúscula. Después de aquel violín que atacaba los nervios empezaron a tocar una música frenética muy divertida. Según mi padre, con aquella música solo podían bailar los monos, pero al cabo de un rato él mismo se puso a bailar con una mujer demasiado alta para él que estaba fumando un cigarrillo muy fino con una boquilla muy larga. Casi le quema el pelo. Es que mi padre es muy bajito, ¿sabes?

En la plaza Frederik cruzamos a la acera de enfrente y nos metimos en los soportales de la Galería. No tenía mucho sentido atravesar la Galería, porque se da un rodeo inútil, pero daba gusto andar sobre baldosas sin hielo ni nieve. Y de todas formas, Piet Zwaan y yo no teníamos ninguna prisa. Aun así, me pregunté a quién de los dos se le había ocurrido la idea de ir por allí.

—No sabía que el día de Navidad estuvieran abiertos los *café-chantant* —dijo Piet Zwaan.

—Ya lo creo que están bien abiertos. Lo que pasa es que ustedes no se enteran, porque están en casa a la luz de las velas.

—No le pega a tu padre ir a un *café-chantant*.

—Y ¿tú qué sabes, Zwaan? —le pregunté.

—¿Me vas a llamar así ahora? ¿Me vas a llamar Zwaan?

—Sí, Piet no me gusta. ¿A quién se le ocurre llamar Piet a su hijo?

—A mis padres —contestó Zwaan—. ¿Tú siempre vas por ahí contando historias?

—No —dije—. ¿No te ha gustado mi historia? Seguro que no… Me da igual, me trae sin cuidado.

—¿A la gente le gustan tus historias?

—Mi tío Fred las odia. Una vez me dijo que si era capaz de no decir una palabra más hasta las doce, me daba veinticinco céntimos.

Zwaan dio un pequeño silbido.

—Yo quería los veinticinco céntimos, por supuesto, pero de pronto, sin darme cuenta, me puse a contar una historia de las mías…

Zwaan se partía de risa. Lo curioso era que no hacía ningún ruido al reírse. Era una risa meramente visual.

Salimos de la Galería. En el cine de enfrente del Vana hicimos una parada. Si hubiéramos seguido andando, nos habríamos tenido que despedir en la esquina de las calles Weteringschans y Reguliersgracht. Nos pusimos a mirar las fotos del cine. Eran fotogramas de una película sobre un rey inglés con una armadura reluciente.

—Ese es Enrique V —dijo Zwaan señalando a un tipo con el mismo flequillo que yo—. Masacró a los franceses hace mucho tiempo y por eso ahora es un héroe. Dentro de quinientos años, Hitler será un héroe para los alemanes.

—Imposible —repliqué yo—. Eso no va a ocurrir nunca.

—Todo es posible —argumentó él.

—Le voy a preguntar a mi padre si opina lo mismo.

—Tú padre es un artista tímido y desmañado, ¿verdad?

—Y ¿tú qué carajo sabes de mi padre?

—Tú mismo me dijiste que estaba escribiendo un libro, ¿no? Y un escritor es un artista.

—Pero yo nunca te he dicho que sea tímido y desmañado.

—Eso lo sé por Bet.

—Y ¿quién es Bet?

—Bet tiene su habitación arriba —contestó Zwaan.

—Eso no es lo que te he preguntado.

Zwaan ni se inmutó.

—¿Es tu hermana?

—No, mi prima.

—¿Es rubia?

—No, no es rubia. Tiene el pelo negro y brillante como las plumas de un cuervo.

—¿Cuántos años tiene?

—Oye, Thomas, hazme un favor. Deja ya de fastidiarme.

—Eh, eh… no te estoy fastidiando. Estamos charlando tranquilamente.

—Bet tiene trece años.

—Vaya, qué mayor.

—Sí, es muy mayor —dijo Zwaan.

—Y ¿por qué tiene tu prima una habitación en tu casa?

—Para dormir y hacer sus deberes.

—¿Deberes?

—¿Por qué pones esa cara de asco?

—Porque tan solo con oír esa palabra se me pone la carne de gallina.

—Me voy a casa —dijo Zwaan.

—Yo también.

—¿Te vienes conmigo? —propuso él—. En mi casa tal vez podamos pasarlo bien, según cómo esté la cosa. Nunca se sabe.

En la escalera, Zwaan se puso a silbar.

—¿Por qué silbas, Zwaan? —le pregunté.

—A lo mejor está dormida —susurró él.

"De qué sirve tener una prima de trece años que se echa a dormir en pleno día", pensé.

Al llegar al pasillo de arriba, Zwaan abrió una puerta muy despacio, lo cual era una estupidez de su parte. Si no quieres que chirríe una puerta, lo que hay que hacer es abrirla con un único movimiento, muy rápido.

Entramos a una sala trasera en penumbra. Las entrepuertas estaban cerradas. En una mesa grande sin mantel de espléndida madera oscura había dos platitos con una manzana reluciente y un cuchillo de plata, y a su lado un bote de mermelada abierto con una cucharita metida dentro. Parecía uno de los malditos bodegones del tío Fred. Ahora comprendía también por qué Zwaan hablaba en susurros: aquella era una casa que invitaba a hablar en voz baja. No había estufa, sino una chimenea con trozos de carbón incandescente detrás del vidrio.

Zwaan se acercó a las entrepuertas y pegó el oído a la madera.

—Está dormida —susurró.

—Piem —dijo una voz de mujer—, te oigo perfectamente, abre las puertas.

—Está despierta —susurré.

Zwaan descorrió las puertas y entró más luz a la sala trasera. En la sala frontal había muy pocos muebles. Mi tía Fie diría que aquello era un hospital robado. El papel tapiz era muy claro y había otra chimenea. Lo único que había encima de la repisa de la chimenea era un reloj sin ninguna utilidad, porque tenía las agujas paradas a las doce.

En un sofá con el respaldo ondulado había una mujer sentada con la espalda apoyada en un enorme cojín y las piernas cubiertas con una cobija.

A mí me daba la impresión de que miraba hacia fuera.

—Piem, por el amor de Dios, ¿a quién has traído a casa? —preguntó la señora.

¿Cómo sabía que estaba yo allí? ¿Me veía reflejado en la ventana o intuía simplemente que Zwaan venía acompañado?

La mujer se volvió hacia mí.

Era lo que se dice una señora muy distinguida, el tipo de mujer que no se ve nunca en el Vana.

—¿Quién eres? —me preguntó.

—Este es Thomas Vrij, tía Jos —se apresuró a contestar Zwaan—. Vive al otro lado de Lijnbaansgracht. Desde aquí se ve su casa.

Ajá. De modo que Zwaan veía mi casa desde su sala trasera, la que da al canal. No se me había ocurrido pensar en ello. ¿Cuántas veces me habría visto echando vaho en el cristal para pintar un monigote o jugando en la calle o haciendo de las mías yo solo en el hielo del canal? ¿Cuántas veces habría visto a mi padre junto a la ventana? Y a mi madre… ¿cuántas veces habría visto Zwaan a mi madre?

—Quiero oír su voz —dijo la tía de Zwaan—. Di algo, Thomas.

Yo no acerté a decir nada.

—Vamos, no seas tímido.

—Vamos juntos a la misma clase —me lancé por fin.

—Piem, este muchacho habla como un chico de la calle —observó ella.

—¿Estás enferma? —le pregunté.

—¿Perdón?

—Lo que ha querido decir es: "¿Está usted enferma, señora?" —me corrigió Zwaan—. ¿Bet nunca le ha hablado de Johannes Vrij y de su hijo Thomas, tía Jos?

—Podría ser. Bet habla tanto…

Al lado de su tía, Zwaan parecía muy pequeño y un poco menos señorito de lo que era en la escuela.

La tía de Zwaan me observó detenidamente.

"Oh, no, tengo las rodillas llenas de porquería y la cara seguro que tampoco la llevo muy limpia", pensé.

—¿No ha pasado algo terrible, Piem? —preguntó—. Ha pasado algo terrible, ¿verdad? Siempre pasan cosas terribles, pero se me ha olvidado qué era.

—No tiene importancia —contestó Zwaan.

—Todo tiene importancia o nada tiene importancia —dijo ella antes de agarrar un vaso de agua y bebérselo de un trago para ingerir una pastilla que se había colocado previamente en la punta de la lengua.

—¿Está Bet en casa? —preguntó Zwaan.

—No lo sé, cariño. Este amigo tuyo es muy delgaducho. ¿Sabes si tiene hambre? Dale algo de comer si quiere, pero tú no comas nada, que a ti no te lleva el viento.

Zwaan no estaba gordo, pero su tía estaba en los huesos. Sus brazos eran más finos que mis piernas.

—¿Qué tal está usted hoy, tía? —preguntó Zwaan.

—Me quedé dormida unas horas. Cuando me desperté ya habían dado las doce.

—El médico dijo...

—El médico no tiene por qué decirte a ti nada. Nuestro médico es demasiado bajito. Yo quiero un médico alto. Un médico alto se da cuenta enseguida de que tú no eres más que un niño. Me alegra saber que tienes un amiguito, Piem, me alegra mucho. ¿Tú también estás contento con tu amiguito?

—Muy contento —contestó Zwaan visiblemente irritado.

Su tía se echó a reír.

—Todavía no he cumplido los cuarenta —me dijo—. No soy una viejita, si es eso lo que pensabas. A tu padre no lo conozco. ¿Por qué conoce Bet a tu padre? Yo no sé casi nada, pero lo que sí sé es que si Piem te ha traído a casa es porque tienes algo especial. Pero claro, quien tiene algo especial no va por ahí alardeando de ello, ¿no es cierto?

—Yo no tengo nada especial, señora —contesté.

—¿Has oído cómo habla, Piem? Tu amigo habla como los chicos de la calle. En Lijnbaansgracht todos hablan así, ¿verdad?

—Es por la escuela —dijo Zwaan—. A veces habla como hablan en clase. Ahora habla así porque usted lo pone nervioso.

—Tú también estás en la misma clase. ¿Por qué no hablas tú también con ese acento tan gracioso? Ah, sí, ya sé… porque no te gusta relacionarte con los demás, tú vas libre, lees demasiado. Te voy a esconder los libros. ¿Has bajado ya carbón de la buhardilla?

—Ahora lo bajo —contestó Zwaan.

—¿No pensarás dejarme sola con él?

Zwaan se fue hacia la sala trasera, se dio la vuelta y dijo:

—Su madre murió hace un año.

Con toda calma, corrió las entrepuertas.

—¡Ve también al Vana y trae galletas María! —le dijo su tía.

De modo que allí me quedé yo solo, con aquella mujer observándome.

¿Por qué había dicho Zwaan lo de mi madre? Qué imbécil. Ahora me sentía ridículo en aquella casa tan imponente. No quería hacer el papel del pobre niño sin madre que además habla como un chico de la calle. Lo curioso es que pensé: "¿Estoy aquí porque mi madre está muerta?". No tenía respuesta a esa pregunta. Y tampoco quería tenerla. Además, era una pregunta absurda. Pero cuando te viene algo a la cabeza, no puedes hacer nada por evitarlo. De pronto me entró la risa.

—¿A qué viene esa risa? —preguntó la tía de Zwaan.

—Oh, nada —contesté.

—¿Tú también crees que Piem está un poco corrido de la teja?

No contesté. A preguntas necias, oídos sordos.

—De modo que hace un año…

—No necesito compasión —me apresuré a decir.

—Más te vale. La gente que va por ahí mendigando compasión es un horror. Además, es demasiado fácil. Quien quiere dar pena siempre encuentra un motivo. ¿Estaba enferma?

—Tenía gripe.

Ella hizo ademán de reírse, pero en el último momento se contuvo y disimuló inspirando hondo.

—¿Cuántos años tienes?

—Diez —dije yo.

—Piem también tiene diez años, pero bueno, eso tú ya lo sabes, claro. Yo odio las edades. Siempre juzgan a la gente por su edad. ¿No te pasa a ti también? A un muchacho de diez años, por ejemplo, nadie lo toma en serio.

—Yo no pienso en esas cosas.

—Piem sí. Por eso no habla mucho. ¿A ti te parece un buen chico?

Me encogí de hombros.

Ella también se encogió de hombros. Los chicos de tu clase no te pueden imitar, pero las personas mayores, por lo visto, sí. Muy bonito.

—Me alegro de que no hayas dicho que te parece un buen chico.

—¿Por qué?

—Porque la mayoría de la gente dice ese tipo de cosas sin pensar demasiado. Lo mejor es encogerse de hombros. ¿Echas de menos a tu madre?

Los mayores preguntan muchas veces cosas que no te esperas. No era la primera vez que me ocurría.

—Te he hecho una pregunta, Thomas.

—Es que no sé qué significa exactamente echar de menos.

—Yo tampoco.

—¿Me está usted mamando gallo?

Ella sonrió brevemente.

—No, claro que no te estoy *mamando gallo*. Y vaya forma de hablar, por cierto. ¿No puedes utilizar una expresión más formalita, como *tomar el pelo*? ¿Quieres venir más veces a esta casa? Llama a la puerta siempre que quieras. A veces abrimos y a veces no. Ven aquí un momento.

Dije que no con la cabeza.

—¿Te parezco vieja y fea?

Me encogí de hombros, ya que tanto le gustaba es forma de responder.

—Vete ya. Y cierra las puertas corredizas al salir.

En la sala trasera no había nadie.

Miré las dos manzanas y la cuchara metida en el bote de mermelada. No debía tocar las manzanas, pero tal vez podía tomarme una cucharada de mermelada sin que nadie se diera cuenta. También podía bajar corriendo las escaleras.

Me acerqué a los ventanales. Miré hacia fuera y, en efecto, al otro lado del canal se veía mi casa. La fachada se veía muy estrecha desde aquella distancia. Tras una de las ventanas estaba mi padre.

Lo saludé con la mano.

Pero podía saludar todo lo que quisiera, que él ni se inmutaba. Además, ¿cómo iba a saber él que yo estaba allí? Desde aquella distancia daba la impresión de que estaba sumido en pensamientos muy hondos, lo cual, por otra parte, no me sorprendía, porque siempre está igual.

Mientras él estaba allí, yo había estado hablando de mamá en una casa extraña. En nuestra propia casa nunca hablábamos de ella. No sé por qué, pero el caso es que no lo hacíamos.

¿Me convertía eso en un *traidorero*?

Si se lo contara a mi padre, seguro que le daría igual. Y si le preguntara que si me consideraba un *traidorero*, me diría: "Si quieres ser un *traidorero*, allá tú. Tienes mi permiso".

La puerta se abrió y alguien entró a la sala. Me di la vuelta y, para mi sorpresa, vi que no era Zwaan, sino una chica con el pelo largo y negro. Llevaba unas gafas de acero y no era demasiado alta que digamos.

Señalé con el pulgar hacia atrás por encima del hombro y dije:

—Eh… yo vivo ahí. Voy a la clase de Zwaan.

Ella asintió con la cabeza.

Señalé las puertas corredizas.

—Zwaan creía que estabas durmiendo, pero estás despierta. ¿Es verdad que tienes trece años?

Ella no dijo nada. Parecía una maestra de escuela en miniatura.

—Zwaan la llama tía —dije—. ¿Tú sabes por qué?

—Creo que porque es su tía —contestó ella.

—¿Tú también la llamas tía?

—No, yo la llamo mamá.

—¿Por qué?

—Pues porque es mi madre.

Me miró fijamente. Para ser una chica ya había hablado mucho conmigo. Yo no estaba acostumbrado a que las chicas me hicieran tanto caso y empecé a notarlo en las rodillas. Faltó poco para que tuviera que agarrarme a la mesa.

—Tú eres Thomas Vrij —dijo ella—. Yo soy Bet Zwaan. Piem es mi primo. ¿Qué tal estás, Thomas?

—El médico dice que puedo comer de todo —respondí.

Ella hizo un gesto como diciendo: muy gracioso.

Era una broma que le había copiado a Mosterd. Él siempre decía eso cuando mi padre le preguntaba por su salud. Pero Bet no podía saberlo. De todas formas, me pareció que sonreía disimuladamente. Arrancarle a alguien una sonrisa no es gran cosa, así que arrancarle una sonrisa disimulada es casi lo mismo que no conseguir nada.

—Has crecido mucho —dijo Bet.

Se acercó a mí lentamente. Me entró dolor de estómago de los nervios. No era más alta ni más baja que yo. Dio una vuelta a mi alrededor y finalmente se detuvo muy cerca de mí. Nuestras narices casi se tocaban. Bet olía a agua enjabonada que se ha quedado fría, un olor delicioso.

—Eres muy paliducho. ¿Tomas suficiente miel? —me preguntó.

—Tomo tanta miel que casi se me sale por la nariz —contesté.

Bet se fue con pasos ligeros hacia un aparador marrón sin barnizar, abrió un cajón y volvió a mi lado con un pañuelo impoluto en la mano.

—La miel no es lo único que se te sale por la nariz —dijo—. Haz el favor de sonarte.

"Oh, no —pensé—. ¿Ya estoy moqueando otra vez?". Sé perfectamente que me tengo que limpiar las gotas de vez en cuando, pero se me olvida.

Me soné la nariz. Nunca me había sonado la nariz delante de una chica y me azoré tanto que me quería morir.

Cuando terminé, hice ademán de devolverle el pañuelo, pero ella puso cara de asco y dijo:

—Puaj, a mí no me des eso. Te lo puedes quedar.

—Gracias —dije—. Huele muy bien. Me voy a sonar con tu pañuelo cada hora, aunque no me haga falta.

—¿Dónde está Piem?

—Se ha ido al Vana por galletas María.

—Ah… —suspiró Bet—. En la tienda siempre se queda embobado y se le cuelan todas las señoras.

—Ustedes llaman Piem a Zwaan, ¿verdad?

—Sí, así es como lo llamamos.

—No me extraña, Piet es un nombre de mierda.

—¿Eres siempre tan malhablado?

—¿Malhablado? ¿Por qué?

—¿Te ha visto ya mi madre?

—Ya lo creo —dije.

—Y ¿qué te ha dicho?

—De todo.

—Piem y tú jugaban juntos de pequeños, ¿te acuerdas?

—Nosotros no hemos jugado nunca —contesté—. Zwaan ni siquiera sabe lo que es jugar.

A Bet no le parecía raro que yo llamara Zwaan a su primo. Acababa de conocerla y ya estaba loquito por ella, pero no creo que el sentimiento fuera recíproco.

—A ustedes se les ha olvidado, porque solo tenían cuatro años.

—¿Cuatro años? Imposible.

—¿Por qué? ¿No has tenido nunca cuatro años, o qué?

—Por supuesto que he tenido cuatro años. Hace una eternidad.

—La calle Den Tex. ¿Te dice algo eso?

—Sí, es una calle muy tranquila. Allí puedo jugar al balón yo solo estupendamente. Hay un muro sin ventanas.

—¿No recuerdas nada de cuando tenías cuatro años?

—Claro que me acuerdo. Iba a un colegio cristiano.

—¿Por qué cristiano?

—Porque estaba muy cerca de casa. Nos contaban historias fabulosas sobre Absalón y David. ¿Lo ves? Me acuerdo de todo. Absalón quería ser rey, pero quien era rey era su padre. Entonces pensó: "Le saco la mugre a mi padre y listo". De modo que se armó una buena bronca y Absalón tuvo que huir y se le enredó el pelo en un árbol.

—Eres un boquisucio —dijo Bet.

—Absalón se puso a patalear como un pez colgado del anzuelo y Joab le clavó tres flechas. David lloró por la muerte de su hijo y la maestra casi se pone también a llorar cuando nos lo contó. Pero yo no, yo disfruté de lo lindo.

—Esa es una historia muy bonita —dijo Bet—, pero tú la cuentas fatal. ¿Sabes de qué trata en realidad?

—Sí, pero no te lo digo.

—Trata del conflicto entre padres e hijos, de la lucha entre la autoridad y la juventud.

Yo eso no lo entendía.

—Es una buena historia —dije—, y tú opinas lo mismo, ¿verdad?

Bet se rio.

—Todos los hijos se reconocen en esa historia —dijo—, aunque tengan cuatro años.

—Zwaan no dice nunca nada de la calle Den Tex. Está aquí al lado. Se llega en un momento.

—Sí, ya lo sé —replicó ella.

Yo había entrado en calor de mi propia historia. Y me daba la impresión de que Bet también había cogido un poco de color en la cara.

—Pero no debes hablar de ello con mi madre ni con Piem —dijo Bet.

—¿Por qué? ¿No conocen la historia de David y Absalón?

—No, tonto. Me refiero a la calle Den Tex.

Me saqué el pañuelo del bolsillo, porque un hilito líquido que salía de mi nariz había llegado ya a mis labios. Me volví a sonar brevemente, pero con energía.

Bet levantaba migas del mantel con el pulgar y el índice y las iba depositando en uno de los platitos. Tenía las manos blanquecinas y las uñas cortas.

—Me impresionó mucho oír que había muerto tu madre —dijo sin mirarme.

—¿Quién te lo ha contado?

—Tu padre. Me encontré con él en la calle. Le pregunté por ti y por tu madre.

Suspiré y pensé: "Qué chica más educada".

—Entonces me lo contó. No me atreví a contárselo a Piem.

—Mi padre no me ha contado nada —murmuré—. Nunca me cuenta cosas normales. Quiero decir que nunca cuenta cosas del barrio o de lo que hace cuando va al centro.

—Luego me enteré de que Piem está en tu clase —dijo Bet— y pensé que no tardaría en verte.

Sonrió con timidez.

Yo también sonreí con timidez, pero no con tanta gracia como ella, lo mío se parecía más a un hipo espasmódico.

—Y aquí estás por fin —concluyó—. ¿Por qué no te quitas el abrigo, Thomas?

Me quité el abrigo despacio.

Piem era el primo de Bet, la madre de Bet era la tía de Piem, y yo no podía hablar con ellos de la calle Den Tex. Cuando hay algo que no entiendes, siempre puedes pedir que te lo expliquen. Pero cuando hay muchas cosas que no entiendes, al final no preguntas nada, porque no sabes por dónde demonios empezar.

Nos sentamos los tres a la mesa. Nadie decía nada.

Bet untaba miel en unas cuantas galletas María.

Zwaan pelaba con mucho tiento las dos manzanas. Cuando terminó le dio una a Bet y se quedó con la otra.

A mí no me dio nada, a pesar de que Bet me había puesto un plato.

Entonces cortaron sus manzanas por la mitad con el cuchillo de plata y cada uno me dio una mitad. Ahora había en mi plato una manzana entera y en los suyos solo media.

Bet y Zwaan cortaron su media manzana en trocitos pequeños y se la comieron con tanta corrección que no se oía nada.

Yo le pegué un mordisco a una de mis medias manzanas y escuché con fruición el ruido que hacía al masticar. Ya bastante silencio había en aquella casa de Weteringschans.

A continuación comimos galletas con miel. ¡Una verdadera delicia! Las galletas María secas me hacen toser, pero una galleta María con miel se deshace en la lengua como si fuera crema. Aquello era mejor que un *tompouce*.

"No creo —pensé—, que cada día se sienten a la mesa con alguien distinto".

—Casi nunca tenemos invitados —dijo Bet.

Yo no pregunté nada.

Pero tampoco tenía ganas de otro largo silencio.

—Yo no pregunto nada —dije.

Bet me guiñó un ojo. Zwaan se dio cuenta y sonrió maliciosamente.

—Mi padre se va a Alemania —dije.

Los dos miraban su plato. Zwaan aplastó una miga con un dedo y a continuación se la llevó a la boca.

—Va a trabajar de censor. Tiene que leer cartas de los nazis.

—¿Por qué? —preguntó Bet.

—Porque necesito ropa nueva —contesté.

A Zwaan eso lo hizo reír. A Bet no. Sus ojos se veían pequeños y ardientes tras los cristales de sus gafas de acero. Era como si mirara a través de mí.

—Y ¿tú qué vas a hacer, Thomas? —preguntó Zwaan.

—Yo me voy a casa de mi tía Fie.

—Me alegro de que no te vayas a Alemania —dijo Bet muy seria.

—¿Por qué? —pregunté.

—Porque en Alemania hay muchos alemanes.

—¿Por qué no los llamas nazis?

—Porque la guerra ya ha terminado y hablar así me parece muy chabacano —contestó Bet.

Miré a Zwaan. Se estaba riendo a su manera estúpida, sacudiendo los hombros sin emitir ningún sonido. Yo no me reí, porque no sabía qué significaba *chabacano*.

—Zwaan —dije—, yo te voy a seguir llamando Zwaan. Piem también me gusta, pero eso es algo de ustedes, de esta casa. ¿Hay alguien que te llame de alguna otra forma?

—Mis padres adoptivos me llaman Piet —contestó Zwaan.

Yo no pregunté nada. Ya me enteraría de cómo era toda la cosa.

—Y mi padre me llamaba Sonny —añadió.

—No entiendo nada —murmuré.

Zwaan y Bet me miraron y yo los miré a ellos alternativamente.

Papá se va a Nazilandia

EL SÁBADO POR LA TARDE FUE GENIAL. Pero también fue una tarde amarga, porque la maleta de mi padre ya estaba abierta encima de su cama, llena a rebosar de camisas viejas y calzoncillos largos.

Voorland y Mosterd se sentaron en sendos butacones. Yo me senté en el baúl, junto a la ventana, y miraba de vez en cuando por encima del hombro hacia las fachadas traseras de las casas de Weteringschans. La sala trasera de Zwaan y Bet tenía la luz apagada. O ¿era que las cortinas estaban cerradas?

Mi padre tosió y yo lo oí, porque Voorland y Mosterd, para variar, esperaban acontecimientos con el pico cerrado.

—Eh —dijo mi padre—, ¿quieren que les lea un fragmento? En realidad no es apropiado para Thomas, pero que se vayan al infierno los educadores. Ya bastante daño le han causado al mundo.

Yo fui el único que se rio.

Mi padre empezó a leer.

Era muy bonito lo que había escrito. Pero antes, cuando me leía en voz alta, hablaba en un tono de voz normal, como si estuviera charlando con alguien. Ahora que leía su propio libro, sin embargo, casi cantaba, y a veces bajaba mucho la voz y susurraba con los ojos entrecerrados. Me fijé en sus dedos. Los tenía amarillos del tabaco. Vi que

Voorland se pasaba la lengua por los labios. Tenía una lengua muy gorda. Y vi a Mosterd arrancándose un pelo de la nariz. De lo que leía mi padre no entendí ni jota. Era como la música de flauta de mi madre, de la que tampoco entendía nada. Lo único que sé es que me hería los oídos.

Lo único que saqué en claro es que en el libro de mi padre siempre estaba lloviendo, las calles estaban envueltas en una densa niebla, los zapatos tenían agujeros y cada dos por tres se moría alguien. En ese libro moría tanta gente que al final perdías la cuenta.

Voorland y Mosterd miraban con una expresión de solemnidad que también tenía algo tétrico. Era como si me hubiera colado a escondidas en una casa del terror donde no se me había perdido nada. Me estremecí de puro placer.

Empecé a soñar despierto.

Sentía con mucha intensidad la presencia a mis espaldas de la casa de Weteringschans, aquella casa con la sala trasera en penumbra, aquella casa en la que el día anterior se habló de mi madre. Los tres hombres que había ahora en mi propia casa no hablaban nunca de mi madre. Lo cual, la verdad, me resultaba muy atento de su parte. Ahora era como si mi madre estuviera trajinando en la cocina como siempre, como si en cualquier momento pudiera entrar a la salita, con el pelo revuelto de ira y las manos mojadas de lavar y fregar. Entonces nos daría un buen regaño. Sobre todo a mi padre. "Deja ya de perder el tiempo con esos vagos, Johannes Vrij —le diría—, hay que traer pan a casa, no nos queda ni una sola prenda sin agujeros. O ¿acaso quieres que salga yo a trabajar de limpiadora y costurera? ¿O que me ponga a mendigar en el mercado?". Entonces se daría cuenta de que yo también estaba allí.

"Y tú, jovencito, a la cama inmediatamente si no quieres que me enfade".

—"Y sombríos fueron los días de Cornelis Oudenboom" —recitó mi padre a tal volumen que me obligó a abrir los ojos.

Mosterd se había quedado dormido.

Mi padre se dio cuenta y cerró de golpe su voluminoso cuaderno.

Dos segundos después, Mosterd se despertó sobresaltado por el silencio.

—Espléndido —alabó el trabajo de mi padre—, me recuerda a... —Pero dejó la frase a medias y ya no dijo una palabra más.

Voorland tampoco dijo nada.

Mi padre encendió otro cigarrillo con una colilla minúscula.

Yo quería hablarles de la imponente casa de Weteringschans, de Zwaan y Bet y aquella señora flacuchenta a la que le gustaba que me encogiera de hombros.

Pero de pronto se pusieron a hablar animadamente entre ellos y se olvidaron de mi presencia.

Casi mejor, porque, de todas formas, no me habrían creído.

En la cama, por primera vez, no pensé en Liesje Overwater antes de quedarme dormido. Pensé en Bet y me llevé su pañuelo a la nariz.

Luego tuve un sueño.

Cruzaba el canal medio a oscuras y al llegar me detenía frente a la casa de Zwaan y Bet. Detrás de una de las ventanas de la sala trasera veía a una mujer o una niña vestida de blanco que me estaba mirando. Pero lo curioso es que no era Bet, sino mi madre. A veces solo se recuerda un retal de un sueño. ¿Por qué será?

El domingo a mediodía, la tía Fie y yo acompañamos a mi padre a la estación. Tenía que tomar el tren a Tilburg, donde se alojaría temporalmente. El lunes recibiría un curso sobre las tarifas postales de Alemania y luego empezaría con su labor de censura propiamente dicha.

Cruzamos el vestíbulo de la estación Central. Mi padre llevaba una maleta y una bolsa, y la tía Fie traía una bolsa de la compra deshilachada con manoplas de baño, unas pantuflas medio roídas del tío Fred y dos botellas.

—¿Por qué pones esa cara tan triste? —le pregunté a mi padre.

—¿A quién puede interesarle un curso sobre las tarifas postales de Alemania? —dijo él—. No sé si voy a subirme a ese tren.

—No te queda más remedio.

—¿Por qué?

—Porque acabas de comprar el pasaje.

—¿Tienes los billetes de acceso al andén, jovencito? —me preguntó la tía Fie.

—¿Los papelitos esos marrones?

Ella asintió aliviada.

—¿De cartón? ¿Con rayas blancas?

—Sí, sí, esos.

—Me los he guardado en el bolsillo de atrás —dije llevándome la mano al fondillo—. Uy, este pantalón no tiene bolsillos atrás, se me había olvidado. ¿Dónde los he metido?

La tía Fie me miró incrédula.

—Están en el bolsillo de tu chaqueta —dijo mi padre—. ¿Por qué quieres hacerte el gracioso, Thomas?

—No permito que nadie se burle de mí —resopló la tía Fie.

—No me gustan nada los mamagallistas —me amonestó mi padre.

—¿Por qué? —pregunté.

—Esta noche voy a dormir en un viejo almacén.

Por la expresión de mi padre se diría que había visto un fantasma.

—Y ¿tan horrible te parece eso?

—Voy a dormir rodeado de tipos que eructan, se tiran pedos y se cuentan chistes soeces. No voy a pegar ojo, de eso estoy seguro.

—Si quieres ser soldado tendrás que pasar por ello —dije—. ¿De verdad es tan divertido dormir en un almacén?

Mi padre señaló la bolsa de la tía Fie.

—¿Qué traes en esas botellas? —preguntó.

—Té frío —contestó ella.

—¿Té? —dijo mi padre perplejo—. Todo el mundo sabe que los ingleses te dan tanto té que cualquiera diría que quieren envenenarte. Llevar té al Ejército inglés es como llevar arroz a la India o caviar a Rusia.

—Lo he traído con la mejor intención —se defendió la tía Fie.

El andén era un espectáculo para la vista. Gente no es que hubiera demasiada, pero dondequiera que mirara había trenes. No muy lejos de mí había una magnífica locomotora diésel, pero ese no era el tren de mi padre. Sin embargo, más bonitas todavía eran las locomotoras de vapor, que resoplaban impacientes y echaban penachos de humo por la chimenea.

Pero yo solo tenía un billete de acceso al andén.

Ninguno de aquellos trenes era para mí. Yo me tenía que quedar en tierra, a pesar de lo mucho que me habría gustado viajar a mí también. Siempre que veo un tren en el que sé que no me puedo subir me siento la persona más desgraciada del mundo solo de pensar que me tengo que quedar en el andén.

Miré a mi padre. Había dejado la maleta en el suelo y no estaba fumando. Me daba envidia de él, porque él sí iba a viajar en tren.

La tía Fie abrió la puerta de un vagón y yo de un salto me metí dentro.

—¡Vuelve aquí, Tommie! —exclamó, mientras metía las bolsas y la maleta en el tren—. ¡No alborotes tanto!

Yo bajé al andén de otro salto, di una vuelta entera alrededor de mi padre, que estaba allí de pie y mudo como una estatua, y le di una palmada en el costado.

—¿Me dejas ir contigo? ¿Por favor? ¿Puedo ir contigo?

—Sí, hijo —contestó—. Todo va a salir bien, ¿no crees?

De pronto me miró fijamente.

—No me gusta tener que dejarte aquí solo —dijo—. No, es una canallada de mi parte.

—Sí, es una canallada del carajo —repliqué yo.

Mi padre asintió con la cabeza. Él nunca me dice que soy un malhablado, porque hablo igual que él.

—Todo el mundo aquí se va de viaje en tren. Todos menos yo.

—La tía Fie tampoco se va —me recordó mi padre—. Por cierto, ¿dónde está?

—Mira, se ha subido al vagón. Ella también quiere viajar.

Pero justo en ese momento, la tía Fie bajó otra vez al andén.

—Todo está ya bien colocadito en el portamaletas —le dijo a mi padre—. No te preocupes, Johannes, no voy a mimar demasiado al niño.

—No olvides que le gusta leer en la cama.

Se me hizo un nudo en la garganta. Llorar en el hielo de Ámsterdam es una cosa, pero llorar en el andén de la estación… ni hablar, no lo voy a permitir.

Mi padre entró al vagón con pasos lentos, cerró la puerta y subió la ventanilla. Yo me acerqué a él, con la tía Fie siguiéndome de cerca.

—Johannes —dijo ella—, estoy orgullosa de ti. Aprovecha esta oportunidad al máximo.

Mi padre tenía una expresión tan triste en la cara que parecía Mosterd.

—Me voy al país de Beethoven y Goethe —suspiró.

La tía Fie hizo un gesto despectivo.

—Sí, y el país de otros que podría yo decir.

—Olvídalo —resopló mi padre—. Ahora me gustaría hablar con Thomas a solas. ¿No te importa, Fie? ¿No me lo tomarás a mal?

La tía Fie no dijo nada, pero abrió mucho los ojos. Entonces le dio dos fuertes besos a mi padre, le pasó una mano por el pelo gris y se alejó con resolución. Se quedó esperando junto a la escalera que bajaba hacia el vestíbulo.

—Solo repruebo en Educación Física —le dije a mi padre.

—Y ¿qué es eso exactamente? —preguntó él.

—Ya sabes: subir por la cuerda, colgarse de las anillas y esas cosas.

—¿Se meten contigo en la escuela?

—No, nunca.

Mi padre hizo un vago gesto de asentimiento.

—¿Conoces a alguien que se apellide Zwaan? —le pregunté.

Mi padre miró por encima de mí, pero no creo que viera nada concreto en la distancia.

—¿Por qué preguntas? —murmuró vagamente.

—Piet Zwaan está en mi clase.

Mi padre suspiró.

—El tren está a punto de partir —refunfuñó—. Este no es momento para sacar ese tema.

Me miró fijamente.

—Todavía eres un muchachito de nada, ¿eh? ¿No te molesta?

—No, me da igual.

—Ya te lo contaré en su momento. Aunque… ¿qué significa eso? Mañana también puedo decir lo mismo, y dentro de mucho tiempo también. Nunca se sabe cuándo llega exactamente ese momento.

Como todo lo que dice son siempre bobadas, yo solo escuchaba a medias.

—¿Todavía tienes las moneditas?

Se me había olvidado que ahora era más rico que nunca. Asentí con una amplia sonrisa.

—Cómprale un trozo de jabón a la tía.

—Sí, hombre. No me gasto el dinero en jabón ni loco.

—Eres un sinvergüenza, Thomas. De quién te vendrá… Voy a echar de menos tus historias.

—El tío Fred odia mis historias. Cree que me las invento, que son todo mentiras.

—Bah, mentiras —suspiró mi padre—. ¿Quién es capaz de contar algo sin colar alguna mentira? Una vez intenté hablar diez minutos sin decir ninguna mentira y me entró tal dolor de cabeza que me tuve que tomar tres analgésicos. ¿Me puedes creer?

—Sí.

—Pues es mentira, me lo acabo de inventar —se rio mi padre muy animado de repente.

—¿Qué es mentir? —pregunté enfadado.

—Pues… yo diría que hablar es mentir.

—¿De verdad?

Mi padre esbozó una sonrisa pícara.

—Que me crezca la nariz si no es verdad.

—Qué suerte tienes. Vas a viajar en tren.

—Sí, pero no voy a París ni a Roma. Voy a Tilburg y luego a Peine, un sitio perdido de la mano de Dios. Además, odio la censura. Todas las desgracias empiezan con la censura. ¿Qué tal está Liesje?

—¿Cuál Liesje?

—Liesje la del bañador. ¿No era tu amiga?

—¿Quién ha dicho eso?

—Tú mismo me lo contaste hace unos días. Mamá decía siempre que lo tuyo son las chicas.

Ahora que el tren podía partir en cualquier momento decía por fin algo de mamá. Me moría de ganas por hacer un largo viaje en tren. Me propuse no volver a ir jamás a una estación sin un pasaje para el tren.

—¿Decía eso? —pregunté.

Mi padre suspiró.

—Liesje Overwater tiene las piernas muy flacuchas —dije—. Bet lleva gafas.

—¿Bet? —preguntó—. Ah, te refieres a Bet Zwaan.

—Sí.

—Maldita sea, no quiero ir a…

—¿A Nazilandia?

—No, a Alemania.

Un señor con una gorra sopló con fuerza un silbato.

—Todavía me tienes que preguntar una cosa.

—¿Qué cosa? No sé de qué me hablas.

—Tienes que preguntarme si voy a ser bueno.

—¿Lo dices en serio? Yo ni sé qué significa eso.

—Si no me porto bien le van a salir canas a la tía.

—La tía ya tiene canas y no creo que sea por tu culpa.

El tren dio una sacudida y la chimenea expulsó una nube de humo acompañada de un largo silbido.

—Me quiero morir —suspiró mi padre.

El tren se puso en marcha muy despacio.

—¿Vas a ser bueno? —le pregunté.

—¡No! —exclamó mi padre—. ¡Me niego!

Con medio cuerpo asomado a la ventanilla, se despidió de mí agitando una mano en alto, aunque más bien parecía que intentaba espantar una mosca.

El día que escuchamos
veinte veces *Sonny Boy*

DOMINGO POR LA TARDE. A esas horas, mi padre ya debía estar en Tilburg. Sentado en la pulcra sala de la tía Fie y el tío Fred, yo añoraba la estación y los trenes.

La calle estaba en silencio.

Los vecinos tenían puesta la radio a un volumen excesivo.

Me moría de aburrimiento solo de mirar los bodegones que tenían colgados en la pared. Los trenes y el ajetreo de los pasajeros en el andén quedaban ya muy lejos. En la sala había varios ceniceros vacíos y no olía a abrigos sucios, sino a coles de Bruselas. Solo de comer coliflor y fríjoles me enfermo, pero con las coles de Bruselas prácticamente me muero.

—No pongas esa cara de asco —me dijo la tía Fie.

Todavía no eran ni las cinco y ya estábamos sentados a la mesa. El tío Fred tenía una expresión soñadora en la cara y llevaba una bata con manchas de color amarillo claro.

—Le estás dando un muy mal ejemplo a Tommie —le dijo la tía Fie—. Esa no es forma de sentarse a la mesa el domingo.

—¿Has ido esta mañana a ver un documental sobre la naturaleza? —le pregunté al tío Fred.

—¿Perdón? —contestó él.

—Ya sabes, con chicas zulúes en cueros.

—Disculpa que pregunte —dijo el tío Fred mirando a la tía Fie con sus grandes ojos de pasmarote—, pero ¿se puede saber qué le cuentas tú a este muchacho?

—O sea que la culpa es mía —replicó la tía Fie—. Yo no soy quien va a ver esas películas.

Miré al tío Fred. Se había echado brillantina en la cabeza y su pelo brillaba como el esmalte negro del cubo del carbón. Mi madre me dijo una vez que el tío Fred tiene diez años menos que la tía Fie y que ella le da dinero de bolsillo. Cada vez que se limpia las orejas con una toalla, le pone una multa de veinticinco céntimos.

—Termina de comer, Periquito de los palotes —me dijo el tío Fred.

Me comí unas cuantas coles de Bruselas y me metí un trozo de albóndiga en la boca aguantándome las náuseas. La carne sabía a coles. Hasta las papas sabían a coles. Y cuando me soné la nariz con el delicioso pañuelo de Bet, también olía a las malditas coles. Me estaba enfermando en la mesa, quería irme de allí.

—Uy —dije—, se me ha olvidado traer mi libro. ¿Puedo ir luego a buscarlo?

—No —contestó la tía Fie.

Casi vomito por la nariz.

—Escucha, jovencito —dijo la tía Fie—, siempre digo que no demasiado rápido. Si quieres, puedes ir a buscar tu libro, pero vuelve enseguida. No debes estar mucho tiempo solo. Pero te comprendo, todavía te tienes que acostumbrar a esta casa, ¿verdad?

—Lo que yo te iba a proponer —intervino el tío Fred—, es que si te acabas tu plato como es debido, luego te dejo entrar conmigo al cuarto oscuro.

—Ya hace rato que ha debido llegar a Tilburg, ¿verdad? —dije.

—El mundo tiene que ir siempre hacia delante y tu padre no se puede quedar atrás —contestó la tía Fie—. A tu tío le van a subir el sueldo en la oficina.

—Solo son rumores —puntualizó el tío Fred—, rumores nada más.

—Yo tengo que comprar un sillín terapéutico para la bicicleta —dijo la tía Fie.

—¿Por qué? —pregunté.

—Eso no se pregunta, niño —replicó la tía Fie—. Eso son cosas de mayores. Tú, por suerte, todavía no sabes nada de eso.

"El mundo entero se ha conjurado contra mí —pensé—. Entre todos han decidido no contarme nada. Se lo veo en la cara. En cuanto miro hacia otro lado se ponen a cuchichear entre ellos: 'Thomas no lo sabe, ¿eh?, ten cuidado, ¿eh?, que no se entere, todavía es muy pequeño'. Tengo que preguntarle a mi padre qué es eso de un sillín terapéutico".

Me terminé el plato como un buen chico. La tía Fie se lo había ganado.

Al salir a la calle no me abroché el abrigo. Inspiré hondo el aire frío para eliminar el regusto a vómito que tenía en la nariz.

Me sentía muy desdichado.

Hundí las manos en los bolsillos de mi pantalón. Con pasos largos y firmes, la vista clavada en la capa de nieve endurecida, avancé con decisión por la calle Van Wou y faltó poco para que derribara a mi paso a más de un hombre atolondrado con orejeras en la cabeza.

En Lijnbaansgracht, en realidad, no tenía nada qué buscar. La casa estaba fría, mi padre ya no estaba y hasta el olor a tabaco había desaparecido. Se lo había llevado con él a Tilburg.

¿Qué estaba haciendo allí?

No era la primera vez que estaba solo allí, ni mucho menos, pero ¿por qué me resultaba ahora tan desolador?

Recorrí la casa de un lado a otro. Me asomé a las ventanas traseras y luego a las de la parte delantera. Daba la impresión de que las habitaciones eran más pequeñas.

La noche en que mamá ya no estaba, porque acababa de morir en el hospital, las habitaciones también me parecieròn diminutas.

"Papá no está muerto —pensé—. Dentro de nada estará en Alemania y un padre que está lejos no sirve de gran cosa, pero es mejor que nada. Hace mucho tiempo lo acompañaste a la estación a tomar el tren, ¿te acuerdas?".

"Sí, claro que me acuerdo".

Saqué *La juventud luminosa de Frits van Duuren* de debajo de la almohada y me puse a hojearlo. Tremenda infantilada. Qué ilustraciones más bobas. ¿Qué me importaba a mí la muerte de ese perro de mierda?

Miré otra vez por la ventana.

Las farolas estaban encendidas, pero apenas se veían entre las sombras. La sala trasera de Zwaan y Bet también tenía las luces encendidas.

No me apetecía volver todavía a casa de la tía Fie.

Me quedé un rato en el puente de Reguliersgracht.

Era de noche, pero se veía todo: el puente de Amstelveld, los árboles desnudos… Si aguzabas la vista, se veían
hasta las bicicletas negras junto a las farolas.

No sé qué daba más luz: las bombillas de las farolas
o la capa de nieve helada.

No muy lejos de mí, un perro pulgoso se detuvo a
mear contra un árbol. Tiritaba como solo son capaces de
tiritar los perros. Me entró frío de solo verlo y empecé
a tiritar yo también.

"Pobre animal —pensé—. No sabe nada del hielo de
invierno y no tiene ni idea de que el hielo y el invierno podrían durar eternamente, por siempre jamás".

Yo sí lo sabía. Porque yo conocía a Piet Zwaan y él me
lo había contado.

Con el libro debajo del brazo, me fui caminando tranquilamente hasta la calle Den Tex, pero allí no había nada
qué hacer. No se veía ni un alma. Todas las casas tenían
las cortinas abiertas. Un señor mayor con tirantes me vio y
negó con la cabeza. Un poco más adelante, en otra sala, un
niño me miró dándose golpecitos con el índice en la frente[14].

Continué mi camino andando con mucha parsimonia por Weteringschans.

Me detuve delante de la casa de Zwaan y Bet. Miré
hacia arriba. En la sala frontal no había luz. Podía llamar o
no llamar.

Llamé.

Cuando se abrió la puerta, grité hacia arriba:

—¡No hace falta!

---

14. N. del T.: En el ámbito de la lengua neerlandesa, gesto para indicar que
alguien está loco.

—¡Eh, Thomas! —oí exclamar a Zwaan—. ¡Ven, corre!

Casi se me saltan las lágrimas de alegría.

Zwaan no llevaba zapatos, solo unos calcetines sin agujeros.

Encima de la mesa de madera de la sala trasera había un atlas muy antiguo abierto, y a su lado una taza de té. Dejé mi libro en una silla, me quité la chaqueta y la colgué en el respaldo.

Zwaan estaba inquieto.

—Pensé que alguien había llamado por error a nuestra puerta. ¡Pero eras tú!

—Es que pasaba por aquí casualmente.

—Y se te ha ocurrido llamar.

—Sí, pero no tengo mucho tiempo. Me tengo que ir enseguida. ¿Estabas echando un motoso, o qué?

—No, ¿por qué lo dices?

—Porque tienes los ojos muy pequeñitos.

—Es que llevaba mucho rato con la vista fija en el libro.

Zwaan cerró el atlas.

—Estoy solo en casa —dijo—. Mi tía Jos y Bet se han ido a visitar a una enferma. Pero no me preguntes quién es la enferma, porque mi tía Jos tiene un montón de tías viejas y enfermas. Qué bien que hayas venido. ¿Quieres beber algo?

—Bueno, dame también un poco de té.

El té estaba frío, como a mí me gusta. También me comí una *café noir*[15]. Mojada en el té, la galleta se transformaba en una deliciosa pasta dentro de la boca.

---

15. Tipo de galleta tradicional holandesa con glaseado sabor a café.

—Eh, estás haciendo hormigón —dijo Zwaan con una sonrisa.

—¿Qué es eso?

—Comer y beber a la vez. Mi tía Jos no nos lo permite. ¿Te encuentras mal, Thomas?

—Mi padre está en Tilburg y mañana recibe un curso sobre las tarifas postales de Alemania.

—Ahora vives con tu tía Fie, ¿verdad?

—Sí, así es. ¿Me vas a hacer más preguntas? Porque me pones un poco nervioso.

—Tranquilo, no vuelvo a preguntar nada.

—Lástima que no esté Bet en casa.

—¿Estás enamorado de ella?

—Vaya pregunta más estúpida. ¿Por qué iba yo a estar enamorado de una flacuchenta como esa?

—¿Solo te enamoras de gordas?

—Yo no me he enamorado de nadie en la vida —contesté orgulloso—. ¿Tú sí?

Zwaan negó vagamente con la cabeza.

—¿Por qué estabas mirando el atlas?

—Por pasar el rato.

—Este es mi libro favorito —dije poniendo el *Frits van Duuren* encima de la mesa con un golpe.

Zwaan lo levantó, lo observó detenidamente, pasó rápidamente las hojas y se quedó un buen rato mirando la cubierta.

—¿Qué es una juventud luminosa? —preguntó por fin.

—Pues que te diviertes mucho y eso.

—O sea, que no tiene nada qué ver con que haya siempre mucho sol o algo así.

Se quedó esperando pacientemente mi respuesta.

—Eres un pasmado, Zwaan —le dije.

—Me gustaría leerlo. ¿Me lo prestas?

—Por mí, vale.

—No deberías acceder tan rápido.

—¿Por qué no?

—Porque y ¿si no te lo devuelvo?

—Entonces vengo por él.

—Y ¿si ya no somos amigos?

—Pues si ya no somos amigos, no somos amigos. A mí qué me importa.

—A mí también me da igual.

—Ya me encargaría yo de tener otros amigos.

—Y yo.

—Además, tengo más libros. Y también tengo libros sin dibujos. ¿Alguna vez has leído un libro sin dibujos?

—He leído muchos libros sin dibujos —contestó Zwaan.

—Qué fanfarrón eres.

Zwaan sonrió con timidez.

—Oye, ¿qué te parece si jugamos a las damas? —propuso.

—Más te vale no jugar contra mí —dije—. Soy una as de las damas. Te gano seguro.

Echamos tres partidas. Las dos primeras las perdí yo. A la tercera, cuando solo me quedaba una dama y a él tres, me enfadé y barrí las fichas del tablero.

—¡Carajo! —exclamé—. No estoy jugando como yo sé. ¿No ves que he tenido un día de mierda?

—Tranquilo —trató de calmarme Zwaan—. Bet también pierde siempre contra mí y se enfada muchísimo, pero por lo menos no dice palabrotas.

—Me sorprende.

—No me gusta tanta grosería.

—Mi padre dice más palabrotas que un lobo de mar.

—¿Quieres mucho a tu padre, verdad?

—A ti qué te importa.

—No tienes por qué avergonzarte de ello.

Zwaan me miró con ojos increíblemente vidriosos.

—No me fastidies —dije—. Y por cierto, ¿por qué tienes los ojos tan vidriosos?

—Ven, que te voy a enseñar mi cuarto de una vez.

Su cuarto era bastante estrecho. El suelo estaba lleno de libros apilados. Encima de una mesita había dos tinteros muy bonitos. Un armario alto de madera sin pintar tapaba la mitad de la única ventana. Su cama era una de esas que se pueden plegar.

Bien mirado, el cuarto de Zwaan era un auténtico caos, pero un caos controlado. Y hacía un frío de los mil demonios.

Zwaan me dio un saco y me dijo:

—Toma, póntelo.

—Y ¿tú?

—Yo llevo dos camisetas interiores.

Me puse el saco. En realidad no me gustaba ponerme ropa ajena. Y tampoco me gusta comer una rebanada de pan del paquete pringoso de un compañero de clase. El saco de Zwaan era muy calentito.

—Siéntate —me dijo.

—¿Dónde?

—En la cama.

Me senté en su cama.

—¿Te gusta la música, Thomas?

—¿Qué?

—La música.

—Sí, claro.

—Hace mucho tomé clases de violín. Mi padre me pidió que tocara algo y no veas tú cómo chirriaba. Me dijo: "No, tú no vas a ser un Menuhin[16]. Pero no te preocupes, Sonny, vamos a dejar lo de las clases. No quiero que acabes actuando en un cabaré de mala muerte".

—Tú padre te llama Sonny, ¿eh?

Él asintió con la cabeza.

Ahora que estaba sentado en la cama, tenía que levantar la mirada para ver a Zwaan. Pero no me importaba. No me importaba porque me gustaba estar sentado en su cama. Me fijé en él mientras cerraba meticulosamente con un tapón de cristal uno de los tinteros.

Su padre lo llamaba Sonny.

Sus padres adoptivos —fueran quienes fuesen— lo llamaban Piet.

Su tía y Bet lo llamaban Piem.

Y yo lo llamaba Zwaan.

Me dio envidia. Me sentía muy pobre con un solo nombre. Tommie no contaba. Tommie era un pasmado al que le tiraban del pelo en la escuela. En casa yo no sabía ni quién era Tommie, porque en casa me llamaba Thomas. Sí, en realidad yo también tenía dos nombres. ¿Por qué me daba por pensar esas cosas tan raras?

—Qué chévere los dos aquí juntos —dijo Zwaan.

---

16. Yehudi Menuhin (1916-1999) nació en los Estados Unidos y es considerado uno de los mejores violinista del siglo XX.

No solo era un viejo, sino también una vieja. ¿Quién demonios dice *chévere*? Tu tía dice *chévere*, y cuando lo dice, seguro que se refiere a algo que para ti no es chévere. Mi padre tenía razón: hablar es mentir.

—¿Tú también crees que hablar es mentir? —le pregunté.

—¿Quién dice eso?

—Mi padre. ¿Dónde está tu padre?, ¿se ha ido a algún sitio? Y ¿tú madre?, ¿también se ha ido? ¿Por eso vives con tu tía?

—Voy a ponerte un disco antes de que hablemos más de la cuenta —dijo Zwaan—. Cada cosa en su momento.

—Eso mismo me ha dicho mi padre hoy en la estación —suspiré—. Yo soy mediohuérfano, pero mi padre dice que los mediohuérfanos no existen.

Zwaan rompió a reír.

—¡Esa sí que es buena! Ven conmigo, que voy a poner el disco. No vas a creer lo que oyes.

De un armario sacó un gramófono de maleta.

Zwaan puso el gramófono encima de la mesa de la sala trasera y abrió la tapa. De un sobre cuadrado sacó uno de esos endemoniados discos que se rompen con mirarlos y lo puso en el plato giratorio del gramófono. A continuación agarró la manivela y se puso a darle vueltas como un loco durante un buen rato. Luego deslizó un botón hacia un lado y el plato empezó a dar vueltas. Con mucho cuidado, Zwaan bajó el brazo sobre el plato hasta que la aguja tocó el disco.

Sobre una base de agudos chirridos empezó a sonar una voz áspera y nasal. Un hombre cantaba en tono plañidero sobre un tal Sonny Boy.

Zwaan frunció los labios mientras escuchaba. Con aquella boquita de piñón tenía una cara de idiota de mucho cuidado.

—No entiendo una mierda de lo que canta —dije.

Zwaan me pidió silencio con el dedo índice en los labios.

—Es muy triste, ¿verdad?

Yo me encogí de hombros.

Cuando terminó la canción, Zwaan se rascó la barbilla.

—Un negro, seguro —aventuré.

—No —contestó él—, es Al Jolson, un judío de origen ruso que vive en Estados Unidos. Pero se pinta la cara de negro y es como si fuera negro de verdad. *Coon singer* se llama ese tipo de cantantes. La canción habla de su hijo, que murió muy pequeño. Mi padre tiene el disco porque se lo trajo su hermano Aaron, que vive en Estados Unidos. A mediados de los años treinta, Aaron pasó un mes en Holanda y le regaló a mi padre el gramófono y *Sonny Boy*. ¿Has oído lo que canta? Dice que los ángeles se sienten solos y que por eso quieren que Sonny Boy vuelva al cielo. Muy triste, pero muy bonito. Un día mi padre me dijo: "Sonny, a ti no te van a llevar los ángeles, qué se han creído. Mañana mismo nos vamos a Deventer en bicicleta".

—¿En bicicleta a otra ciudad?

—Sí. El tren le parecía muy aburrido y quería que pasáramos un buen día juntos. ¿Quieres oír el disco otra vez?

—Diez veces más.

Zwaan se rio y dijo:

—Nunca se lo había puesto a nadie. Bueno, a nadie de fuera.

—¿Yo soy de fuera?

—Ya no —contestó Zwaan.

Volvimos a escuchar *Sonny Boy* veinte veces. Zwaan casi se quedó sin brazo de tanto darle a la manivela y tuvo que cambiar la aguja dos veces.

Camino a casa, por la calle Van Wou, iba pensando en la tía Fie. No tenía ni la más remota idea de qué hora podía ser. Lo único que sabía era que todavía no habían dado las doce de la noche, pero que ya era muy tarde.

"Espero que esté furiosa —pensé—. Ojalá me dé un buen regaño. Pero no creo. A la pobre se le saltan las lágrimas solo con ver cómo me sorbo los mocos".

La tía Fie no estaba furiosa, sino triste.

—No vuelvas a hacer esto, Tommie —me dijo—. Me has tenido preocupadísima, y eso está muy mal. Como sigas así, vas a acabar mal. ¿Quieres un vaso de leche caliente?

Le dije que sí con un gesto de la cabeza.

Me dio un tirón de orejas. Ahora me tenía que llevar su tristeza conmigo a esa maldita y lóbrega habitación de invitados. Mi madre me habría dado dos tirones de orejas, uno a la izquierda y otro a la derecha. Con las dos orejas rojas todo estaría al menos en equilibrio. Más valía una madre furiosa que una tía entristecida.

De pronto, la tía Fie puso cara de sorpresa y se llevó la mano a la boca.

—Hijo —exclamó—, ¿qué saco es ese que llevas?

"Vaya —pensé— se me ha olvidado quitármelo".

Por fortuna, en la pequeña habitación del pasillo no olía a coles de Bruselas. La bombilla de encima de la puerta

apenas daba luz. En cualquier caso, no lo bastante para poder leer.

Me metí en la cama plegable y pensé en el cuarto de
Zwaan.

Aquí todo era distinto. El hule veteado que cubría el
suelo estaba lleno de rotos y las paredes estaban decoradas
con los endemoniados bodegones de mi tío, aunque en la
penumbra parecían un poco menos aburridos. En uno había dos peras al lado de un jarrón con orejas. Con los ojos
entrecerrados veía una nariz con aletas gigantescas, como
si un hombre siniestro me estuviera mirando. A ver quién
era el valiente que dormía allí.

Tumbado en aquella cama extraña, *Sonny Boy* seguía
resonando en mis oídos.

En la casa de Weteringschans yo ya no era uno de
fuera. Y para mi padre tampoco era alguien de fuera. Aunque, ¿de qué me servía un padre que estaba ausente?

¡Cuánto quería Al Jolson a su hijo! Aquella canción
encogía el corazón, pero de una forma que reconforta-
ba. Lo curioso era que recordaba vagamente haberla oído
antes.

Metí la cabeza debajo de las cobijas.

Sonny Boy siguió sonando suavemente en mi cabeza
y soñé con los ojos abiertos que estaba en la calle Den Tex.
Vi al hombre de los tirantes y al niño que se daba golpecitos con el dedo en la frente.

¿Qué pasaba con la calle Den Tex?

Me quedé un rato mirando el saco. Lo había dejado
de cualquier manera en el respaldo de la silla. Me llevé el
pañuelo de Bet a los labios.

Un lunes en Ámsterdam

LA PRIMERA NOCHE EN CASA de la tía Fie no pegué el ojo. O a lo mejor simplemente soñé que me pasaba toda la noche despierto, dando vueltas en la cama.

Por la mañana, el tío Fred golpeó el gong indonesio en el pasillo. El condenado cacharro ese aparecía en muchos de sus bodegones. Yo no había oído nunca cómo suena, y hace un ruido del infierno.

Lunes. En la casa de mis tíos, en la calle Tellegen, había mucha actividad a mediodía. Corrie, Antje y Suus recibían clases de corte y confección de la tía Fie. Eran unas chicas muy graciosas de unos dieciocho años. Todavía no se quejaban de pies fríos en invierno o de uñas rotas. Se pintaban los labios de un rojo tan intenso que parecía que habían estado comiendo mermelada a hurtadillas y se empolvaban la cara continuamente. Si me acercaba demasiado a ellas, me entraba un ataque de tos de tantos polvos que llevaban encima.

El suelo estaba cubierto de celofán y prendas de vestir. Encima de la mesa, entre todos los aperos, había dos máquinas de coser que parecían de la prehistoria. Una vez intenté coser un retal a otro, pero me salió una chambonada terrible, porque ese es un trabajo de mujeres.

La tía Fie llevaba un pañuelo muy raro en la cabeza con un nudo muy gordo y una bata de florecitas.

—Aquí en realidad me estorbas, Tommie —me dijo—. Te tendrás que comer los sándwiches con la mano. Y ten cuidado de que no caigan demasiadas migas, ¿eh?

Corrie, Antje y Suus hablaban de medias de nailon.

—Chicas —las amonestó la tía Fie—, cálmense un poco. Están poniendo nervioso al niño, ¿no lo ven?

Ellas apretaron los labios y, visiblemente enojadas, se pusieron a cortar deprisa grandes trozos de papel.

Pero no aguantaron mucho tiempo.

En menos de lo que canta un gallo se pusieron a parlotear animadamente acerca de sus narices. Las tres tenían envidia de la nariz de las otras, o al revés, no conseguí enterarme. Yo estaba sentado en la butaca de las plumas que pinchan y sostenía en el regazo un plato con dos sándwiches. Cada vez que levantaba un sándwich me caía un poco de mermelada en el pantalón. Aquellas tres señoritas que ni pensaran que les iba a dar un poco.

—Por suerte no tengo las orejas paradas como el Miguitas[17] —dijo Suus señalándome.

Las otras me miraron y se echaron a reír.

Me gustaba recibir tanta atención. Suus tenía razón, mis orejas siempre estaban frías por detrás porque recibían demasiado aire. Pero a mi madre mis orejas le parecían adorables. A veces me daba un pastorejo, como cuando se quiere aventar una bolita.

Al cabo de un rato cuchicheando se acercaron las tres, se agacharon y adelantaron la nariz hacia mí. Yo estaba hundido en la butaca, masticando mi sándwich.

---

17. Se alude a *Kruimeltje*, libro infantil holandés de 1923 sobre un niño de diez años conocido por ese apodo.

—Tú decides —dijo Antje—, ¿quién de las tres tiene la nariz más bonita?

—No son gran cosa ninguna de las tres.

—¡Pero tú qué te has creído, fantoche! —exclamó Corrie.

Suus se inclinó hacia mí. Suus es rubia y lleva el pelo largo. Tiene ojos verdes de mirada alegre. Una vez me crucé con ella en la calle. La acompañaba un joven agente y llevaba una boina del Ejército canadiense. Entonces pensé que cuando fuera mayor, yo también sería agente.

—Si dices que mi nariz es la más bonita —me susurró al oído—, te doy un besito en una de esas orejas tan lindas que tienes.

—Chicas, chicas —las llamó al orden la tía Fie—, no se metan con el niño, que es muy tímido. Por eso se hace el interesante.

¿Por qué se tenía que entrometer esa víbora?

Suus me dio un beso en la mejilla, aunque eso no era en lo que habíamos quedado. Yo le pegué rápidamente un mordisco al sándwich y casi me atraganto con la mermelada.

Ahora se iban a probar ropa.

Suus estaba de espaldas a mí y vi que tenía una carrera en una de las medias.

—Suus, tienes una carrera en una media —le dije.

Ella volvió la cabeza para mirarse la parte trasera de las piernas y vio la carrera. Empezó a subirse la falda lentamente y la carrera parecía no tener fin. Cuando ya casi podía ver el elástico de la media y un trozo de su muslo desnudo, la tía Fie me pegó un susto de muerte.

—¡Ven aquí, Tommie! Vete a comer a tu habitación. Las chicas tienen que cambiarse en calma.

A la salida de la escuela, Zwaan y yo nos detuvimos en Prinsengracht, a la altura del puente de Reguliersgracht.

—Una rubia me ha dado un beso este mediodía —dije.

—Me da igual —contestó Zwaan.

—Se llama Suus y tiene unos dieciocho años.

—¿Un beso en la boca?

—Claro, ¿dónde si no?

Zwaan se quedó pensativo. Al menos, estuvo un rato sin decir nada.

—¿Besas chicas a menudo? —le pregunté indiferente.

—Tengo cosas mejores en qué pensar —replicó él.

—Esta tenía una carrera en una media.

—Las chicas siempre tienen carreras en las medias —dijo Zwaan.

—Se subió la falda para ver hasta dónde llegaba la carrera y le he visto un poco el muslo.

—Y ¿qué?

—Nada.

—¿Quién es Suus?

—Es una de las alumnas de corte y confección de mi tía Fie. Mi tía da clases para ganar algo extra. Les hace mucha falta, porque los productos de fotografía de mi tío Fred cuestan un dineral.

—¿Puedo ir contigo un día que estén las chicas?

—Por supuesto —asentí—. A veces se olvidan de que estoy allí y se quedan en enaguas.

—¿En enaguas?

—Sí, enaguas de color rosa brillante.

Zwaan dio un silbido.

—Cuando se quedan en enaguas me da tanta vergüenza que me miro los zapatos —dije—. ¿Tú no te mirarías también los zapatos?

—No, yo seguiría mirando a las chicas —aseguró él.

Nos asomamos a la barandilla del puente y nos quedamos esperando, aunque no sabíamos bien qué era lo que esperábamos. Pero tuvimos suerte. Por debajo del puente de Keizersgracht apareció el barrendero con su carro. Era una bonita estampa, aquel hombre empujando su carro por el hielo. Iba gritando con voz ronca. No se le entendía nada. A ambos lados del canal podían aparecer clientes en cualquier momento. Pero nadie abría la ventana para gritar: "¡Aquí, barrendero!".

—Cuando sea mayor quiero ser barrendero —dije—. Y ¿tú, Zwaan?

—Bah… Yo todavía no lo sé.

—¿Por qué no lo sabes todavía?

—Dicen que siempre acabas siendo algo distinto de lo que querías ser de pequeño.

—O sea, que según tú, yo no voy a ser barrendero.

Zwaan asintió con la cabeza.

—También me gustaría ser panadero. Así como pan caliente todos los días.

—Los panaderos no comen su propio pan.

—¿Cómo lo sabes?

—¿Alguna vez has visto a un sastre con un traje caro a la medida?

Me quedé pensando.

—No sé de qué estás hablando, Zwaan —dije.

Zwaan sonrió con picardía y entrecerró los ojos.

—Si miras con los ojos entrecerrados, es como si estuvieras en otra ciudad.

—¿En qué ciudad? —pregunté.

—Ni idea. En una ciudad desconocida. Una ciudad lejana.

Yo también entrecerré los ojos.

—Yo no veo ninguna ciudad —dije—. No veo nada.

Nos miramos y yo me reí, pero Zwaan no.

—No sé de qué estoy hablando —dijo, y salió corriendo.

A lo mejor quería estar solo. O tal vez no. Salí corriendo detrás de él y casi me caigo de bruces por la prisa. Llegamos a Amstelveld. Estaba montado el mercado de los lunes.

En el mercado, los vendedores se frotaban los brazos para entrar en calor. Pasamos por delante de puestos llenos de libros, imitamos los silbidos de los pobres pajaritos encerrados en sus jaulas y acariciamos a perros que tiritaban de frío esperando a un comprador que no llegaba.

En medio de un corro un tanto caótico había un charlatán gritando a voz en cuello.

—Espero que sea bueno —dijo Zwaan.

Tuvimos suerte. El charlatán era un pequeño alborotador y se notaba a primera vista que era de los buenos. Le estaba enseñando a su público un pequeño objeto.

—¿Qué es eso? —le pregunté a Zwaan.

—Yo qué sé —contestó él—, parece un escurridor de ropa en miniatura.

—¡Todos somos unos pobres diablos! —gritó el charlatán—. ¡Ustedes igual que yo! El otro día me preguntó mi señora: "¿Qué llevas en el bolsillo que parece un sonajero?, ¿son monedas?". "No", dije yo, "son los botones de metal que me echan los creyentes en la gorra cuando me siento a mendigar". Pero podemos hacer algo al respecto. Déjenme un papelillo, déjenme su última nómina, que, total, ya no les sirve de nada, o la carta de amor prohibido que han encontrado en un cajón de su esposa. Déjenme la factura del médico o el salmo de los ángeles y frótense bien los ojos, porque no podrán creer lo que van a ver.

Un viejo le dio un papelucho.

El charlatán se puso a bailar en círculo mientras pasaba el papel por los rodillos del pequeño escurridor, girando la manivela.

Zwaan y yo nos abrimos paso entre la gente, porque no nos queríamos perder nada.

El papelucho del viejo se convirtió en un billete de un florín.

—El florín es para usted —le dijo el charlatán al viejo—. Cómprele un ramo de flores a su madre y tómese una copita de ginebra.

—No puedo aceptarlo —dijo el viejo.

—Cójalo antes de que cambie de opinión —insistió el charlatán.

Terminado el espectáculo, la gente se lanzó como loca a comprar uno de aquellos escurridores mágicos. No se veía al charlatán, de tantos clientes que se arremolinaron en torno a él.

—Yo sé cómo lo hace —dijo Zwaan muy serio—. El billete está ya enrollado en el escurridor, pero los rodillos están tapados con papel del mismo color de la madera. Cuando metes un papel por un lado, por el otro sale un billete. Si no lo sabes, te crees que el papel se convierte en un florín. Muy ingenioso.

—Yo también me he dado cuenta al instante, qué te crees.

Reanudamos nuestro camino y seguimos husmeando entre los puestos. Pero el hechizo ya se había roto. Esa era una de las especialidades de Zwaan: si no rompía el maldito hechizo, no se quedaba a gusto. No había forma de divertirse con él, siempre tenía que dar lecciones de niño sabelotodo.

De pronto, Zwaan se detuvo.

—¡Uy! —exclamó.

—¿Qué pasa?

—¡Buena suerte, Thomas! —dijo, y se escondió a toda velocidad detrás de un puesto.

Yo me encogí de hombros. No tenía ganas de ir corriendo detrás de él. Cuando miré detrás del puesto, un instante después, ya no estaba allí. Recorrí con la vista todo el mercado de Amstelveld. Ni rastro de Zwaan.

Me alejé de allí y casi me choco con Bet.

Al principio no la reconocí. En cada mano llevaba una bolsa de compras. En la calle, con aquellas gafas de acero, parecía mucho más severa que en casa.

—¿Dónde está Piem, Thomas? —preguntó.

—Se ha ido —contesté—. El muy huevón se ha ido como un pedo.

No lo podía evitar, en cuanto veía a Bet empezaba a decir palabrotas sin darme cuenta.

—Sí —dijo Bet—, porque me ha visto. Pero no importa, tú puedes ocupar su lugar.

—¿Su lugar? ¿Qué lugar? ¿Por qué?

—Porque eres un encanto.

—¿De verdad?

—¿No te fías de mí?

—No.

—Yo nunca digo algo si no lo pienso de verdad.

—Y ¿por qué me miras como si no lo pensaras de verdad?

Ella no contestó, pero en el fondo de sus ojos había algo que ocultaba una sonrisa.

—¿Qué quieres de mí?

—Que me ayudes a llevar las compras —dijo levantando las bolsas.

—Esas bolsas están vacías.

—No por mucho tiempo. Ven.

Bet se dio media vuelta y echó a andar.

—¡No pienso irme contigo! —exclamé.

Al cabo de un segundo salí corriendo detrás de ella.

En primer lugar fuimos a la carnicería de Bille en la plaza Frederik. Mi padre siempre lo llama Billey. Pero resultó que no abría los lunes. La puerta estaba cerrada a cal y canto.

—Qué rabia —dijo Bet—, siempre se me olvida que no abre los lunes.

Luego fuimos al puesto de verduras de Glazer en Vijzelgracht y al colmado De Sperwer en Weteringschans. Bet sacaba en todas las tiendas los cupones de comida, esos endemoniados cupones minúsculos de los que yo no entiendo ni jota.

Después de todos aquellos recados, las dos bolsas estaban llenas hasta arriba y yo cargaba con ambas. Bet caminaba a mi lado tan ufana, con las manos libres, y enseguida me tomó ventaja. Perdí el aliento por la carrera que pegué para alcanzarla.

—Zwaan, me las va a pagar —dije.

Bet empezó a silbar una melodía melancólica, lo cual, curiosamente, parecía animarla. De vez en cuando sacudía la cabeza y sus largos cabellos negros ondeaban al aire.

—Yo sé tocar el *Wilhelmus*[18] con la flauta —dije—. El año pasado gané un montón de dinero el Día de la Reina[19] tocándolo.

Bet se puso a silbar el *Wilhelmus* en un tono muy agudo.

—Con la flauta de mi madre —añadí.

Bet dejó de silbar.

—¿Sabes tocar la flauta, Thomas? —preguntó—. No creo nada.

"Oh, Dios —pensé—, me tiene llevado, sabe que estoy loquito por ella. ¿Qué voy a hacer ahora?".

—Tú crees que soy un chico de la calle que no sabe nada, ¿eh?

—No, tú eres de la nobleza —dijo Bet—, pero de una nobleza muy baja, eso sí.

En la esquina de Weteringschans y Nieuwe Vijzel dejé las bolsas en la acera y señalé a la acera de enfrente.

—Ahí está la calle Den Tex.

—Ven —dijo Bet.

---

18. N. del T.: Himno nacional de Holanda.

19. N. del T.: Festividad tradicional holandesa (en la actualidad Día del Rey) con motivo de la cual mucha gente, especialmente los niños, venden cosas en la calle y ofrecen pequeñas actuaciones o juegos a cambio de una propina.

Cruzó la calle como una flecha. Yo levanté las bolsas y la seguí con los brazos casi entumecidos.

La calle Den Tex estaba vacía y silenciosa como si fuera domingo. No había niños jugando fuera. En una de las ventanas altas alguien asomó un brazo para sacudir un trapo del polvo.

Cuando íbamos por la mitad de la calle, Bet se detuvo, se volvió hacia la izquierda y se quedó mirando una casa grande de mucho postín.

Todavía tardé un poco en llegar justo hasta donde estaba ella.

—Ahí está —dijo levantando la barbilla. A veces basta levantar un poco la barbilla para señalar algo.

—¿Ahí está qué?

—En esa casa vivían mis tíos David y Minnie.

—Ah.

—Y Piem.

—Ah.

—Tú estuviste en esa casa una tarde, lo que pasa es que no te acuerdas, ¿cierto? Era el cumpleaños de Piem. Mi tío David y mi tía Minnie decían que eras un muchachito adorable. —Bet me miró—. Y la verdad es que lo eras, aunque siempre tenías la nariz llena de mocos. Igual que ahora.

—¿No lo dirás en serio? —pregunté, porque con aquellas bolsas tan pesadas en las manos difícilmente podía sonarme con su delicioso pañuelo.

—Los padres de Piem conocían a los tuyos por charlar en la calle. Y como tú eras de la edad de Piem, mis tíos David y Minnie invitaron a tus padres a venir contigo a su cumpleaños. Solo tenías cuatro años.

—Si tú lo dices… —suspiré—. Y ¿por qué ya no viven aquí?

—¿Tú padre no te ha contado nunca nada?

—No, mi padre nunca me cuenta nada. Se dedica a escribir libros, y acaba harto de contar cosas por escrito.

Intenté mirar al interior de la casa a través de las ventanas de abajo, pero estaba muy oscuro.

—Era una casa muy alegre —dijo Bet—. Era.

—Ah…

El huevón de Zwaan no me había contado casi nada, y yo quería que me lo contara todo él, no Bet allí, en medio de la calle.

—Después de la escuela iba muchas veces a pasear con Piem —continuó ella—. Íbamos a las barras de mono del jardín. Piem se subía como un rayo hasta arriba y yo le decía que se bajara, porque me daba miedo que se cayera. Él me miraba desde arriba y se reía de mí. "¡Te voy a dar una buena tunda!", le gritaba yo.

—¿Le has dado alguna vez una tunda?

—Nunca.

—¿Por qué no?

—Porque no sé ni cómo se hace.

—Mi madre sí sabía cómo se da una tunda.

En una de las ventanas de abajo apareció un gordo hurgándose en los dientes con el dedo meñique. Llevaba las mangas de la camisa subidas y sujetas por encima de los codos con bandas elásticas. No le hizo ninguna gracia vernos allí, porque nos miró como si le doliera el estómago.

Bet puso los brazos en jarras y adelantó la barbilla en actitud desafiante.

—¿Has reñido con él? —le pregunté.

—Qué más quisiera —contestó Bet—. Ni siquiera lo conozco.

El gordo negó con la cabeza, a pesar de que nadie le había preguntado nada.

—Vámonos —dijo Bet.

Nos alejamos de allí.

—¿De verdad estuve una vez dentro de esa casa? —pregunté.

—Sí, de verdad.

—Y ¿cuántos años tenías tú?

—Yo tenía siete años. Le trajiste dos muñecos de regalo.

Me detuve.

Bet se detuvo.

Nunca había vuelto a pensar en aquellos muñecos de lana. Pero Bet se acordaba. Recuerdo que los apretaba siempre contra la nariz, y por eso estaban pegajosos.

—Sí, es verdad que tenía dos muñecos de lana. Los hizo mi madre para mí. Un enanito y una enanita. Me gustaban tanto que cuando me quedé sin ellos estuve una semana enfermo.

—O sea, que te acuerdas de los muñecos pero no de nosotros.

—También me acuerdo de ustedes.

—Y ¿de qué te acuerdas?

—Me acuerdo de que había una sala llena de gente.

—Estás mintiendo, Thomas.

Cerré los ojos.

—Y ¿qué hiciste allí? —oí que preguntaba.

Me encogí de hombros. Ya había dicho todo lo que recordaba y no me iba a poner ahora a inventarme cosas.

Volví a abrir los ojos y vi que Bet me estaba mirando fijamente.

—¿Qué demonios pasa con esa casa? —pregunté.

Ella no respondió, pero fue como si sus ojos oscuros dijeran: "¿Qué acabas de pensar para ti, jovencito? O ¿es que ya no te acuerdas? ¿No querías que te lo contara todo Zwaan? Pues entonces ten paciencia".

—Anda, vámonos —dijo.

Me invitó a subir. En la escalera yo solo cargué con una de las bolsas. Bet no quería abusar de mí y se hizo cargo de la otra.

Zwaan estaba sentado a la mesa de la sala trasera con las puertas corredizas cerradas, tan formalito que se me revolvía el estómago. Estaba jugando ajedrez él solo. Él mismo movía las negras y las blancas. Pensé que le faltaba un tornillo.

—Desgraciado —le dije con toda calma—, te has ido sin decir nada porque no querías cargar con las bolsas de la compra. Admite que es verdad.

Zwaan levantó la vista.

—Eh, hola —saludó cordialmente—. De modo que Bet te ha encontrado.

—Yo los dejo tranquilos —dijo Bet—. Tengo muchas cosas que hacer en la cocina. ¿Cómo está mamá?

Zwaan movió una pieza.

Bet se cruzó de brazos y escenificó su impaciencia dando golpecitos con el pie en el suelo.

—Está durmiendo —contestó Zwaan.

—Esta mañana había ocho pastillas.

—Ahora solo quedan seis —dijo Zwaan.

—Mmm… —murmuró Bet, antes de darse la vuelta y salir de la sala.

En un arrebato, tiré todas las piezas del ajedrez.

—De mí no se aprovecha nadie —dije—. A mí no me vuelves a dejar en ridículo, que quede claro.

—¿Tan mala jugarreta ha sido, Thomas? —preguntó Zwaan.

—Hemos estado en la calle Den Tex y he visto la casa. Se ha asomado a la ventana un señor con muy malas pulgas. La maldita calle Den Tex está llena de viejos cascarrabias.

Zwaan negó con la cabeza.

—¿Cómo que no? Yo lo sé mejor que nadie. Ha sido idea de Bet.

—No, Thomas —dijo Zwaan—. Esto es toda una canallada.

—Tú eres el que me ha hecho una canallada. A mí no me ha dado pereza cargar con una bolsa. De hecho, he cargado con dos. Bet se ofreció a llevar una, pero yo le dije que cerrara el pico, que yo solito podía cargar con las dos bolsas del carajo, porque yo soy así. Pero eso de irse sin decir nada, ¿eh? Eso ha sido una canallada.

—Yo no he hecho nada malo —se defendió Zwaan.

Me acerqué a él para darle un trompazo, pero Zwaan rechazó el golpe a tiempo. Lo agarré de las manos y traté de tirarlo al suelo. Él se dejó caer con mucha facilidad. Me senté encima de él y le apreté los brazos contra el suelo.

—Me haces cosquillas —se rio Zwaan.

—¡Misericordia! —bramé yo—. ¡Pide misericordia!

—¿De quién has aprendido eso? —preguntó él.

—¡Hasta que pidas misericordia no te suelto!

—¿Qué es misericordia? ¿Algo de los católicos? Yo no soy católico. ¿Tú eres católico?

—¡Yo no soy ningún carajo! —protesté—. Mi padre y yo no somos nada. Y mi padre dice que es mejor no ser nada que ser algo. Porque los *nadaístas* no tienen nada contra los *algoístas*, pero los *algoístas* les tienen verdadera tirria a los *nadaístas*.

Zwaan se sacudía de la risa y me sacudía a mí con él.

—¡Pide misericordia! —volví a gritar.

—Nunca —dijo Zwaan—. Jamás pediré misericordia a un boquisucio como tú.

De pronto se abrieron las puertas corredizas.

Zwaan se asustó y yo me asusté de ver su reacción.

Era la tía de Zwaan. Estaba pálida y muy demacrada.

Yo seguía sentado encima de Zwaan.

Su tía no daba crédito a lo que estaba viendo. Parecía asustada.

Solté a Zwaan y nos incorporamos apresuradamente.

—Usted disculpe, tía Jos —dijo Zwaan—, pero tenía que darle una lección a este jovencito.

La tía de Zwaan volvió la mirada hacia mí.

—Hola, señora Zwaan —saludé—. Acabo de volver de hacer la compra para usted. He ido con Bet.

—Qué escándalo están armando —dijo ella con un hilo de voz—. Qué ruido más horrible. ¿Ocurre algo, Piem? Dime, ¿qué ocurre?

—No pasa nada —contestó Zwaan—. Estábamos jugando, eso es todo.

—Sabes muy bien que no debo despertarme de un sobresalto, Piem.

—Sí —contestó Zwaan—, ya lo sé.

—Y ¿tú qué haces aquí? —me preguntó a mí.

Yo me encogí de hombros.

—Yo te conozco, ¿verdad? O ¿no te conozco?

—Sí, ya nos conocemos —contesté.

—Me han asustado. Pensé que había extraños.

—Éramos nosotros —repliqué, mientras veía que Zwaan volvía a ser el chico serio y retraído que se sentaba siempre al fondo de la clase.

—Lo siento, tía Jos —dijo—. Ha sido culpa mía. Le he hecho una canallada a Thomas.

Bet entró a la sala con un delantal y las mangas de su saco oscuro subidas. Tenía los brazos cubiertos de lunares que contrastaban con su piel lechosa. Traía las manos mojadas. Llevaba las gafas en la cabeza, a modo de diadema, y un mechón suelto le caía sobre la frente. Nos miró con los ojos entrecerrados.

—¿Una canallada? —dijo la tía de Zwaan—. Vaya forma de hablar, Piem.

Yo sonreí disimuladamente.

—¿He dicho yo eso? —preguntó Zwaan sorprendido.

—Quien con lobos se junta… —dijo Bet.

—… a aullar aprende —completé el refrán.

—Son niños, mamá —nos disculpó Bet antes de salir otra vez de la sala.

—No me podía ni mover de lo asustada que estaba —dijo la tía de Zwaan.

—Vuelva otra vez a recostarse —sugirió Zwaan.

—Es un chico muy lindo —murmuró su tía—, pero habla como la gente de la calle, ¿no te has fijado, Piem?

Zwaan suspiró.

Yo me reí. Me encantaba aquella casa llena de locos.

En la cama que me había preparado la tía Fie no me sentía en casa. Metía las sábanas y las cobijas tan apretadas debajo del colchón que casi no podía ni moverme. La calle y las casas adyacentes estaban en silencio y, sin embargo, yo oía de todo: un gato maullaba de frío y un hombre gritaba: "¡Les dije que a dormir!".

—Eso intento —murmuré para mí.

Cerré los ojos y metí los brazos debajo de las cobijas.

—¡Qué! —dije, pegando un fuerte empujón hacia arriba con las piernas—. ¡A la mierda!

Las sábanas y las cobijas se desprendieron del colchón. Por fin podía convertir mi cama en una acogedora madriguera.

Pensé en mi padre. Lo oía decir: "En la cama tienes que pensar en lo que has hecho durante el día, porque entonces los pensamientos se transforman en sueños sin que te des cuenta".

Pensé en la casa de la calle Den Tex.

Una vez, hace mucho tiempo, estuve allí. Recordaba una sala llena de gente. Cuando ya había oscurecido, mi padre me llevó en brazos a casa. En Lijnbaansgracht, mi madre iba unos metros por delante de nosotros. Yo me dejaba arrastrar por una deliciosa sensación de pesadez y somnolencia. Mi madre volvió la cabeza para mirarme, una cara blanca a la luz de una farola. "Hola, mamá".

¿Fue aquello después del cumpleaños de Zwaan?

Imposible saberlo.

¿Tenía que inventarme mis recuerdos de aquel día?

Podía decirles, por ejemplo: "Todo el mundo se reía. Llevaban gorros de fiesta y encima de la mesa había un niño primoroso. Pero lo mejor de todo fue que, cuando terminamos de cantar el *Cumpleaños feliz*, ya no nos cabían más dulces en la tripa. El niño de la mesa se sentó en el regazo de un señor con un traje oscuro y un gorro de fiesta con una bola amarilla, y entonces escuchamos *Sonny Boy*. Cuando terminó la canción, el señor levantó al niño por encima de su cabeza, sonrió y dijo: 'Sonny, Sonny, a ti no te van a llevar esos malditos ángeles, mañana mismo nos vamos a Deventer'".

Qué tontería.

Y, sin embargo, no era del todo inventado.

Ya estaba casi dormido.

"No —pensé—, no me voy a inventar ningún recuerdo".

La tía Fie recibe visita

MARTES. Por iniciativa propia me senté al lado de Zwaan. Sentí que los demás nos miraban. En la clase reinaba un silencio mayor de lo habitual, hasta tal punto que se oían los cuchicheos de las chicas. Zwaan miraba muy formalito a la pizarra, donde lo único que había eran dos estúpidas sumas del día anterior.

Cuando entró el maestro me di cuenta de que Zwaan me miraba fugazmente, a pesar de que yo no estaba pendiente de él, sino del maestro, que no traía un cigarrillo encendido entre los dedos, lo cual era una mala señal.

—Empezamos mal —susurró Zwaan.

De espaldas a nosotros, el maestro se puso a revolver en el armario. Las chicas se cruzaron de brazos y los chicos empezaron a hurgarse en la nariz o se quedaron con cara de pasmados, pero nadie se atrevía a hacer nada. Cuando el maestro se ponía a revolver en el armario, había motivos para inquietarse.

El maestro cerró el armario de un portazo, abrió el cajón de su mesa y siguió buscando, malhumorado. Al cabo de un rato, por suerte, encontró un paquete de cigarrillos arrugado. Metió los dedos impaciente, pero estaba vacío.

Digo yo que cuando un paquete está vacío lo suyo sería tirarlo, no guardarlo.

—Thomas Vrij —dijo el maestro con voz firme—, sal a la palestra.

Me puse de pie con un suspiro y me fui hasta la mesa del maestro.

—¿Quieres tirar esto a la estufa, Vrij? —me preguntó con una sonrisa cínica.

A continuación me tiró el paquete vacío y me dio con él en la cabeza, pero lo cogí hábilmente al vuelo.

—Y luego vuelve como un rayo a tu sitio, amigo.

Sentí que se me humedecían los ojos, pero supe contenerme.

Me fui hasta la estufa con toda calma, descolgué el atizador y abrí la pesada ventanilla superior de la estufa. Como la clase estaba en silencio absoluto, toda aquella operación hizo un ruido de mil demonios.

El fuego silbaba y crepitaba. Me quedé mirándolo y empecé a soñar despierto, inmóvil, con los ojos entrecerrados.

El profesor carraspeó, pero en mis oídos fue como si hubiera sonado un trueno. Me apresuré a tirar el paquete de cigarrillos a las llamas, volví a cerrar con mucho ruido la ventanilla y colgué el atizador en el gancho.

A continuación volví al pupitre de Zwaan y me senté junto a él.

—¿Qué te había dicho, Vrij? —preguntó el maestro.

—No me acuerdo, maestro —contesté.

El maestro vino hacia mí lentamente, un poco encorvado, caminando entre los pupitres con las manos detrás en la espalda. Venía silbando una melodía, transmitiendo de pies a cabeza la imagen de un maestro amable, divertido y simpático. No me fiaba de él.

Se detuvo ante mí.

—Te dije que volvieras a tu sitio.

—Pero maestro, eso es justo lo que he hecho.

—Es decir, que me estás tomando por imbécil.

No dije que sí ni que no.

—Yo te veo aquí sentado, pero debe ser que estoy equivocado, ¿verdad?

¿De qué estaba hablando? Ese tipo de preguntas raras me provocan migraña.

—Me da la impresión —continuó el maestro en tono muy amable— de que te has sentado en un pupitre que no es el tuyo. O ¿me equivoco?

—Ah... se refiere usted a eso.

Casi añadí: "Pues haberlo dicho". Pero me reprimí a tiempo.

El maestro me sonrió, inspiró tan hondo que se le hinchó la tripa y de pronto, inesperadamente, se puso a gritar como un energúmeno. Del susto le di un golpe a Zwaan y casi lo tiro del banco.

—¡Cómo te atreves —atronó su voz en mis oídos— a ser tan descarado para cambiarte de sitio sin mi permiso! ¡Al rincón! No quiero verte mover en toda la mañana. Con la nariz tocando todo el rato la pared. Si veo que no tienes la nariz pegada a la pared, te castigo a escribir mil renglones. O más.

—Maestro —dijo Zwaan.

El maestro pareció asustarse con la voz de Zwaan.

—Ha sido culpa mía, maestro —afirmó Zwaan levantando la mano—. He sido yo quien le ha propuesto a Thomas que se siente a mi lado. Le he dicho que no pasaría nada, porque no molestaba a nadie cambiándose de sitio. No debe enojarse con Thomas.

—¿Ah, no? —preguntó el maestro suavemente—. Y ¿con quién debo enojarme, señorito Zwaan?

—Eh… usted puede enojarse con quien quiera, naturalmente, pero en este caso creo que debería enojarse conmigo.

—Y ¿si resulta que no quiero enojarme con usted?, ¿qué me aconsejaría en tal caso?

—Ya me voy al rincón —dijo Zwaan levantándose de su sitio.

—Señorito Zwaan —lo detuvo el maestro—, se está usted levantando sin que yo le haya dicho que se levante.

Zwaan volvió a sentarse.

El maestro rodeó el banco y se puso detrás de Zwaan, muy cerca de él. Le apoyó una de sus manazas en el hombro con un brillo de placer perverso en los ojos. Se estaba comportando de forma bastante rara.

—Señorito Zwaan —dijo—, usted siente un profundo desprecio por los adultos, ¿no es verdad?

—No sigo su razonamiento, maestro —contestó Zwaan—. ¿No puedo irme tranquilamente al rincón? Me estoy poniendo nervioso.

—Uy, señorito Zwaan, qué honradez la suya, qué caritativo es usted, se me saltan las lágrimas. Y ¿qué es lo que lo pone nervioso?

—Que usted me hable todo el rato de usted, maestro.

—¿Estoy hablándole de usted?

—Sí, maestro.

—Qué descortesía por mi parte. A lo mejor le hablo así porque se comporta usted como un viejo, señorito Zwaan. Le he tomado un poco de manía, señorito Zwaan, no le molestará demasiado, ¿verdad?

—No, maestro —contestó Zwaan.

Yo no entendía nada.

—Lo que dice Zwaan no es verdad —dije—. La idea ha sido mía. Yo soy el que se tiene que ir al rincón.

El maestro volvió a su mesa con grandes zancadas, se volvió furioso, señaló a Zwaan y gritó:

—¡Vete al rincón, blancucho! De espaldas a la clase, la nariz pegada a la pared. Y que no lo vea moverse.

Zwaan respiró aliviado. Se levantó del banco, se fue al rincón y se colocó muy formalito como le habían dicho.

—Y tú, Vrij, vete inmediatamente a tu pupitre.

El que tenía que estar en el rincón era yo. Si el maestro castigaba a Zwaan a escribir mil renglones, los escribiría yo. Bueno, por lo menos la mitad.

Al sentarme en mi sitio me metí los dedos en los oídos, porque el maestro se puso a escribir en la pizarra una suma nueva con una tiza que chirriaba.

Cuando me saqué los dedos de los oídos, Ollie Wildeman dijo detrás de mí:

—De modo que eres amiguito de los judíos, ¿eh? Te vamos a dar una buena.

El sábado por la tarde, mientras Zwaan y yo paseábamos por la ciudad y un señor con un traje de general nos impedía entrar al Heck[20] —de modo que no pude invitar a Zwaan con mis muchas monedas a una limonada o un *tompouce*—, y cuando a falta de algo mejor nos íbamos a un Cineac de los grandes a comprar golosinas chinas pegajosas que

---

20. N. del T.: Antiguo restaurante-cafetería de Ámsterdam, en la actualidad desaparecido.

hacen daño a los dientes pero son deliciosas y veíamos el programa dos veces, porque queríamos ver la película de dibujos otra vez, y nos enamorábamos de la pizpireta cantante rubia que actuaba con una orquesta de muchas trompetas, la tía Fie se resbaló en la calle Jozef Israël y se torció un tobillo.

El domingo por la mañana, la tía Fie estaba sentada junto a la estufa en la butaca de plumas que pinchan, con el tobillo envuelto en una gran venda humedecida y apoyado en una banqueta de madera con un cojín. Tenía el pie muy blanco y lleno de manchas rojas. Parecía mucho más grande que un pie normal. Yo no me atrevía a acercarme a la estufa.

Me metí el dedo en la nariz.

La tía Fie estaba dormida, pero su pie seguía despierto y me recriminó que fuera tan cochino.

El tío Fred entró a la sala a hurtadillas y le sacó una foto con *flash* al pie.

La tía Fie se despertó sobresaltada por el fogonazo.

El tío Fred se escabulló por el pasillo.

"Oh, no —pensé yo—, dentro de unos días tenemos el pie de la tía Fie enmarcado en la pared".

La tía Fie me vio y me saludó amablemente con una leve inclinación de la cabeza. Seguramente no estaba dormida.

—La venda me aprieta mucho —dijo—. Mira, tengo los dedos del pie completamente morados.

—Vaya desgracia te ha caído, tía Fie.

—Ay, hijo, me tenías que haber visto tirada en medio de la calle. Enseguida noté que se me hinchaba el tobillo.

Varias personas se acercaron a mí y yo les dije con mucha cortesía: "Querida gente, no puedo andar". Bien, pues ¿puedes creer que nadie hizo nada? Se quedaron todos allí como pasmarotes. La cosa no les debía parecer lo bastante emocionante porque no pegaba gritos de dolor. Por suerte, en ese momento pasó Hein con su bicicarro. Él solito me levantó del suelo como si fuera una cría de cuatro años, me puso en la bandeja de su bici y me llevó a casa como si fuera un fardo. Todavía noto en la rabadilla cada bache del camino. ¿Dónde se ha metido Fred?

Hein es un gigantón de casi dos metros. Se pasa todo el santo día dando vueltas con el bicicarro que le ha regalado su padre, un señor muy bajito y de muy malas pulgas que regenta un taller de bicicletas. Las ruedas son de goma maciza y arman tal escándalo que siempre se oye llegar la bici desde muy lejos. Hein se dedica a recoger todo lo que encuentra por la calle, cosas que según él ha tirado la gente, aunque nunca está seguro de ello. A veces se lleva un cubo de la basura, un carrito de bebé o una alfombra enrollada frente a un portal y entonces su padre se enfurece y lo persigue, y Hein huye gritando que no quiere recibir palos. Para mí que le falta un tornillo.

El tío Fred entró a la habitación.

La tía Fie se señaló el pie.

—La venda me aprieta mucho.

—Ayer se me olvidó comprar papas —dijo el tío Fred con cierta angustia en la voz.

—¡Ay, Dios! —resopló la tía Fie—. Ya empezamos. Y voy a estar varias semanas sin poder andar. Estoy condenada a esta butaca. ¡Ay, Dios!

Yo escurrí el bulto.

En Weteringschans tuve que llamar tres veces al timbre para que me abrieran. Al llegar a lo alto de la escalera casi me choco con la tía de Zwaan.

—No están en casa —me dijo—. Se han ido a casa de mi madre. La estufa de la abuela se ha apagado.

Hice ademán de volver a bajar, pero ella me detuvo.

—No te vayas, tonto, que me gusta tu compañía.

"Oh, no —pensé azorado—. ¿Tengo que quedarme?".

—Mi tía Fie se ha torcido el tobillo —dije.

—A ustedes siempre les ocurre algo —replicó ella.

—Se resbaló en la calle y ahora no puede andar.

—Y ¿quién va a cuidar de ti?

En eso no se me había ocurrido pensar. De una forma u otra, siempre había alguien que se ocupaba de mí.

—A mi tío Fred se le ha olvidado comprar papas —dije.

—Desde luego, en esa casa no ganan para disgustos.

Me quité tranquilamente el abrigo, lo colgué como es debido en el perchero y nos fuimos a la sala frontal.

Me senté enfrente de ella, no muy lejos de la chimenea. El agradable calor de las llamas me sacó enseguida el frío del cuerpo.

La tía de Zwaan me observaba con todo detenimiento y su mirada me provocaba picores. Empecé a rascarme el cuello y la cabeza.

De vez en cuando se reía. Los domingos, por lo visto, era una mujer alegre que no necesitaba tomar pastillas.

—¿Te has caído? —me preguntó de repente.

—No —contesté—. Hoy todavía no.

—Pues tienes las rodillas muy sucias.

—Los domingos me baño siempre a fondo. Pero esta mañana el palo no estaba para chucharas.

—A mí no me parece que estés sucio.

O sea, que pensaba que estaba sucio, porque si no, no habría dicho eso.

—El tío Fred no ha podido dedicarse a sus cosas esta mañana. Tenía un cabreo de mil demonios.

—Un cabreo… No, Thomas, aquí no hablamos así.

—Es lo que ha dicho él: "Tengo un cabreo de mil demonios". Lo único que hago es repetir sus palabras. ¿Qué tiene eso de malo?

—Pues que no siempre se puede repetir lo que dicen los demás.

—¿Por qué no?

—Eso ya no lo sé.

—Tú también lo has dicho, por cierto. Has dicho: "Un cabreo… Aquí no hablamos así".

Eso la hizo reír.

—Preferiría que me hablaras de usted, si eso no te parece mal.

Me di una palmada en la frente.

—Qué tonto —dije—. Debería haberlo sabido.

—Cuéntame algo divertido, Thomas.

Pensé durante un breve instante y luego me puse a improvisar.

—Hace poco soñé que estaba en una casa muy grande en la calle Den Tex, ya sabes… Perdón, ya sabe usted, aquí muy cerca. Yo era muy pequeño y estaba en una sala inmensa iluminada con muchas lamparitas. Había muchísima luz y la estancia estaba a rebosar de gente. Todo el mundo se divertía de lo lindo, algunos incluso bailaban encima de las mesas. Mi papá y mi mamá también estaban

allí. Era el cumpleaños de Zwaan o algo así. Su padre llevaba un gorro de fiesta con una bola amarilla…

Mientras hablaba, no levantaba la vista de mis rodillas, que, efectivamente, estaban sucias.

—Bueno… —continué—. A lo mejor no fue un sueño,
a lo mejor fue algo que pensé despierto en la cama, podría
ser. Pero no me lo estoy inventando. Al menos no me lo estoy inventando del todo. Lo que pasa es que fue hace mucho tiempo, cuando era pequeño.

Levanté la mirada.

La tía de Zwaan hizo ademán de decir algo, pero cambió de idea y no dijo nada. Sus labios empezaron a temblar
y pensé: "Oh, no, por favor, que no se ponga a llorar, por
favor, no".

—Entonces alguien puso el disco de *Sonny Boy* —dije.
Ella seguía mirándome.

—¿No me cree? —pregunté.

La tía de Zwaan asintió con la cabeza.

—¿Por qué no? Yo nunca miento.

—¿Eh? —murmuró con timidez—. He dicho que sí te
creo. Por supuesto que te creo. Válgame Dios.

De pronto se sacó de algún lugar del vestido un
pañuelo muy elegante y se apretó con él la nariz, porque
no se podía decir que aquello fuera exactamente sonarse.

—La calle Den Tex —suspiró—. Válgame Dios.

Bet me había dicho que no hablara de la calle Den
Tex. ¿Por qué lo había olvidado? Me odiaba a mí mismo.

—Thomas —dijo la tía de Zwaan—, se me ha ocurrido una idea genial. Ahora que tu tía no se puede encargar de
ti, ¿por qué no vienes a vivir con nosotros una temporada?
Para Bet y Piem sería fantástico. A veces se ponen como el

perro y el gato. Bet adora a Piem, pero ella es como es, y cuando adora a alguien, es más estricta todavía con él. Bet es muy distinta a su padre, aunque también se parece a él.

—¿Vivir aquí una temporada? —pregunté—. ¿No está usted enfadada conmigo? Nunca más volveré a hablar de la calle Den Tex. Pero mi tía Fie a lo mejor no me deja venir.

—No te preocupes, de eso me encargo yo. Pero ¿a ti te gustaría venir?

—¿No le parece que voy un poco sucio?

—Me parece que vas muy sucio. Pero ya se encargará Bet de meterte en la bañera. Y sin pedir perdón.

—Con tal de que no me ponga un dedo encima…

—Bueno, ella lo que hará será llenar la bañera.

—Y ¿luego?

—Luego te tienes que meter al agua.

—Estaría loco.

Estaba temblando de emoción. ¿De verdad me podía quedar a dormir en aquella casa tan fabulosa? ¡A lo mejor en el mismo dormitorio que Zwaan! ¡Quién sabe, a lo mejor juntos en la misma cama!

—¿Dónde vive tu tía? —me preguntó la tía de Zwaan.

El lunes por la tarde me asomé a la ventana en la casa de la calle Tellegen. Unos cuantos chicos jugaban a deslizarse por el hielo de la acera, pero no se caían nunca y yo me aburría. Una mujer con un abultado abrigo de invierno cruzó por delante de las casas midiendo cada paso que daba. Llevaba un gorro de piel con cola.

"Ten cuidado —pensé—, como te resbales, te vas a caer de culo".

De pronto se detuvo y miró hacia arriba. El susto que me llevé fue gordo al ver que era la tía de Zwaan. En la calle, con el aire frío del invierno, tenía la cara todavía más pálida que dentro de casa. La saludé con la mano, pero no se dio cuenta.

—¿A quién saludas, Tommie? —preguntó la tía Fie.

Me di la vuelta.

La tía Fie me miró con un brillo de expectación en los ojos. ¿Quién venía esta vez a traer una planta o un dulce? Su pie desnudo montaba fielmente la guardia.

—Santo cielo —murmuré—. ¡Ha venido!

—¿Quién? —preguntó la tía Fie.

—La tía de Zwaan —contesté—. Zwaan es un chico de mi clase.

—¿Te has metido en algún lío, Tommie?

—No —dije—. Es un amigo mío.

Sonó el timbre.

—Ay, hijo —suspiró la tía Fie—. No estoy yo para recibir a desconocidos.

Salí corriendo al pasillo y abrí la puerta.

—¡Suba con cuidado! —grité hacia abajo—. ¡Algunas varillas están sueltas!

En la sala de la tía Fie, la tía de Zwaan parecía mucho más alta que en su propia casa.

—Soy Josephine Zwaan —le dijo a la tía Fie—. Qué contrariedad para usted haberse torcido el tobillo. Pero piense que no hay mal que por bien no venga: por lo menos puede aprovechar para descansar una temporadita.

La tía Fie no sabía por dónde salir.

—Ay, señora, ¿qué cosas raras le ha contado este muchacho? O ¿es que ha roto algo en su casa?

La tía de Zwaan se sentó a la mesa, cerca de la estufa, se desabrochó el abrigo y cruzó las piernas. Llevaba unas botas espléndidas, con un forro de piel doblado hacia fuera.

—Thomas, hijo —sonrió mientras se quitaba lentamente los guantes—, ¿por qué no nos dejas solas un rato?

—Uy —suspiró la tía Fie—, ¿tan grave es lo que ha hecho? Le aseguro que es un buen chico, señora. No ha tenido una buena educación, todo hay que decirlo. El pobre hace lo que puede. Debe usted saber que su madre… santo cielo.

Ella misma se impuso silencio, tapándose la boca con la mano.

Me senté con las manos debajo de las piernas y apreté los labios. No quería perderme ni un detalle de su conversación y me propuse no inmiscuirme en nada.

—Pero ¿todavía estás aquí? —me dijo la tía de Zwaan.

Me senté en lo alto de la escalera, no demasiado lejos de la puerta de la sala, que ahora estaba cerrada a cal y canto.

No se entendía nada de lo que decían las dos mujeres. De hecho, ni siquiera se les oía hablar, lo cual resultaba incomprensible. A lo mejor estaban susurrando, pero no, los mayores no susurran. Estarían hablando en voz baja, eso era todo. En la tía de Zwaan no me sorprendía, porque siempre hablaba en un tono muy bajo. Pero ¿por qué no oía el chorro de voz de la tía Fie?

Pensé en mi madre con mayor intensidad que de costumbre.

Y todo porque estaba solo en lo alto de una escalera.

Durante el día pienso con frecuencia en mi madre, tanto que ya no me doy ni cuenta. Pero cuando vas por la calle no estás solo y en clase tampoco estás solo. En realidad nunca estás solo del todo, ni siquiera en la cama, porque en la cama ya se entiende que estás solo. Pero en lo alto de una escalera se está más solo que el carajo y entonces piensas mucho en alguien y te entra una tristeza terrible.

Santo cielo, qué nerviosito estaba.

Me daba miedo que la tía Fie dijera: "Ese chico se queda aquí".

Yo me quería ir con Zwaan. Y con Bet.

Pero a mi madre no le parecía bien. Ella me conoce muy bien. No sé qué es exactamente lo que sabe, pero sospecho que no se le escapa una. Ahora que está muerta me vigila durante todo el día, dondequiera que esté. Antes ella siempre estaba en otro sitio mientras yo iba a la escuela o deambulaba por la ciudad.

Y también me dice de todo. En mi cabeza, claro.

Y a mi padre también le dice cosas.

A veces, mi padre levanta la vista y entonces sé que mi madre le está diciendo algo como: "Le das demasiada libertad a ese muchacho. De vez en cuando le tienes que leer la cartilla. Otros niños reciben una educación en condiciones, pero tú nunca le dices nada de nada, aunque coma con los pies".

Ahora, sin embargo, se preocupaba por mí.

"Tommie, hijo —la oí decir—, ¿qué se te ha perdido a ti en Weteringschans? ¿No ves que son gente de buenas costumbres? Un granuja como tú es capaz de poner esa casa patas arriba. No querrás que me avergüence de ti. Quédate con la tía Fie y olvídate de ese pie amoratado. Tú también tienes siempre alguna cosa rara. Y ahora no te pongas a llorar, porque cuando lloras me haces reír, ya lo sabes".

Me estaba molestando. Pero no la contradije. Yo nunca contradecía a mi madre cuando me echaba discursos en la cabeza, ese era el acuerdo.

Pero me estaba volviendo loco.

"Ay, mamá, por favor —pensé al final—, déjame ir a casa de Zwaan y Bet. Prometo no armar demasiado jaleo con Zwaan y portarme bien con Bet. Prometo no contarle historias raras a la tía de Zwaan. Y prometo pensar todo el rato en ti, que es lo que ya hago, por cierto, ni siquiera tengo que esforzarme".

En la sala se oyeron risas.

Pero yo seguía sin saber nada.

La calle Van Wou no es que sea demasiado larga, pero cuando pasamos por allí la tía de Zwaan y yo, caminando a paso de tortuga por la acera, me pareció la calle más larga del mundo.

Yo llevaba una bolsa llena a reventar, de modo que no tenía que darle la mano.

Ella se apoyó en mi hombro.

—No sea que me caiga —dijo.

Yo estaba demasiado emocionado para caminar tan despacio. A duras penas conseguía reprimir mi impulso de salir corriendo, deslizarme por el hielo y gritarle al mundo entero que me iba a vivir unos días a casa de Zwaan y Bet.

—¿De verdad te inventas tantas cosas, Thomas? —me preguntó la tía de Zwaan en un tono benévolo.

—¿Quién dice eso? —contesté irritado.

—¿Tú quién crees?

Yo no dije nada, porque tenía razón: había que ser muy torpe para preguntar eso.

—Qué torpe… —dijo la tía de Zwaan.

Yo asentí. Me había leído el pensamiento. Espero que no me leyera el pensamiento con demasiada frecuencia.

—Qué torpe he sido —continuó—. No tenía que haberte preguntado eso. Ahora… ya no te atreverás a contarme nada.

En el cruce de la calle Van Wou con Ceintuurbaan atravesamos con toda calma.

—Ayudaré a fregar —dije.

—Si quieres ayudar a fregar, tendrás que empezar por ser más limpio. En cuanto te bañes, te ponemos ropa buena y limpia de Zwaan.

—A ti te gustan los chicos limpios y formalitos, ¿verdad?

—¿Cómo?

—Ay, es verdad, tengo que hablarle de usted. ¿Cuánto tiempo me puedo quedar?

—Ya veremos.

—Si mañana o pasado mañana, de repente, llega usted a la conclusión de que doy mucho problema, ¿me enviará de vuelta a casa de mi tía Fie?

La tía de Zwaan se echó a reír.

—Usted disculpe —dije—. Perdón.

—No me hagas reír, a ver si me voy a resbalar.

—Tengo los calcetines llenos de agujeros.

—Vamos a tirar esos calcetines.

—Solo he traído un libro: *Frits van Duuren*.

—¿Ya lo has leído?

—Lo he leído cien veces.

—No te preocupes, Zwaan tiene libros de sobra para ti en casa.

—Si no hay un poco de luz en el dormitorio, no consigo dormirme.

—Yo tampoco.

—No me gustan las coles de Bruselas, ni la coliflor, ni los fríjoles.

—A mí la comida me da igual. Ni siquiera soy capaz de recordar los nombres de las cosas.

—A mí me encanta comer —dije.

—Me lo temía.

—No voy a sentir añoranza.

—¿Estás seguro?

—¿De qué podría sentir añoranza?

—De tu propia casa, de tu padre…

—Mi padre está como una cabra.

—Pues entonces seguro que es alguien a quien se echa de menos.

—¿De verdad no te gusta nada? ¿No te gustan las papas con salsa?

—Me gustan la música y los libros, y no me gusta la noche —contestó ella.

—¿La noche? ¿Por qué? ¿Porque está todo oscuro?

—La noche no tiene por qué ser oscura. Puedes encender una lámpara.

—Hasta que se apaga la luz no es realmente de noche, ¿verdad?

—Yo nunca apago la lámpara. Más bien enciendo otra.

—Entonces hay dos lámparas encendidas.

—Qué listo eres.

—¿Me consideras poco inteligente?

—Muy poco inteligente.

—Ah, no, perdón. Va de nuevo: ¿me considera usted poco inteligente?

—¿Siempre te acuestas con la lámpara encendida? —me preguntó.

—Siempre. Mi padre la apaga cuando me quedo dormido.

—Y ¿te das cuenta mientras duermes?

—Sí. Sueño que mi padre viene a verme y apaga la luz.

—Eso no lo sueñas, eso es lo que ocurre de verdad.

—Pero yo no me despierto, sigo durmiendo tan a gusto.

La tía de Zwaan no dijo nada más. Creo que se estaba cansando de mi cháchara.

Un baño, una botella de agua caliente y mucha diversión

EL AGUA DE LA BAÑERA despedía un vaho espeso. ¿Qué se me había perdido a mí en una tina llena de agua casi hirviendo?

—Yo no me meto ahí ni loco —le dije a Bet.

—Si ves que el agua está demasiado caliente, abre un poco el grifo de agua fría —sugirió ella.

—Esta tina es más honda que la piscina infantil.

Bet señaló un cepillo de cerdas duras y una pastilla de jabón que esperaban encima de una silla junto a la bañera.

—Para que te laves y te frotes bien —dijo—. Y metes en esa cesta la ropa sucia que traes.

—No —contesté—, me la vuelvo a poner.

—Ni se te ocurra. Después te pones esa pijama de franela de Zwaan que está ahí colgada de un gancho.

—¿Después?

—Cuando salgas de la bañera y te hayas secado bien.

—¿De verdad me tengo que meter en esa agua tan caliente? —pregunté angustiado.

—Pásalo bien —dijo ella—. Cuando lleves un buen rato en remojo, te enjabonas a fondo empezando por arriba y te frotas con el cepillo. —Mirándome fijamente, añadió—: Cuando empieces a frotarte ponte a cantar. Así sabré que estás quedando tan limpio como un querubín.

—¿Qué es un querubín?

—Un angelito.

—Yo no soy ningún angelito.

—Sí, eso lo saben hasta los asnos —dijo ella.

Me puse a reír.

—¿Por qué te ríes?

—Porque has dicho: "Eso lo saben hasta los asnos".

—Y ¿qué tiene eso de gracioso?

—No te pega decir esas cosas. Por eso me he reído.

—Vamos, quítate la ropa.

—Ni loco.

Bet se marchó y empecé a desvestirme. "Santo cielo —pensé cuando me vi desnudo delante del espejo—, qué flacuchento estoy. Si no fuera porque soy yo mismo, me reiría de ese esmirriado".

Dejé correr un montón de agua fría en la bañera y me deslicé por el borde poco a poco hasta el fondo.

Primero pensé que me moría, pero al cabo de unos pocos segundos empecé a experimentar una sensación de placer sin igual.

¡Dios, qué liviano era en el agua!

A excepción de la cabeza, tenía el cuerpo entero hundido en agua caliente. Mi barbilla subía y bajaba suavemente con el agua y mis brazos flotaban ingrávidos.

"No quiero salir jamás del agua caliente —pensé—. Bueno, luego tendré que salir y hacer otras muchas cosas. Lo mejor es no pensar ahora en eso".

Dejé los brazos muertos. Mis manos navegaron la una al encuentro de la otra. Empecé a mover los dedos y aparecieron pequeñas olas en la superficie. Eché la cabeza hacia atrás y noté que el pelo me pesaba más por el agua.

Dejé la mente en blanco unos instantes.

De pronto me acordé de Bet y miré hacia un lado.

Allí estaban el cepillo y la pastilla de jabón.

"Oh, no", pensé.

Cerré los ojos y traté de seguir soñando con la mente en blanco, pero no lo conseguí. Bet estaba al otro lado de la puerta esperando impaciente a que me pusiera a cantar. Lo que tenía que hacer era empezar a cantar sin más y olvidarme del jabón y el cepillo.

"No —pensé—, no puedo venir a esta casa y empezar a hacer trampas desde la primera noche".

Me unté un poco de jabón aquí y allá. Agarré el cepillo y me froté la espalda, saqué un pie del agua y me puse a frotar entre los dedos, pero me olvidé de cantar.

Bet golpeó la puerta impaciente.

Entonces me puse a cantar una canción de San Nicolás[21]. Mi voz sonaba muy chillona por encima del agua, y además, tenía una extraña ronquera porque no era yo mismo, me encontraba en medio de una ensoñación y me negaba a volver al mundo real solo porque Bet golpeara la puerta.

De pronto dejó de dar golpes.

—¡Desafinas muchísimo! —oí que decía.

Bet, Zwaan y yo estábamos sentados en el suelo en la sala frontal. La tía Jos —así podía llamarla ahora— estaba sentada en su sofá, medio girada hacia nosotros.

Zwaan y yo ya nos habíamos puesto la pijama. Yo llevaba unos calcetines que picaban y Zwaan calzaba unas

21. N. del T.: Festividad tradicional holandesa que se celebra el 5 de diciembre, con motivo de la cual los niños reciben regalos.

pantuflas de señor mayor. Bet llevaba un camisón largo de franela, pero no se había puesto calcetines ni pantuflas, y por eso la vista se me iba —tal vez con demasiada frecuencia— hacia sus pies descalzos. Tenía los dedos largos y muy graciosos.

En la sala vi por primera vez todo tipo de cosas que hasta entonces nunca me habían llamado la atención, como una mesilla baja con una jarra de agua, un vaso y todo tipo de botes con pastillas. Encima de una silla había un montón de ropa y diversas telas alargadas.

Ahora ya sabía cómo funcionaba la gran casa de Weteringschans. En esencia, se puede decir que Bet era quien lo hacía todo: fregar, cocinar, hacer las camas... No había nada que no estuviera de su mano.

Estábamos allí sin decir nada. La tía Jos miraba hacia fuera, donde reinaba la oscuridad y el silencio. Aquel no era el momento para ponerse a garlar.

—Yo voy a dormir aquí mientras esté Thomas con nosotros —dijo la tía Jos—. No es mala idea. En este sofá es donde más me gusta dormir. Aquí leo o me quedo traspuesta, pienso en mis cosas o duermo. En una cama normal, sin embargo, estás obligada a dormir y a mí no me gusta que me obliguen a nada. Piem y Thomas pueden dormir en mi dormitorio. Esa cama es lo bastante grande para dos. En cualquier caso, es demasiado grande para una sola persona. Mañana viene la señora Vis y Bet puede ir al colegio. ¿Mañana vas al colegio, Bet?

—Pasado mañana —contestó Bet.

—Todos los días dices lo mismo.

—¿A qué colegio vas, Bet? —pregunté intrigado.

—Al Barlaeus.

Pegué un silbido.

—Vaya —exclamé—, el *gymnasium*[22] es muy difícil, ¿verdad? Mi padre también fue al Barlaeus, pero hace mucho tiempo, porque ya es muy viejo. Yo fui en realidad un hijo tardío. Mi padre nunca sacaba más de un ocho en el *gymnasium*. Los profesores decían que el diez es para Dios y el nueve para los profesores, de modo que lo máximo a lo que podían aspirar los alumnos era un ocho. ¿En qué curso estás?

—En primero —dijo Bet—. Yo nunca he sacado más de un siete.

—Y ¿cuándo fue eso, querida? —preguntó la tía Jos.

—En noviembre.

—En el Barlaeus creen que casi todos los días tienes un ataque de asma. Pero lo que no saben es que tú nunca has tenido asma.

—Muchas veces no puedo dormir y siento que me ahogo. Eso podría ser perfectamente asma.

—No se debe mentir sobre enfermedades, querida.

Bet se miró los dedos de los pies.

—Bueno, pasado mañana —murmuró de forma casi inaudible.

—Mañana cocina la señora Vis —dijo la tía Jos—. Va a preparar comida para tres días y también va a limpiar un poco, pero no demasiado, porque le molestan las várices.

—¿Qué va a hacer de comida? —pregunté.

Todos volvieron la mirada hacia mí y se quedaron mirándome sin decir nada. Aquello no tenía maldita gracia.

---

22. N. del T.: Tipo de escuela secundaria propia de los países germánicos en la que tradicionalmente se estudiaba, entre otras cosas, latín y griego.

Me estaban poniendo nervioso y si hubiera podido, me habría metido debajo de la alfombra.

—¿Qué más te da eso, Thomas? —replicó la tía Jos al cabo de unos instantes—. Si no te gusta, no te lo comes y listo.

—Antes de sentarse a la mesa hay que lavarse siempre las manos —me dijo Bet—. Y en tu caso, tal vez también la cara.

—Ahora estoy bien limpito.

—Nunca había visto el agua de la bañera tan sucia —resopló Bet.

—Pues mira qué bien —contesté—. Eso quiere decir que me he quitado de encima toda esa porquería.

Bet alzó la nariz con desdén.

—No, Bet —la amonestó la tía Jos—, no está bien decir esas cosas delante de él. Es un buen chico, un poco desaliñado, eso sí, pero en el fondo deberías envidiarlo. Además, el agua de la bañera debe quedar sucia. A mí me horroriza ver que el agua queda siempre limpia cuando salgo de la bañera, porque entonces pienso: "Santo cielo, qué vida más aburrida tengo".

Bet levantó hacia arriba los dedos gordos de sus pies, mientras los demás dedos se quedaban en su sitio.

—Anda —dije—, yo no sé hacer eso con los dedos de los pies.

Ella se tapó los pies inmediatamente con las manos.

Mis ojos fueron de Bet a la tía Jos y de la tía Jos a Bet. Finalmente miré a Zwaan. ¿Estaba contento de que yo viviera ahora en su casa?

Cuando se dio cuenta de que lo estaba mirando, Zwaan levantó la vista y me hizo un guiño.

—Me parece bacán que estés aquí con nosotros, Thomas.

—*Bacán* —dijo Bet poniendo cara de asco—. Como sigas así vas a acabar siendo un sinvergüenza como Thomas.

Justo ahora me daba cuenta de que Bet no llevaba puestas las gafas. Sus ojos eran más pequeños de lo normal y parecía una china, aunque yo nunca había visto una china de verdad, solo en fotografías. Estaba enamoradito perdido, pero era imposible que ella me lo notara, porque yo también puse cara de asco.

Zwaan y yo estábamos en el dormitorio grande del piso de arriba sin acabarnos de acostumbrar a la idea de que aquella era ahora nuestra habitación. Las paredes no tenían ningún tipo de decoración y tampoco había estufa. Yo estaba tiritando de frío. Una lámpara alta con pie de madera tallada y pantalla brillante de color amarillo emitía una luz tenue. Junto a la cama, que tenía un tamaño colosal, había un armario de color oscuro en el que se cabía de pie con facilidad. Pero lo que más llamaba la atención eran las dos enormes almohadas de la cama, tan blancas que resplandecían.

Me acerqué a la ventana y abrí un poco la cortina.

—Apaga la luz —dije.

Zwaan apagó la lámpara.

A través de un trozo de cristal limpio, entre dos flores de escarcha, miré mi propia casa, sobre todo las ventanas oscuras. A la luz pálida de las farolas era una casita encantadora.

Zwaan vino a mi lado.

—¿Estás pensando en tu madre? —preguntó.

—No —contesté—, ¿por qué habría de pensar en ella?

—¿No puedo preguntar?

—No, no puedes.

—Pues perdona.

—Eso sí que sería raro —dije entre dientes.

—¿Qué?

—Que me viera a mí mismo allí, en una ventana de mi casa.

—Sí, eso sería muy raro —replicó Zwaan—. Porque no puedes estar en dos sitios a la vez. Mira que te gusta decir tonterías.

—Me importa un rábano que te parezcan tonterías. Yo puedo pensar lo que me dé la gana.

—Por supuesto —dijo él—. Cada uno puede pensar lo que quiera.

—Lo que uno piensa no tiene por qué ser posible.

Zwaan alzó la mano y saludó hacia la casa de Lijnbaansgracht.

—¿Qué haces? —le pregunté.

—Te estoy saludando —contestó él—, porque te estoy viendo allí, detrás de una ventana.

Intenté pegarle una trompada, pero se agachó a tiempo y se subió a la cama de un salto. En un dos por tres se metió bajo las cobijas.

—¡Apresúrate! —exclamó—. En la cama se está de maravilla. Tenemos una botella de agua caliente cada uno. Bet piensa en todo.

—Voy a darle primero las buenas noches.

—¡Buenas noches, Bet! —dije al pie de la puerta de su dormitorio.

—¡No te muevas de donde estás! —contestó ella desde dentro—. Hay que llamar siempre a la puerta. Y aunque llames, no puedes entrar hasta que yo diga *adelante*.

Agarré el picaporte y tiré de él hacia abajo.

—¡No! —chilló Bet.

—¡Pero si ya has dicho *adelante*!

—Qué avispado eres. Buenas noches.

—Buenas noches —dije por segunda vez.

Volví al dormitorio grande pensando en Bet.

"Quién sabe —me dije—, a lo mejor ella también está loquita por mí a su manera. Si no, ¿por qué se ponía tan rebelde conmigo?".

Me metí en la cama y pegué un respingo al tocar la botella de agua caliente.

—¡Carajo! —exclamé—. ¡Qué caliente está esto!

Zwaan estaba tumbado de espaldas a mí.

—Ten cuidado que no se salga el calcetín. Con estas botellas de piedra te puedes quemar de mala manera.

—¿Calcetín? —dije—. ¡Pues vaya calcetín más grande!

—Era del padre de Bet.

No pregunté nada más. Me tumbé de lado, con la espalda vuelta hacia Zwaan, y pegué el fondillo a la botella. Qué calorcito más delicioso. Cada vez me gustaba más aquella casa.

—¿Es bonita la habitación de Bet? —pregunté.

—Yo nunca entro —contestó Zwaan—. Es una habitación encantada.

—Y ¿qué se le ha perdido a Bet en una habitación encantada?

—Yo qué sé.

—¿Hay animales muertos y calaveras?

—No, no… —resopló Zwaan—. No es eso. Y deja ya de fastidiar que quiero dormir.

—Yo también.

Al decir eso noté que, en aquel dormitorio en penumbra, mi voz sonaba igual de extraña que la de Zwaan.

—La tía Jos es genial —dije—. Es un poco tu madre, ¿verdad?

—Así no puedo dormir —protestó Zwaan—. Al final te vas a quedar tú dormido y yo me voy a pasar la noche dándole vueltas a la cabeza.

—Y ¿en qué piensas cuando te pones a darle vueltas a la cabeza?

—¿Tú te pasas alguna vez toda la noche despierto?

—Nunca —contesté—. Una noche entera dura demasiado. Ahora ya estoy casi dormido. Pero no quiero dormir, porque mientras duermes te lo pierdes todo.

—¿Qué es lo que te pierdes?

—Pues no sé, por ejemplo, estar aquí charlando contigo en la cama. ¿Por qué te pasas a veces la noche entera despierto?

—Por nada…

—Estoy en el séptimo cielo.

—Pues no lo digas, porque entonces deshaces el hechizo.

De alguna forma, notaba que Zwaan no se quedaba dormido y, a causa de ello, yo tampoco podía dormir.

—Oye, Zwaan… —dije. Pero ahí lo dejé.

Dos segundos después, la cama se sacudió. Zwaan se estaba rascando el culo o algo así.

—¿Vas a decir algo, o qué? —preguntó impaciente.

—Antes… —empecé. Pero volví a dejar la frase sin terminar.

—¿Antes qué? —resopló Zwaan—. ¿Qué pasa con antes?

—Antes, cuando todavía… no estaba enamorado de Bet…

—¿Estás enamorado de Bet?

—Como le digas algo… Como se te ocurra decirle que estoy enamorado de ella, te doy una paliza que te acuerdas de mí para siempre. Que conste.

—Y ¿si se da cuenta ella por sí misma? —preguntó Zwaan—. Seguro que pensarías que se lo he dicho yo.

—Mmm… —murmuré—. Pero bueno, el caso es que antes, cuando todavía no estaba enamorado de Bet, estaba enamorado de Liesje Overwater.

—Y ¿quién es esa?

—¿No sabes quién es? —dije en un tono de voz tan alto que yo mismo me asusté—. Se sienta delante de mí, en diagonal respecto a mi pupitre. Hace poco le di un pellizco en la pierna y se armó la grande. ¿Tú estabas en Babia o qué?

—Ahora que lo dices —farfulló Zwaan—. El maestro te dio un buen coscorrón. Pero yo casi no te conocía. Lo único que sabía…

—¡No sabes quién es Liesje Overwater! Pasmado, ¿no te has fijado nunca en su pelo rubio? Cuando come dulce se le forma un hoyuelo en las mejillas. ¿Qué ibas a decir?

—Yo diría que todavía estás loquito por esa flacuchenta. A Bet no le sale un hoyuelo en las mejillas cuando come dulce. Ella se lo mete en la boca y espera pacientemente a que se derrita. Chupar le parece de mala educación.

—Antes me he asomado a escondidas a la cocina y he visto a Bet metiendo un dedo en la cazuela de la sopa. Y a continuación se lo ha chupado. Ella no sabía que yo la estaba viendo. Estoy loquito perdido por ella. Liesje Overwater nunca se ha dignado dirigirme la palabra. Bet, sin embargo, no para de regañarme. Me encantan sus regaños. ¿Te parece raro? Pues no lo es... ¿Qué era lo único que sabías?

—Ah, nada... —dijo Zwaan.

—Dímelo.

—Bueno... Lo único que sabía era que tu madre había muerto. Me impresionó mucho cuando vino el director a decírnoslo.

—Ah, eso —murmuré—. Pues haberlo dicho.

—Cuéntame algo de tu madre. Si quieres, claro.

—Ni que fuera tonto.

—¿No quieres hablar de cuando vivía?

—Cuando vivía, mi madre se pasaba todo el puto día dándome unas palizas del carajo.

—¡Thomas, Thomas, habla bien!

—Hablo como me da la real gana, porque si no, se me olvida lo que quería decir.

—Bueno, tu madre te quería enseñar buenos modales, ¿es eso?

—Métete en tus asuntos.

—Si no quieres hablar de tu madre, lo dejamos.

—Me contaba historias muy bonitas de cosas antiguas. Y también sabía cotorrear sobre otras personas. Siempre tenía algo que objetar de todo el mundo. Solo le gustaba la gente a la que podía criticar.

—Entonces estaría encantada contigo.

—Por favor, Zwaan —dije apartando un poco la botella—. ¿Por qué quieres saberlo todo?

—Cuéntame algo más. Y luego me quedo dormido
como un angelito.

—Ya, pero tampoco es que me acuerde de mucho.
Por lo menos ahora. Lo que sí recuerdo bien es cuando estaba enferma. Era Navidad. No la última Navidad, sino la
anterior. El médico dijo que era una gripe muy fuerte y que
tenía que sudar. Cuando se fue el médico, empezó a gritar
de dolor. ¿Es eso lo que quieres saber?

—No —contestó Zwaan—, pero si quieres contármelo, adelante.

Nos quedamos un rato en silencio.

—Carajo —murmuró Zwaan.

—Eso, carajo —dije yo—. A la mañana siguiente
fuimos al hospital y por la noche murió allí, en aquel hospital lleno de velas. Yo la vi. Mi padre no quería, pero
una enfermera dijo que era mejor para mí. ¿Me estás
escuchando?

Silencio. Me incorporé en la cama y miré hacia
Zwaan, pero había desaparecido. Seguramente se había ta-
pado la cabeza con las cobijas.

—¿Estás ahí? —pregunté.

—¿A qué huevón se le ocurre contar algo así con tan
pocas palabras?

Zwaan estaba empezando a hablar como yo.

—Mañana quiero oír *Sonny Boy* —dije—. Por lo menos diez veces.

—Si está en casa la tía Jos no se puede —se oyó debajo de las cobijas.

—¿Por qué no?

—Porque si oye esa canción le da un ataque. Solo con ver el gramófono ya se pone nerviosa.

—Y tampoco quiere oír nada de la calle Den Tex, ¿verdad?

Bajo las cobijas se oyó un hondo suspiro.

—Disculpa —dije.

—*Disculpa* es una palabra ridícula.

Eso me recordó una rima de *Pig Pag Pengeltje*[23].

Alzando la voz, recité de memoria el verso en aquel dormitorio en penumbra:

—"Usted disculpe, dije con voz dulce de bombón. Cómo que disculpe, contestaron ellos al alimón, no se dice disculpe, se dice perdón".

Debajo de las cobijas se oyó una risa amortiguada y yo respiré aliviado.

—No eres tan malo como pareces, Tommie —oí que decía Zwaan de forma apenas inteligible.

—Me llamo Thomas —contesté.

_____

23. N. del T.: Antiguo libro holandés de versos infantiles.

El callejón del zigzag

MIÉRCOLES POR LA TARDE. Hombro con hombro íbamos Zwaan y yo por la calle Kalver, donde había poca actividad. Algunas de las tiendas tenían un letrero en la puerta con mensajes como "Cerrado por falta de carbón" o "Llamar en el número 53".

Frente al edificio de la bolsa vimos dos viejos caballos atados a un carro de servicios municipales. Tenían el lomo cubierto con una fina manta y exhalaban grandes nubes de vaho por sus imponentes narices.

—Dan mucha lástima —dijo Zwaan.

—Son muy viejos —repliqué yo— y se pasan todo el día de pie o tirando del carro.

Los caballos alzaron la cabeza y resoplaron. Nuestra cháchara los estaba poniendo nerviosos.

—Se quieren mucho —dije—. Uno le ha ofrecido su manta al otro con un resoplido y el otro le ha contestado: "No, no, toma tú la mía".

Zwaan me echó un brazo al hombro.

—Dejémoslo ahí —suspiró.

Continuamos nuestro paseo por el Damrak. Al fondo se veía ya la estación Central.

—A ver quién llega primero, ¿vale? —propuse.

Salimos corriendo como locos por la ancha pista blanca que nos ofrecía la acera.

Zwaan era más rápido que yo. Desde el primer momento me tomó ventaja y cada vez que creía haberlo alcanzado, se las arreglaba para acelerar de nuevo, como si quisiera evitar a toda costa que lo adelantara.

—¡Maldita sea, Zwaan! —grité—. ¿Acaso te quieres librar de mí? ¡Verás cuando te agarre!

Zwaan sacudía los brazos frenéticamente para mantener el equilibrio, esquivaba viandantes, salvaba con agilidad pequeños montículos de nieve y, al parecer, no tenía la menor intención de resbalar.

Yo sí me resbalé. Aterricé con fuerza sobre mis rodillas, me levanté como buenamente pude y reanudé la persecución, pero ya no tenía sentido. Después de la caída, más que correr, lo mío era un penoso trotar.

Perdí de vista a Zwaan. Me la había vuelto a jugar.

Nada más llegar al vestíbulo de la estación Central, vi directamente a Zwaan de pie entre los muchos viajeros que caminaban en todas las direcciones. Es curioso que alguien llame la atención precisamente por no moverse. Me acerqué a él con toda calma.

—Te he dejado ganar a propósito —dije, fingiendo desinterés.

—¿Tanto te importa ganar? —preguntó Zwaan.

—Sí —contesté—, quiero pasarme todo el santo día ganando. Sobre todo si te puedo ganar a ti.

En una ventanilla compré dos billetes de acceso al andén. Zwaan estaba detrás de mí rezongando sin parar, pero no se entendía ni una palabra de lo que decía.

Me volví hacia él y le pregunté:

—¿Se puede saber qué es lo que murmuras?

—¿Qué estoy haciendo aquí? —dijo Zwaan.

Sin embargo, me siguió hasta uno de los andenes, negando continuamente con la cabeza: no, no, no… Una vez en el andén nos quedamos mirando cómo subían los pasajeros a un tren. Luego vimos cómo bajaban los viajeros de otro tren recién llegado.

—No me gustan las estaciones —farfulló Zwaan.

—A mí sí —dije yo—. Pero odio venir a la estación sin un pasaje para viajar.

—Pues ahora no tienes pasaje.

—Ya lo sé —contesté—. Pero por lo menos no me tengo que despedir de nadie. Además, si queremos, podemos sentarnos tranquilamente en un tren y viajar como todo el mundo. Si viene el revisor yo te digo que le enseñes los pasajes y tú te haces el tonto y me dices que creías que los tenía yo. El uno por el otro, resulta que se nos han perdido los billetes…

—Qué tontería —dijo Zwaan.

—¿No te gusta hablar tonterías?

—Me encanta hablar tonterías, pero no en la estación.

Zwaan estaba muy angustiado. Parecía un viejito que al llegar a la tienda se da cuenta de que se le ha olvidado lo que tenía que comprar.

—Allí está el Este —dijo señalando con el dedo.

—Y ¿qué pasa con el Este?

—Allí es donde está Europa central. El año pasado venía aquí con Bet todos los días a esperar los trenes que venían de allí.

—¿Por qué?

—Porque… quién sabía. La Cruz Roja nos dijo que algunos volvían.

—Ah…

—Eso mismo digo yo —suspiró Zwaan.

—Y ¿qué pasa con Europa central? —pregunté.

—Nada —contestó Zwaan guiñándome un ojo como solo él era capaz de hacerlo—. Ya te lo contaré en otro momento, Tommie.

Yo lo dejé ahí. Aquel no era el momento para decirle que me llamo Thomas.

—¿Qué te parece si vamos a la biblioteca? —propuse.

—¿Por qué?

—Porque allí tienen muchos libros. Puedes leer hasta desfallecer y no cuesta ni un céntimo.

Caminando por Nieuwezijds encontramos todo tipo de obstáculos. Tuvimos que cruzar veinte veces de acera. En un tranvía vimos a un hombre peligrosamente colgado del balcón trasero. Yo le di un golpecito a Zwaan y grité señalándolo:

—¡Señor, lleva los cordones desatados!

A Zwaan no le hizo gracia.

Llegamos a la biblioteca juvenil de Wijdesteeg y subimos corriendo la ancha escalera de madera haciendo mucho ruido con las pisadas. Sin dejar de hablar, entramos a la sala de lectura, donde también está el mostrador de préstamos.

El silencio era tan imponente que nos quedamos callados *ipso facto*.

—Yo nunca he estado aquí —dijo Zwaan.

Una señorita con un vestido de lana gris se llevó el dedo índice a los labios. Noté que trataba de sonreírnos amablemente.

—Cuántos libros, ¿eh? —le susurré al oído a Zwaan.

—Tampoco es para tanto —contestó él.

—¿Qué han venido a hacer aquí? —nos preguntó la bibliotecaria en voz baja.

Yo señalé las mesas largas y las sillas bajas que ocupaban el centro de la sala.

—Vamos a sentarnos a leer ahí.

—A ver, muéstrenme las manos.

Le mostramos las manos con las palmas hacia arriba.

—Tú te las tienes que lavar —dijo dirigiéndose a mí.

—Y ¿por qué él no? —pregunté enfadado.

—Porque las manos que ya están limpias no hace falta volver a lavarlas.

¿Por qué tenía yo las manos sucias y Zwaan no? No alcanzaba a entenderlo, porque últimamente llevábamos exactamente el mismo tipo de vida.

Un minuto más tarde, con las manos limpias y el pantalón salpicado de agua, me senté delante de Zwaan en una de las largas mesas. No había otros niños más que nosotros.

—Aquí puedes leer hasta quedarte turulato —dije—, pero no te puedes llevar los libros a casa. Los libros de las estanterías sí te los puedes llevar, pero solo si tienes la tarjeta de la biblioteca y eso cuesta dinero. Yo no tengo la tarjeta. Espera, que voy a buscar un libro.

Me fui hasta una estantería baja, me puse de rodillas y pasé el dedo índice por los libros hasta que encontré el *Pig Pag Pengeltje*.

Zwaan observó el libro con atención.

Tenía fabulosas ilustraciones de Rie Cramer y estaba lleno de versos que de pequeño me encantaban. Como se atreviera a decir algo malo de aquel libro, se iba a ganar una buena trompada.

—Escrito por Pee van Renssen —dijo Zwaan—. Qué infantilada.

¿Por qué decía eso? Estaba claro que no se refería al libro, sino a mí. ¿Por qué hacía Zwaan todo lo posible por arruinar aquella tarde?

—Pues ayer por la noche bien que te reías —contesté irritado—. O ¿no te acuerdas? *No se dice disculpe, se dice perdón.*

Decidí no darle ninguna trompada, porque eso no se hace en una biblioteca. Con dedos temblorosos busqué una rima para Zwaan. A continuación le pasé el libro.

Zwaan leyó los versos y sonrió varias veces.

—Aquí no tienen *Frits van Duuren* y ese tipo de libros —dije—. Y tampoco tienen todos esos libros tan divertidos sobre Dik Trom y Pietje Bell. No les parecen adecuados para nosotros porque los protagonistas son muy traviesos.

—Y ¿quiénes somos nosotros? ¿Los pequeñajos?

—Justo —contesté.

—Censura... —resopló Zwaan con desdén—. Qué asco.

—Solo tienen libros de niños buenos. Una vez le pregunté a una bibliotecaria que dónde estaban los libros de *Bulletje y Bonestaak*[24] y casi se desmaya.

Zwaan hizo ademán de decir algo, pero de pronto apareció entre nosotros la cabeza de la bibliotecaria y casi

---

24. N. del T.: Personajes de cómic holandeses muy populares en el periodo de entreguerras.

me caigo al suelo del susto. Cuando estás hablando, muchas veces ni te enteras de que alguien se acerca y entonces pasan estas cosas.

—Chicos —nos dijo—, aquí se viene a leer en silencio. Si hablan a gritos, molestan a los demás.

—No hay nadie más que nosotros —contesté.

—¿Por qué hay censura en esta biblioteca? —preguntó Zwaan.

—¿De qué estás hablando, muchachito? —replicó la bibliotecaria—. Aquí tenemos libros muy apropiados, elegidos con muy buen criterio. Tenemos libros para pasar el rato y libros para aprender. Separamos el grano de la paja.

—Y las novelas ilustradas son pura paja, ¿verdad? —le espeté.

—De esos libros no quiero ni hablar.

—¿Tienen ustedes *Huckleberry Finn*? —preguntó Zwaan.

—No —contestó la bibliotecaria mirando a Zwaan espantada.

—Trata de un chico que se hace amigo de un negro —explicó él—. Es un niño muy pobre que fuma en pipa y se pasa el día discutiendo con el borracho de su padre.

—Más vale que se vayan de aquí —dijo la bibliotecaria bajando más todavía la voz.

—Mire, señorita, le acabo de enseñar esta rima —me apresuré a decir.

—Ustedes todavía no están preparados para la sala de lectura.

—Vámonos de aquí —dijo Zwaan—. Nunca leo más de una rima al día. Me gustó mucho, Thomas. Pee van Renssen es un gran escritor.

Salimos de la biblioteca y nos quedamos husmeando en la plaza de enfrente. Los miércoles montan allí un mercadillo de sellos al que acuden decenas de abuelos gruñones con voluminosos álbumes debajo del brazo y cara de no fiarse de nada ni de nadie, por no hablar del recelo con que analizan los sellos que les ofrecen en los puestos. Al igual que todas las personas mayores a las que les gustan los juegos —según mi padre, coleccionar algo es el más estúpido de los juegos infantiles que existen—, le tienen una manía enorme a los niños. Yo a los abuelos de Ámsterdam los tengo atravesados. Siempre te regañan por la calle o escupen a tus pies una bola repugnante de tabaco de mascar.

Aquel miércoles, los viejitos tenían la nariz morada del frío. Con ojos acuosos nos miraban de refilón a Zwaan y a mí. Algunos llevaban un gorro con bola, sin duda escamoteado a algún nieto.

Un hombre más viejo que Matusalén que andaba entre los puestos con una bicicleta en la mano casi se choca con nosotros. La bicicleta estaba medio oxidada. Del manillar llevaba colgada una bolsa vacía y en la parrilla, balanceándose de un lado a otro con los vaivenes de la bici, iba sentado un pobre niño de unos ocho años, con un abrigo demasiado pequeño para él.

—¡Eran mis sellos, papá! —lloraba—. ¿Por qué los has vendido?

—Es su padre —le dije a Zwaan sorprendido—. Cualquiera juraría que es por lo menos su bisabuelo.

—¡Eres un ladrón de pacotilla! —gritaba el niño entre sus llantos.

—Papá tiene ahora dinero para comprar pan y leche para sus otros veinte hijos —le susurré a Zwaan.

El hombre salió a la calzada, pero siguió andando, empujando la bici con la mano.

Zwaan siguió al padre y el hijo con la vista hasta que desaparecieron por completo.

Nos apoyamos contra el tronco de un árbol.

Zwaan no se quejaba de frío y yo me engañaba a mí mismo y me decía que tampoco tenía frío.

—Ese chiquillo iba de pasajero en la bici de su padre —dijo Zwaan.

—"Hola, chiquillo, hola pequeño ruiseñor. No, contestó el niño, no me llame chiquillo, que yo ya soy mayor"[25].

Zwaan no me había escuchado.

—¿Tú también montas a veces en la parrilla de la bici de tu padre? —me preguntó.

—¡Mi padre! —exclamé—. ¿Estás loco? Mi padre ni siquiera sabe montar en bici.

—Yo fui una vez hasta Deventer en la parrilla de mi padre —dijo Zwaan meditativo—. En la guerra.

—Ya —contesté—, ya me lo contaste una vez. ¿Por qué se fueron a Deventer?

—Fuimos a casa de mis tíos Piet y Sonja, que viven allí. Mi tío Piet era amigo de mi padre en la universidad. Yo me llamo Piet por él. Era la primavera del 41, yo casi tenía cinco años. Mi padre no paraba de hablar, pero yo casi no entendía lo que decía, porque iba detrás y soplaba mucho el viento. Fue un viaje interminable. De vez en cuando hacíamos una parada debajo de un árbol.

_____

25. N. del T.: Traducción libre de otra rima del ya citado libro *Pig Pag Pengeltje*.

—¿Por qué no fueron en tren?

—Mi tío Piet me dijo más tarde que a mi padre le daba miedo el tren y que, por el camino, cada vez que veía nazis u hombres vestidos de negro, se escondía detrás de un árbol. Yo no recuerdo a ningún nazi ni a ningún hombre vestido de negro, pero de las paradas bajo los árboles me acuerdo perfectamente. Nos sentábamos apoyados en el tronco. Teníamos todo el tiempo del mundo y mi padre me pasaba la mano de vez en cuando por el pelo. Era la primera vez en mi vida que estaba solo con mi padre. Yo, eh… ¿cómo se llama eso?

—Yo lo llamaría disfrutar de lo lindo.

—Sí, eso es. Disfruté de lo lindo.

—Y ¿qué fueron a hacer a casa de tus tíos? —pregunté.

—Yo entonces no lo sabía. Mi padre decía que yo necesitaba recobrar fuerzas, que estaba demasiado pálido y que Ámsterdam no era saludable para mí. Ahora ya sé que fui a vivir en clandestinidad.

—¿Qué es clandestinidad?

Zwaan me miró sorprendido.

—¿No lo sabes?

—No —contesté.

—Pues… —dijo Zwaan sin dejar de mirarme— vivir en la clandestinidad es vivir escondido para que los nazis no sepan dónde estás y no puedan encontrarte. A no ser que alguien te delate, claro. Mi tío Piet es médico y tiene una casa muy grande con una buhardilla muy amplia. Allí estaba mi cama. Pero por las tardes bajaba a la casa con toda normalidad y a veces incluso salía a la calle, si la cosa estaba tranquila. Pero no me dejaban alejarme. No me permitían ir a ningún sitio desde donde no pudiera ver la casa.

Mi tía Sonja lloraba mucho y mi tío Piet estaba sobre todo furioso, pero sin dejar en ningún momento de ser amable. Estuve allí hasta casi un año después de la liberación.

—Y ¿no ibas a la escuela?

Zwaan negó con un lento movimiento de la cabeza.

—¿No tienes frío? —le pregunté.

Volvió a negar con la cabeza.

—Yo tampoco.

—Mi tío Piet me daba clase por las tardes. Aprendí muy rápido a leer. ¡Lo que no habré leído! Al principio, los primeros años, no me parecía raro vivir allí. Pero el último año empecé a hacer preguntas.

—Y ¿qué preguntabas?

—Empecé a preguntar por mi padre y mi madre. A veces no podía dormir porque no me acordaba de cómo eran.

—¿De verdad? ¿No te acordabas de tus propios padres?

—Cuando murió tu madre tú ya tenías ocho años —dijo Zwaan mirándome fijamente. ¿Tenía envidia de mí?—. No te envidio —continuó—, pero yo solo tenía cuatro años cuando vi a mis padres por última vez, y cuando creces no recuerdas casi nada de cuando tenías cuatro años.

Caminando detrás de Zwaan pensé que aquella no era en realidad una tarde de miércoles. Daba igual qué día fuera exactamente. Jueves, viernes, qué más da, es todo lo mismo. Aquella tarde era para nosotros, para Zwaan y para mí.

¿Qué había sido de sus padres?

No le pregunté nada. Él andaba y andaba, de vez en cuando señalaba algo y se reía. Había tantas cosas de las que reír: un gato con un saco en un carrito de bebé, un perro que no conseguía orinar en ningún sitio porque siempre había alguien que lo ahuyentaba. Pero también se podían ver esas cosas sin necesidad de reír. Yo aquella tarde no me reí.

En Vijzelgracht nos pusimos a caminar uno al lado del otro, los dos en silencio. Zwaan se había quedado mustio después de aquel paseo tan largo. Tenía que intentar animarlo.

A la altura de la calle Fokke Simonsz hicimos una parada.

A mí no me gusta esa calle. Los chicos mayores te tiran a veces cosas a la cabeza por puro aburrimiento. Pero de allí sale un callejón que desemboca en Lijnbaansgracht y que sirve de refugio para tomar aliento.

—¿Conoces el callejón del zigzag?

—No —contestó Zwaan—, no lo he oído mencionar en mi vida.

—Es un callejón de asesinos —dije—. Te mueres de miedo. Ven, vamos a pasar corriendo.

—Y ¿qué tiene eso de divertido? —protestó él—. ¿Qué se me ha perdido a mí en un callejón del terror? Ya bastantes preocupaciones tengo.

Nos metimos en el callejón.

—Bah —resopló Zwaan detrás de mí—, ni siquiera es un callejón. Esto es un pasaje.

Me puso una mano en el hombro. A lo mejor así se encontraba un poco más a gusto.

—No tengas miedo, Zwaan —le dije—. Yo estoy a tu lado.

Era un callejón que hacía un zigzag en medio. En cuanto doblamos la primera esquina, me arrepentí de haber entrado allí. Apoyado contra una pared de ladrillos sucios, no muy lejos de nosotros, estaba Ollie Wildeman.

Yo me detuve y Zwaan se chocó conmigo.

Ollie Wildeman estaba tirando una pelota de tenis asquerosa contra un muro sin ventanas. La pelota rebotaba, él la cogía con indiferencia y la volvía a lanzar. A su lado había un chico desconocido que le sacaba por lo menos una cabeza, y eso que Ollie no era precisamente bajito. El desconocido tenía otra pelota de tenis y estaba haciendo lo mismo que Ollie. Daba la impresión de que no nos habían visto, pero yo sabía que era pura apariencia.

—Ven… —le dije en voz baja a Zwaan—, vámonos de aquí.

El desconocido dejó caer su pelota. Ollie la empujó con el pie y la pelota vino rodando lentamente hacia nosotros. Zwaan se agachó e hizo ademán de empujarla en la otra dirección, para devolverla.

—No toques eso con tus pezuñas de judío —dijo Ollie Wildeman sin dignarse mirarnos.

Pero Zwaan ya había empujado la pelota.

Ollie Wildeman se agachó a recogerla con mucha parsimonia.

—Ven aquí, Tommie —dijo—. Ven a limpiar la pelota con la lengua.

Esto no tenía nada qué ver con las conocidas refriegas que tenían lugar en torno a la escuela.

—Ni que estuviera loco —contesté con voz ronca.

El desconocido soltó una carcajada.

—No seas tan infantil, Ollie —le dije—. Tienes doce años.

Craso error.

Ollie me lanzó una mirada gélida. No le gustaba que le recordaran que todavía estaba en cuarto con doce años. El otro chico se sacó el pito del pantalón, se lo sacudió con su sucia mano derecha —porque si no, se le quedaba demasiado frío, claro— y se puso a mear contra la pared. Era un chorro poderoso, un chorro con el que se puede ganar un concurso de llegar lejos con la meada.

—A ver, enséñanos la pinga, mocoso —dijo.

—Ven rápido —murmuró Zwaan—. Vámonos.

Salí corriendo detrás de él y tropecé. Zwaan me ayudó a levantarme y reanudamos la huida, sabiendo que Ollie Wildeman y el desconocido nos pisaban los talones.

Por la calle Fokke Simonsz pasaba el afilador empujando su carrito trabajosamente. Nos fuimos corriendo hacia él y oímos a Ollie Wildeman que gritaba:

—¡Muérete de tifus, judío de mierda!

—¿Necesita ayuda, señor? —le preguntó Zwaan al afilador.

—Muy amable de su parte —contestó el buen hombre.

Empezamos a empujar el carrito entre los dos. El afilador se puso a liar un cigarrillo con toda tranquilidad mientras caminaba silbando detrás de nosotros.

Yo me eché a llorar.

—¿Por qué lloras? —dijo Zwaan—. No pasa nada. La ciudad es como es, y los granujas no son más que granujas.

—No me hagas caso —contesté—. Siempre me da por llorar. ¿Se han ido ya?

—Yo no los veo. Pero no creo que se hayan ido.

Aventuras nocturnas

ZWAAN Y YO ESTÁBAMOS SENTADOS en la cama con la espalda medio hundida en nuestras grandes almohadas, calentándonos los pies con las botellas de agua caliente, las manos encima de las cobijas. Teníamos una lamparita encendida por deseo expreso mío.

—Yo ya tengo los pies calientes —dije—, y por eso no tengo frío en las manos. Curioso, ¿verdad?

—Agárrate un pie —dijo Zwaan.

Me agarré un pie. No sentí calor en la mano ni frío en el pie.

—Mis pies y mis manos están igual de calientes.

Zwaan retiró las cobijas, levantó un pie, lo acercó a mí y dijo:

—Eso es porque es tu propio pie. Agarra el mío, ya verás.

Agarré su pie.

—¡Qué caliente! —exclamé.

—¡Tienes la mano helada! —se rio Zwaan.

Volvimos a taparnos.

—Yo nunca he estado en casa de Ollie Wildeman —dije—. Nunca he comido sopa de guisantes en su casa.

—Ya lo sé —contestó Zwaan dándome un golpecito con el codo.

"Zwaan es judío —pensé entonces—. Igual que el viejo Mosterd".

En la guerra, Mosterd llevaba una estrella amarilla en el abrigo. La tía Fie me había contado que durante la guerra los nazis enviaban a todos los judíos a campos de trabajo en Polonia. Zwaan también era judío. A lo mejor sus padres estaban todavía en uno de esos campos de trabajo.

—¿Trabajan en Polonia? —pregunté.

—¿Quiénes?

—Tus padres.

—No —contestó Zwaan.

—¿Por qué no vuelven a casa?

—Porque los han matado.

—¿Por qué? ¿Quién los ha matado? ¿Los nazis?

—Ya vale —dijo Zwaan—. Por favor.

—Pero ¿por qué?

—¿Por qué qué?

—¿Por qué los han matado?

—Porque tenían más de dos abuelos judíos.

Ya no hice más preguntas. Zwaan lo sabía todo y yo no sabía nada, y no me quedaba más remedio que aceptarlo.

—Los padres de mi padre murieron hace ya mucho tiempo —dije al cabo de un rato—. Y los padres de mi madre viven en Meppel en una casa minúscula. Una vez estuve allí un día entero con ellos. Se pasan el día trasegando en aquella casita de juguete, pero no dicen ni una palabra. ¿Qué es un judío exactamente? Abraham, el rey David, Jonatán, Moisés… todos esos eran judíos, ¿verdad?

—¿Por qué conoces esos nombres?

—Porque fui a una escuela infantil cristiana —contesté orgulloso—. ¡Qué historias más bonitas nos contaban!

—Sí, el Antiguo Testamento —dijo Zwaan—. Es un libro que trata de principio a fin sobre el antiguo pueblo.

—Empieza con Adán y Eva, ¿a que sí?

—Sí, claro.

—¿Adán y Eva también eran judíos?

Zwaan se echó a reír.

—¿De qué te ríes?

—Nunca me lo había planteado —contestó.

—Si Adán y Eva fueran judíos, todos seríamos judíos.

—No —dijo él—. Por la mancha del pecado.

—No quieres hablar, ¿verdad?

—Bah.

—¿Los nazis estaban enfadados con los judíos?

—Qué pesado.

—¿Luchaban unos contra otros?

Zwaan suspiró.

—No —dijo—. No luchaban unos contra otros. En los campos de trabajo los alemanes tenían armas y los judíos, como mucho, un cepillo de dientes. Los mataban. Cuando ya no eran más que un saco de huesos, los liquidaban.

—Y ¿tú cómo sabes todo eso?

—En Deventer nadie se atrevía a contarme nada. Pero todavía estábamos en plena guerra y mis tíos Piet y Sonja no lo sabían todo. Bet me ha contado muchas cosas. Una vez, después de la guerra, salimos a dar un paseo por Deventer y me dijo: "Qué raro andas". Porque, aunque no lo creas, también hay que aprender a pasear por la calle. No es algo que uno pueda hacer de un día para otro. Bet me dijo que apenas sabía andar y me preguntó si había algo que supiera hacer. Que si sabía leer y escribir. Y yo le contesté que sabía leer antes de los seis años y que mi caligrafía era tan buena como la del tío Piet.

—Porque eres muy listo.

—No es eso. Lo que pasa es que lo único que tenía eran libros, libros y más libros. Hacia el final de la guerra no me dejaban salir. Me pasaba el día entero encerrado y no hacía más que leer. Leía hasta desfallecer. Por las tardes, mi tío Piet me preguntaba qué había leído, y yo se lo contaba. Luego me daba clases de Matemáticas, Historia y esas cosas.

—¿Has leído *Pietje Bell*?

Zwaan negó con la cabeza.

—Mi tío Piet me dejaba leer lo que quisiera. Me leí *Ivanhoe*, un libro que pesaba tanto que casi no podía ni levantarlo. En *Ivanhoe* hay una niña judía muy linda, Rebeca. Lo curioso es que a mí no se me ocurría pensar que yo también era judío. También leí *Huckleberry Finn*, pero no lo entendí hasta que lo leí por cuarta vez. Sin embargo, cuando más me gustó fue la primera vez, cuando todavía no entendía nada.

—Yo he leído *Frits van Duuren* por lo menos veinte veces —dije—. Ahora lo entiendo demasiado bien. Lo entiendo tan bien, que ya no me gusta.

—Y también leí libros que en realidad son para chicas.

—Los libros para chicas son geniales, ¿cierto? —dije con regocijo.

—Leí *Mujercitas*, sobre unas hermanas encantadoras pero muy ariscas que hacen obras de teatro en la buhardilla de su casa. Mientras leía me olvidaba de todo, me olvidaba de la maldita guerra del carajo.

—¡Pero bueno, Zwaan! —exclamé—. ¿Qué lenguaje es ese?

Zwaan soltó una carcajada.

—Mi padre nunca me ha contado nada —dije—. No sabe cómo.

—Cuando terminó la guerra hubo grandes celebraciones en todas partes. En Deventer la gente iba bailando de una plaza a otra. El color naranja lo inundó todo. El naranja y el rojo, blanco y azul de la bandera. Yo no cabía en mí de gozo. Mis tíos Piet y Sonja no salieron de casa y me dijeron que no hiciera caso de las festividades. Y entonces pregunté por fin que si mis padres iban a volver a casa y me contestaron que escribían todos los días a la Cruz Roja, que no sabían dónde estaban pero que a lo mejor volvían. ¿Tú crees en "a lo mejor", Thomas?

—Yo qué sé —dije.

—Decir "a lo mejor" es como no decir nada. No volvieron a casa. Luego me contaron que también se habían llevado a mi tío Jacob y que mi prima Bet iba a venir con nosotros. Me pidieron que fuera bueno con ella y que no hiciera demasiadas preguntas.

—¿Te habías olvidado de Bet?

—Sí, me había olvidado de ella.

—¿Fue emocionante verla otra vez?

—Qué va. Me parecía una niña muy sosa. Me preguntaba por qué tenía yo que tener una prima tan sosa.

—Bet no es sosa —dije ofendido.

—Ya lo sé. Las chicas que al principio te parecen sosas luego son las mejores.

—Y ¿ya era igual de gruñona que ahora?

—Sí, ya era gruñona. Yo la acribillé a preguntas y ella me contó que los habían matado. "Tus padres están muertos", me dijo. Y yo pensé: "¿Lo ves?, 'a lo mejor' no sirve para nada". También me dijo que yo era judío y que después de aquella guerra sería judío para el resto de mi vida. Y ella también. En realidad Bet solo es medio judía. Pero ella decía que siempre llevaría a su padre muy dentro y que por eso era ciento cincuenta por ciento judía. Yo no entendía nada. No comprendía por qué habían matado a mis padres y al padre de Bet.

Zwaan se giró hacia el otro lado, volviéndome la espalda.

—Lo peor de todo —dijo— es que yo no he visto nada ni he pasado ninguna penuria. A mí no me afectó el invierno del hambre. No he vivido ninguna redada, nunca vi cómo se llevaban a una familia de judíos de su casa. Durante la guerra, ni siquiera sabía que yo mismo era judío. Y no recuerdo cómo era mi madre. ¿Cómo era la tuya físicamente?

—No sé, yo no me fijaba en eso.

—Si cierras los ojos, ¿puedes verla?

Cerré los ojos por darle gusto a Zwaan, porque en realidad no esperaba gran cosa. Pensar no es lo mismo que ver, nunca.

—¿No estás furioso por su muerte?

Mi madre murió de una gripe y con la gripe no se puede estar furioso. Además, me pregunto si de verdad fue una gripe.

—Mi madre siempre tenía las manos mojadas —dije.

—¿Cómo lo sabes?

—Porque me pellizcaba la nariz cada dos por tres.

—La última vez que vi a mis padres tenía cuatro años —dijo Zwaan—. Pero me acuerdo de las manos de mi padre. Tenía los dedos largos y con pelos. Siempre llevaba un traje oscuro y cuando se enfadaba bajaba la voz. En la buhardilla de mis tíos Piet y Sonja, cuando estaba a punto de quedarme dormido, me veía sentado en la parrilla de su bicicleta camino a Deventer, mirando su espalda y su sombrero gris.

Zwaan se dio la vuelta y se quedó en silencio.

—Pero mi madre… —continuó al cabo de un rato—. Recordar a mi madre era más difícil. Además, tenía tantas tías que me hacía un lío cuando pensaba en ella. O mejor dicho, cuando intentaba pensar en ella. Unas veces era pelirroja, otras veces llevaba un gorro extravagante o un sombrero de plumas. Cuando quería pensar en mi madre, veía una sala llena de tías cotorreando y no me aclaraba. ¿Cuál de ellas es mi madre? Porque madre tuve, eso es seguro. Por las noches se sentaba en mi cama y me contaba pequeñas historias o hacía figuras con un cordón atado entre los dedos. Pero ¿cómo era? ¿No me acuerdo de ella o no me quiero acordar? Mis tíos Piet y Sonja no me enseñaban nunca fotos de ella. Ahora tengo fotos, Bet las tiene en su habitación. Pero no me atrevo a mirarlas.

Me quedé pensando. A mí solo se me había muerto mi madre, que no era mucho, pero apenas daba abasto para pensar en ella.

—Por lo menos tengo a Bet —dijo Zwaan—. Y a mi tío Aaron, claro. Mi tío Aaron vive en Estados Unidos y me envía muchas cartas. Cuando las leo me da dolor de cabeza, porque están escritas medio en holandés y medio en inglés. Y no veas tú cómo garla mi tío en sus cartas.

—¿Garlar en una carta?

—Sí —contestó Zwaan—, también se puede garlar en una carta.

—¿Por qué odia Ollie Wildeman a los judíos?

—Porque tendrá más de dos abuelos que odian a los judíos.

Me recosté de lado, de espaldas a Zwaan. Tenía que pensar en algo, porque si no, no conseguiría quedarme dormido. Pero no se me ocurría nada. Y a pesar de ello, cuando Zwaan empezó a hablar otra vez, fue como si me despertara de un susto.

—Bet me ha contado muchas cosas de la calle Den Tex. Pero yo no me acuerdo de cómo eran las habitaciones, ni la cocina, ni el baño. Lo único que recuerdo es la escalera. Una vez subí a pulso por la barandilla. ¿Por qué me acuerdo de eso pero se me ha olvidado todo lo demás?

Era la primera vez que Zwaan me hablaba de la casa de la calle Den Tex. En un segundo se me quitó el sueño.

—Yo estuve allí en un cumpleaños tuyo —dije—. Cuando cumpliste cuatro años. Bet me lo ha contado. Y lo curioso es que a veces recuerdo una sala muy grande decorada con lucecitas y llena de gente alegre. Y veo a tu padre contigo sentado en sus rodillas mientras todos escuchamos *Sonny Boy*. O ¿son invenciones mías?

Zwaan rompió a reír.

—Sí, mi padre me sentó encima de él, pero no recuerdo dónde estábamos ni quién más estaba allí.

—¿No te acuerdas de mí?

—No —contestó Zwaan.

—¿Por qué no?

—Pues porque no me acuerdo. No me acuerdo de cómo era la casa, solo tengo esa imagen subiendo a pulso por la barandilla de la escalera. Pero nadie me esperaba arriba y tampoco había nadie detrás de mí. Estaba solo.

No dijimos nada más.

Los dos pensamos en aquella sala tan bien iluminada de la calle Den Tex, en la fiesta de cumpleaños y en aquellas personas alegres y risueñas que ahora están todas muertas. Zwaan no tenía necesidad de decir nada más. Y yo tampoco. Podíamos hablar de todo lo que quisiéramos. Pero no era necesario.

Soñé que iba buscando un cuarto de baño por un largo pasillo sin puertas. Como para volverse loco. Al final me desperté y resultó que tenía muchas ganas de orinar. Eso era todo.

Me fui de puntillas hasta la puerta, la abrí con mucho tiento, encendí la luz del pasillo y miré hacia atrás para ver cómo dormía Zwaan. Estaba con la cabeza encima de la almohada, la mano izquierda pegada a la cara. La mano le temblaba un poco y por eso pensé: "Sabe que lo estoy mirando".

Pero estaba dormido como un lirón.

Vista sobre la almohada, su cabeza era pequeña y blancucha. Él no podía saber que lo estaba mirando. Pero si hubiera abierto los ojos en ese momento, me habría llevado un susto de muerte.

Bajé la escalera descalzo.

Mientras orinaba me entró un tembleque. Luego abrí con mucho cuidado el grifo del lavabo.

"Sí, Bet —pensé—, me voy a lavar las manos como un buen chico, tal y como me has enseñado. Aunque tú no andes cerca para recordármelo".

Puse las manos debajo del chorro. El agua estaba helada y solté una ristra de palabrotas.

Haciendo el menor ruido posible, abrí la puerta de la sala trasera. Quería ver mi casa de Lijnbaansgracht. Desde el dormitorio de arriba no se podía porque las ventanas estaban cubiertas de escarcha. Pero abajo la chimenea estaba encendida a fuego lento.

Me acerqué a la ventana y miré mi casa. Las ventanas estaban oscuras.

Mi padre estaba en Alemania y mi madre estaba muerta.

No sé por qué, pero de pronto experimenté una gran inquietud.

A lo mejor no volvía nunca mi padre. Si querían podían matarlo tranquilamente en Alemania. "No pienses bobadas —me dije—, estás mal de la cabeza. Por supuesto que volverá. Te lo ha prometido".

Pero pensara lo que pensase, no servía de nada: estaba muerto de miedo.

Las ventanas de nuestra casa siguieron a oscuras. Hacía tiempo que mi padre estaba muerto, pero nadie se atrevía a decírmelo. Me entraron ganas de ir corriendo a casa y llamar al condenado timbre hasta que lo oyera mi padre en Alemania.

Me di la vuelta, di un par de pasos apresurados y me enredé con las botas del pantalón de mi pijama. Me caí de bruces y al besar el suelo grité:

—¡Carajo!

Tremendo fue el susto que me llevé cuando oí la voz de la tía Jos.

—¿Quién anda ahí? ¿Qué ha pasado?

Me incorporé torpemente y dije:

—Soy yo, tía Jos. He bajado a orinar.

La tía Jos abrió un poco las puertas corredizas. Llevaba la misma ropa negra que por el día. Con una mano se sujetaba una bufanda de lana gruesa contra la garganta.

En contraste con tanto negro, su cara era de un blanco fantasmal.

Cuando me vio, me dio la impresión de que no me reconocía.

—Ya me voy a dormir, tía Jos.

—Me he caído —dijo ella—. ¿Qué viene usted a hacer aquí?

Ahora me hablaba de usted. No me fiaba de aquello.

—Soy Thomas, ¿no se acuerda?

—¿Dónde estoy? —preguntó.

—Está usted en su casa —contesté sin poder evitar una risita nerviosa.

—¿Estaba dormida?

—Sí —contesté—. Es de noche, todo el mundo está durmiendo.

Ella negó con la cabeza.

—Oh, no —murmuró—. Oh, no.

—Sí, de verdad.

—Me he caído —repitió—. Me he asustado mucho. No me habré caído, ¿verdad?

—No, usted no se ha caído —contesté—. Yo soy el que se ha caído. Me he enredado con mi pijama.

Ella volvió a negar con la cabeza.

—De verdad —insistí.

Me miró a la cara.

—¿Thomas? ¿Eres tú?

—Sí, soy yo.

—Ven aquí.

—¿Está usted enfadada?

—Ven, ven aquí.

Me acerqué a ella lentamente. La sala trasera no estaba demasiado oscura, porque en la sala frontal lucía una tenue luz.

La tía Jos estiró una mano hacia mí.

—Tócame la mano —dijo.

Agarré suavemente su mano. ¡Qué fría estaba!

—Ay, hijo —suspiró ella—, qué caliente estás. ¿Tienes fiebre? No estarás enfermo, ¿verdad? ¿Qué haces deambulando por la casa?

—¿Se ha asustado?

—¿Te has asustado tú?

—Yo me asusto con tanta frecuencia que ya me da igual —dije.

—¿Lo pasas bien con Piem?

—Es un parlanchín —contesté.

—¿Piem un parlanchín? Qué divertido. Y ¿de qué hablan?

—De mil cosas.

—Pero supongo que también duermen las horas necesarias, o ¿no?

—Sí, claro, también dormimos de vez en cuando.

La tía Jos se echó a reír y se atragantó.

—Usted también se tiene que ir a dormir —le dije.

—Sí, ya lo sé, eso es lo que dicen algunos: "Me voy a dormir". Como si no costara ningún esfuerzo. Ojalá fuera tan fácil, ¿no te parece? Y ¿qué te cuenta Piem?

—Bobadas —dije—. Es un fanfarrón. Siempre quiere saber más que los demás.

—¿De verdad? ¿Tan grave es?

Asentí con la cabeza.

—Ven a la sala frontal, allí se está más calentito.

—No, preferiría…

—Vamos.

La tía Jos se dio media vuelta y se fue hacia su sofá. Yo me fui detrás de ella y me senté cerca de la chimenea.

Me quedé mirando las brasas de carbón.

—Qué largo es el invierno —dijo la tía Jos.

Su voz me sacó de mi ensueño y levanté la vista. Se sacó la pantufla izquierda con el pie derecho y la pantufla derecha con el izquierdo. A continuación se echó una cobija por encima y se arrellanó sobre tres almohadas.

—¿Se porta bien contigo Bet? —preguntó.

—No —contesté.

Ella me miró sorprendida.

—Ni siquiera me deja entrar a su habitación.

—No merece la pena, es una habitación poco acogedora. Yo no entro nunca.

—Zwaan dice que Bet tiene un montón de fotos en su habitación.

La tía Jos me miró de reojo. A la débil luz de aquella lámpara parecía una reina de un cuento de hadas.

—Bet me tiene manía —dijo.

—Qué va, ¿por qué habría de tenerle manía?

—¿No lo has notado?

—No, nunca.

—Me tiene manía porque yo estoy viva y su padre muerto.

Noté que me miraba con una expresión un poco rara.

—¿Sabías lo de su padre? —preguntó—. Nunca hemos hablado de ello porque no preguntas nada. Eres muy discreto.

—Lo sé por Zwaan.

Ella asintió.

—Bet me tiene manía —insistió— porque todos mis hermanos y hermanas siguen vivos. Y como me tiene manía a mí, se tiene manía a sí misma. Pero es una buena chica. Ya se le pasará, ¿no crees?

Me quedé pensativo. Yo no le tenía manía a mi padre porque mi madre estuviera muerta.

—Eso son bobadas de Bet —dije.

La tía Jos rio entre dientes.

—Zwaan está durmiendo —cambié de tema.

—Nosotros no. ¿A ti te gusta dormir?

—Lo que no me gusta es estar en la cama dando vueltas. Pero mientras duermo, no me entero de que estoy dormido.

—Yo no duermo nunca —dijo ella.

—¿No dice que la he despertado yo? Quien no está durmiendo es imposible que se despierte.

—Me paso toda la noche soñando que estoy en esta casa. Cuando duermo, me quedo donde estoy.

De pronto cerró los ojos.

—¿Sueña usted alguna vez que está despierta?

—Una pregunta muy inteligente —contestó volviendo a mirarme—. En mis sueños, la casa es tan grande que me pierdo. Hay muchas más habitaciones y me encuentro con gente que hace tiempo ha muerto. ¿Por qué te cuento estas cosas?

—Cuénteme lo que quiera, no me importa.

—¿Tú sueñas algunas veces que tu madre todavía está viva?

Me encogí de hombros.

—¿Te parece rara esa pregunta?

—Yo no sueño nunca.

—Sí, te pasas la noche entera soñando, como todo el mundo.

—A veces sueño algo justo antes de despertar.

—Eso es porque los demás sueños se te olvidan. No te dará miedo dormir, ¿verdad?

—No, ¿por qué?

La tía Jos sacó un pañuelo minúsculo de debajo de su almohada y se sonó la nariz sin hacer ruido alguno. Eso no lo hace cualquiera.

—Siempre me haces reír —dijo con voz nasal.

No había notado yo nunca que se riera. Ahora tenía lágrimas en los ojos, pero eran lágrimas de sonarse la nariz, no de llorar. Menos mal.

—De vez en cuando tienes que hablar de tu madre, Thomas.

—¿Quién dice eso?

—Yo no.

—Entonces, ¿quién?

—Ay, hijo, qué hacemos hablando de estas cosas. Zwaan y Bet me dan mucha pena, y tú también, pero ustedes creen que solo siento lástima de mí misma. Por la mañana, cuando todavía no ha empezado el día, ya tengo miedo de la noche y ustedes hacen como si no ocurriera nada. Fuera nadie sabe nada. Pero han liberado al país y dentro de poco terminará el racionamiento, así que no sé de qué me quejo. Vete a la cama a descansar, hijo. Después de aguantarme, seguro que te quedas dormido al instante.

Me puse de pie y me fui hacia la sala trasera.

—¿Qué opinas de mí? —preguntó ella a mis espaldas.

Yo murmuré algo tipo "qué cosas dice" y desaparecí.

Subí las escaleras corriendo, sujetándome las perneras del pantalón de la pijama y saltando los peldaños de dos en dos. Al llegar arriba me llevé otro susto de muerte, porque estaba allí Bet con su camisón azul y parecía más furiosa que nunca.

—¿Qué significa esto, Thomas? —me preguntó con hosquedad—. ¿Qué hacías abajo?

—He bajado a orinar —contesté.

—¿Tú crees que yo me chupo el dedo? —dijo ella—. Los he oído hablando.

—Eso ha sido después de orinar.

—Y ¿de qué hablaban?

—De mil cosas.

—Mi madre tiene que dormir por la noche, y tú también. Estás causando mucho revuelo en esta casa. Seguro que has meado fuera del inodoro. Y ¿quién tendrá que fregar el suelo mañana? ¡Yo!

—Tienes los dedos de los pies muy raros —dije.

Bet me miró los pies.

—Mira quién habla.

Le enseñé las manos y dije:

—Me las lavé.

—Pues no se nota, porque tienes las uñas llenas de porquería. Eres un falso y mientes más de lo que hablas.

—No siempre miento.

—Me da igual, Thomas, no me voy a poner ahora a investigarlo.

En el pasillo hacía mucho frío. Crucé los brazos y me froté con fuerza los hombros. Encontrarme allí con Bet tan enfadada había sido un golpe de suerte. Sus reprimendas me hacían temblar de placer.

—¿Me dejas ver las fotos de tu habitación? —pregunté.

—Ni lo sueñes. Por donde pasas, lo dejas todo revuelto. Y me he fijado que coges el cuchillo con la izquierda y el tenedor con la derecha, a pesar de que no eres zurdo. Piem sí es zurdo, pero seguro que ni siquiera te has dado cuenta. Tú nunca te das cuenta de nada. No sientes curiosidad por nada. En la mesa hablas con la boca llena, después de bañarte te secas el trasero con la toalla de la cabeza, metes los dedos en el bote de mermelada y todo lo que dices suena siempre increíblemente descarado, aunque lo que digas no sea nada malo. Eres un caso perdido, Thomas.

—¿Tienes un peluche? —pregunté.

Bet negó impetuosamente con la cabeza.

—¿Nunca me vas a dar permiso para entrar cuando llame a tu puerta?

Ahora en vez de negar sonrió, aunque también podía ser un tic nervioso.

—¿Vas a ir mañana al colegio?

—No, pasado mañana —contestó ella.

Nos reímos, pero de pronto dijo en tono severo:

—No te rías como un bobo.

Dejé de reírme.

—¿Te ha dicho mi madre cosas raras? —me preguntó.

Los mayores decían de todo. Unas veces decían cosas raras y otras no, eso era todo lo que yo sabía. Me encogí de hombros indiferente.

—A ti nadie te ha educado en condiciones, ¿verdad?

—Mi padre me compra libros estupendos. Me está entrando mucho frío, ¿puedo irme a la cama?

—¿Quieres a Piem?

—¿¡Qué!?

—Que si quieres a Piem.

—Ni que estuviera loco.

—¿Qué te ha contado sobre el tío Aaron?

—Su tío vive en Estados Unidos, ¿cierto?

—Y ¿qué te ha contado de él? Piem recibe muchas cartas suyas, pero a mí no me las deja leer.

—Y eso te hace rabiar.

Ella me miró fijamente.

—¿A ti todo te hace rabiar, eh?

—No —contesté—, ahora, por ejemplo, estoy muy contento. ¿No se me nota?

—¿De verdad?

Bet me agarró el lóbulo de la oreja entre el pulgar y el índice, y no lo soltó. Yo estaba en la gloria.

—Tienes las orejas paradas —me dijo—, ¿lo sabías? Piem no me deja que lo toque.

—¿Ni siquiera las orejas?

—No, nada. Mi madre le dio una vez un abrazo muy fuerte y me miró asustado. ¿Tú lo tocas alguna vez?

—De vez en cuando le pego una trompada del carajo.

—Eres un sinvergüenza y un malhablado. Vamos, vete a la cama.

Me dio un pellizco en la oreja y, al hacerlo, se puso roja como un tomate. A continuación se dio media vuelta y se marchó.

—Mañana voy a tu habitación y llamo a la puerta —le dije.

—¡Ni se te ocurra!

Entré al dormitorio de las ventanas con escarcha y miré a Zwaan.

"Está soñando —pensé—, pero mañana se le habrá olvidado". No sé qué estará soñando, pero no puede ser una pesadilla, porque si fuera una pesadilla se le notaría en la cara.

Me subí a la cama y me metí debajo de las cobijas. La botella se había quedado fría, pero Zwaan dormía a mi lado, y él estaba calentito, de modo que no se estaba mal allí metido. Me froté los pies durante un buen rato y Zwaan no se despertó. ¿Por qué habría de despertarse? Los mayores son los únicos que se despiertan sin motivo.

"No vuelvo a salir a orinar por la noche", pensé antes de quedarme dormido.

La habitación de Bet

JUEVES POR LA MAÑANA. En clase no se notaba nada fuera de lo habitual. No me daba miedo que Ollie Wildeman estuviera sentado detrás de mí.

El maestro había escrito en la pizarra: "El panadero echa leña al horno para hacer pan, y si un día resulta que no ha hecho pan, es porque se le ha acabado la leña".

Teníamos que copiar aquella frase tan absurda en nuestros cuadernos con buena caligrafía. Yo terminé en menos de lo que canta un gallo. Me volví hacia Ollie Wildeman y vi que solo había escrito un par de palabras temblorosas en una hoja de papel por lo demás prácticamente vacía. La lengua le asomaba un poco entre los labios.

—Tienes que chupar la pluma de vez en cuando para que escriba mejor —le dije en voz baja.

Al chupar la pluma, se manchó la lengua de tinta. Puso cara de asco, dejó la pluma en la mesa con toda calma y, con mayor calma todavía, levantó la mano.

—¿Qué pasa, Olleke Bolleke? —preguntó el maestro.

—¿Quiere que eche más carbón a la estufa, maestro? No me acusó.

—Adelante, muchacho —contestó el maestro—. Me gusta verte en acción.

Ollie Wildeman se fue silbando hacia el cubo de carbón. En clase, a veces era buen chico. En el gimnasio, sin embargo, yo le tenía miedo, porque a pesar de lo grande que era el local, él parecía estar en todas partes con sus patotas. Pero de todas formas, tanto en la escuela como a su alrededor, no se parecía en nada al chico del callejón del zigzag.

Zwaan tenía un día poco hablador. A mediodía me dio las llaves de su casa y se fue a pasear solo.

Comí dos rebanadas de pan en la cocina. Las habían dejado preparadas para mí en un platito blanco.

Bet no estaba en casa.

Las puertas corredizas de la sala trasera estaban entreabiertas.

Me asomé a la sala frontal.

La tía Jos estaba tumbada en el sofá con los ojos cerrados, como diciendo: "No me puedes ver, porque tengo los ojos cerrados y, por lo tanto, no estoy aquí".

"Eso es lo que tú crees —pensé—, porque te veo perfectamente".

Cerré las puertas sin hacer ruido. Con una tía tan chiflada durmiendo en la otra sala, al menos no me sentía terriblemente solo en la penumbra de la sala trasera.

A las cuatro, cuando terminaron las clases, Zwaan y yo volvimos juntos a casa. Él seguía sin decir palabra. Le eché un brazo al hombro y a él no le pareció mal. Según Bet nadie podía tocarlo, ni ella ni la tía Jos. ¿Por qué no se sacudía mi brazo de encima? ¿Era porque me tenía simpatía o porque le resultaba indiferente?

Liesje Overwater caminaba hacia el puente de Hogesluis. Seguro que tenía que hacer recados para su mamá o algo así. Iba sola, porque Elsje Schoen tenía gripe.

De pronto se cayó de culo.

Zwaan y yo nos detuvimos.

No es habitual ver a una chica caerse de esa manera. Para un chico era lo más normal del mundo en un invierno tan frío como aquel. Pero las chicas son muy distintas. En el gimnasio dan saltitos y trazan con los brazos arcos tan elegantes que parece una función de danza.

Qué tonta, Liesje Overwater.

Qué carajo me importaba a mí que se hubiera caído de culo. Ahora estaba enamorado de Bet y Liesje me resultaba del todo indiferente.

Dejé a Zwaan atrás y pasé por delante de ella con la barbilla muy alta. Vi de reojo que se tapaba las rodillas con la falda. Aquella chica me daba igual y el mundo entero podía verlo. Crucé de acera sacando pecho.

Cuando llegué al Hogesluis, Zwaan todavía no me había dado alcance. Miré hacia atrás y vi que estaba ayudando a Liesje Overwater a levantarse.

En cuanto uno baja la guardia un instante, ocurren las cosas más terribles.

Zwaan no solo la ayudó a levantarse, sino que se puso a hablar animadamente con ella. Y ella incluso se reía y le daba respuesta.

¡Liesje Overwater hablando con un chico!

¿Cómo era posible?

Liesje Overwater reanudó su camino y Zwaan le dijo algo que no fui capaz de entender en el estado de nervios en que me encontraba. Ella se detuvo, se dio la vuelta y... por todos los carajos... también le dijo algo a él que tampoco fui capaz de entender de lo alterado que estaba.

Sentí celos de Liesje Overwater, porque Zwaan había sido muy amable con ella. Y también sentí unos celos terribles de Zwaan, porque aquella mala pécora había sido amable con él.

Zwaan vino hacia mí más alegre de lo que lo había visto en mucho tiempo. Yo apreté los puños y dudé si pegarle una trompada.

—Tiene zapatos con suelas de cuero —dijo Zwaan tan feliz—. Su padre es zapatero. Las suelas de cuero son muy bonitas, pero resbalan mucho.

—Eres un sucio faldero —le espeté.

—¿Qué dijiste?

—¿Qué hacías hablando con esa bazofia, hijueputa?

—Lo siento —contestó Zwaan con la boca muy pequeña—, pero tendrás que traducirme eso.

—No se preocupe, señorito, yo se lo traduzco para que usted lo entienda.

—Sí, por favor —dijo Zwaan.

—¡Huevón! —grité—. ¡Llevo aquí un rato esperándote! No sé ni para qué te espero. Me voy a casa de mi tía Fie, estoy harto de tu manicomio. Además, te pasas la noche entera dando vueltas y te tiras pedos en la cama.

—Estás loquito perdido por Liesje, ¿no es verdad?

—¡No te metas en mis asuntos! Yo me fijé en ella primero. Atrévete a decir que no la vi yo primero. Eres un… eres un…

—Dilo tranquilamente, no me importa.

No sabía ni lo que quería decir, pero vi que Zwaan sí lo sabía y de pronto lo supe yo también. Empecé a llorar sin darme cuenta.

Me di media vuelta y salí corriendo.

Así nadie sabría que estaba llorando, porque de correr también salen lágrimas en los ojos.

Mantuve el timbre apretado mucho tiempo. Tardaron en abrir. Me limpié los zapatos en la alfombrilla de la entrada.

Arriba no vi a nadie.

Me quité el abrigo, lo dejé caer y me fui volando a la habitación de Bet. Llamé a la puerta con fuerza.

—¡Adelante! —exclamó Bet muy efusiva.

Tomé aliento y abrí la puerta.

El cuarto estaba bañado en una agradable luz invernal que se filtraba por los visillos. Bet estaba sentada en la cama con las piernas cruzadas, leyendo un libro muy gordo. No levantó la vista. Cerca de la cama había una estufa eléctrica encendida.

—Tú misma has dicho que entre —dije iracundo.

Bet alzó la cabeza.

—No olvides que estás de visita, así que compórtate como es debido, no digas palabras feas, no te hurgues en la nariz y no te rasques las costras mugrientas que tienes en las rodillas. Qué te pasa, ¿has llorado?

Yo negué con la cabeza y ella se rio.

—¿De qué te ríes?

—Ay, mi chiquitín —dijo Bet, impostando la voz como si hablara con un bebé—, ¿por qué has llorado?

—Déjame en paz.

—Una insolencia más y te echo de aquí —advirtió levantando un dedo.

A continuación cerró el libro con un fuerte golpe.

—¿Qué te parece mi habitación? —preguntó.

"¡Vaya! —pensé—, es la primera vez en mi vida que estoy en la habitación de una chica". Y ahora que estaba por fin allí, ni siquiera me había fijado en cómo era.

Eché un vistazo a mi alrededor.

Era una habitación muy grande para una loca de trece años. La cama ocupaba muy poco espacio. Había una mesa redonda llena de fotos con marcos de plata. No era un dormitorio especialmente acogedor. La habitación de Bet era demasiado formal, demasiado solemne. Me senté en una vieja butaca de cuero, crucé las piernas y suspiré.

—Puedes mirar lo que quieras —dijo Bet en su habitual tono severo.

—¿Justo ahora que estoy tan a gusto aquí sentado?

Aunque a gusto… en realidad me sentía fatal. Intenté limpiarme las huellas que habían dejado las lágrimas en mi cara sin que ella se diera cuenta, mientras aguzaba el oído para ver si Zwaan había vuelto ya a casa y subía por la escalera.

—Zwaan no quiere que siga viviendo aquí —dije.

Poco me faltó para romper a llorar otra vez.

—Mentira —contestó Bet.

—¿Tú crees?

—Piem no es así. Él no se mete en las cosas de los demás.

—Tú aprecias mucho a Zwaan, ¿verdad?

—Es un niño mimado y un simplón. Y es muy testarudo. Todo lo tiene que hacer a su manera.

—¿De verdad?

—¿Por qué lo diría si no?

—¿Siempre dices lo que piensas?

—Claro. ¿Tú no?

—¿Crees que soy un fanfarrón?

—No sé.

—Yo no me considero fanfarrón.

Me levanté y me acerqué a la mesa. Nunca había visto tantas fotos juntas. Me senté en una silla de respaldo alto y miré las fotos.

—¿Puedo tocarlas?

—¿Tienes las manos limpias?

—No.

Bet resopló indignada.

Agarré una de las fotos.

No podía ensuciarla, porque estaba detrás de un cristal.

La foto estaba muy amarillenta.

Aparecían tres niños pequeños sentados en una valla junto a un prado sin vacas. Iban vestidos de domingo, pero con ropa muy anticuada. Llevaban pantalones cortos que llegaban hasta debajo de la rodilla, calcetines negros como el carbón y botines también negros. Sus camisas tenían el cuello almidonado y los tres llevaban corbata.

"Con esa ropa tan formal no se puede jugar", pensé.

Todo en aquella foto era puro domingo. A mí no me gustan los domingos, a pesar de que no hay escuela. Según mi padre, los domingos el país entero es una iglesia. En la radio ponen cánticos religiosos todo el santo día. Los domingos no me atrevo ni a decir palabras feas.

No noté que Bet se había acercado a mí por detrás y me asusté al oír su voz al lado de mi oído.

—No puedes preguntar nada.

—"Tres parvulitos..." —dije.

—¿De qué hablas?

—"Tres parvulitos sentados en una valla... ¿No conoces esa canción? Sentados en una valla, un bonito día de septiembre".

Bet sonrió brevemente y al instante se volvió a poner seria.

—¿Qué te había dicho?

—Qué no podía preguntar nada. Y no he preguntado nada.

—Sí lo has hecho. Pero a tu manera.

Señalé al niño de la derecha.

—Este se parece a Zwaan —dije.

Luego señalé al de en medio.

—Este es el más pequeño. Se ríe como bobo.

Por último señalé al de la izquierda.

—Y este es un pillín.

Me sentí orgulloso, porque no había preguntado nada.

Bet señaló al de la derecha.

—Este es mi tío David, el padre de Piem.

Luego señaló al de la izquierda.

—Este pillín de acá es el tío Aaron, el más pequeño de los tres.

Y por último señaló al de en medio.

—Y este pequeñajo es Jacob… mi padre.

—Perdona —dije.

—¿Por qué te tengo que perdonar?

—Por decir que tu padre se ríe como bobo.

—Es que es verdad que se ríe como bobo.

—¿Puedo preguntarte una cosa?

Ella asintió con la cabeza.

—Te pareces a tu padre.

—Eso no es una pregunta.

—¿Tú también crees que te pareces a tu padre?

—¿Por qué? ¿Porque soy pequeña?

—Tan pequeña no eres.

Bet señaló con la barbilla las fotos dispuestas sobre la mesa y dijo:

—Mira las fotos y cierra el pico.

Mis ojos iban tan rápido de una foto a otra que las veía todas borrosas. Eran retratos de mujeres con espléndidos collares y hombres bien afeitados. Muchos de los hombres llevaban gafas, pero de las mujeres, ninguna. Cuando aparecían en una misma foto un hombre y una mujer, los dos sonreían. Y casi todos los que salían solos también sonreían, pero con menos alegría. También había algunas fotos de niños muy bien vestidos. Los niños no sonreían, sino que más bien miraban enfadados o serios, lo cual era comprensible, porque yo también miraba enfadado o serio cuando un fotógrafo me decía que sonriera.

—Están todos muertos —dijo Bet.

Miré otra vez la foto que tenía en la mano.

Bet dio un golpecito con el dedo sobre el niño de la izquierda.

—Él es el único que todavía vive.

—Los mataron a todos en Polonia, ¿cierto?

—¿Cómo lo sabes?

—Me lo ha contado Zwaan.

—¿Piem?

—Sí.

—¿A ti?

—A mí.

—¿Cuándo?

—Por la noche. En la cama.

Bet me miró furiosa.

—¿No me lo podía contar? —pregunté.

—Por supuesto que podía contártelo si quería.

Bet agarró con delicadeza una foto con un marco redondo.

—Ya no se les ve por la ciudad. En sus casas viven otras personas. Y no tienen tumba. ¿Tú vas mucho a la tumba de tu madre?

Volví a dejar en la mesa la foto de los tres niños.

—Eh… el cementerio del Este está muy lejos. Se va en la línea 9, pero yo no sé dónde está la línea 9.

—¿Tu padre habla mucho de tu madre?

—Nunca.

—¿Nadie habla nunca de tu madre?

—Mi tía Fie habla mucho de ella.

Bet asintió.

—Tienes que decirle a tu padre que quieres saberlo todo sobre tu madre.

Me enseñó una foto de una mujer muy sonriente.

—Esta es la madre de Piem.

Me quedé mirándola mucho tiempo. En casa, en un cajón de la cocina, hay también una foto de mi madre sonriendo, con los mismos pendientes raros que lleva la madre de Zwaan.

Las mujeres que sonríen se parecen entre sí.

—Está sonriendo —dije.

—Sí —contestó Bet—, no soy ciega.

—¿Zwaan mira mucho las fotos de su madre?

—Nunca.

—Yo tampoco. Están guardadas en una caja de zapatos blanca. Todas menos una que hay en el cajón donde guardamos las tijeras. Por eso la veo mucho. Pero no la quiero guardar en la caja, porque entonces tendría que abrirla y ver todas las demás fotos.

Le devolví a Bet la foto de la madre de Zwaan y volví a coger la de los tres niños.

—Tres parvulitos —murmuró Bet—. Ahora que lo dices… En esa foto Aaron tiene cuatro años, mi padre cinco y el tío David siete. A mi madre la conocieron en su época de estudiantes. David se hizo médico y Aaron se fue a Estados Unidos porque Holanda le parecía un país muy pequeño y la universidad le resultaba demasiado difícil. Mi padre se hizo abogado. —Bet hizo un pausa, suspiró y continuó—: Mi madre estuvo enamorada de los tres. Primero de mi tío David, luego de mi tío Aaron y por último del pequeño Jacob, mi padre, que al final fue el que más le gustó. Mi padre era comunista.

—¿Qué es eso?

—Yo tampoco lo sé exactamente. A mi padre le gustaba eso del comunismo y le fascinaba la idea de que en Rusia todos se llamaran camaradas. Decía que allí todas las personas eran iguales, como debe ser.

—¿Dónde dormían tus padres? ¿En la misma cama donde dormimos Zwaan y yo?

—Un martes por la tarde se llevaron a mi padre. No los alemanes, sino dos agentes de policía. Yo estaba en el colegio. Cuando volví a casa y vi las cortinas cerradas me llevé un susto de muerte. Subí corriendo y me encontré a mi madre sentada en un rincón, en el suelo, con la sala a oscuras. No podía hablar, lo único que hacía era negar con la cabeza. ¿Qué miras?

—Te miro a ti.

—Pues no me mires. Aquel día me enteré de que estábamos en guerra. Hay mucha gente que todavía no sabe nada. Después de la guerra una señora me paró en la calle y me preguntó: "¿Le ocurre algo a tu padre? Hace mucho tiempo que no lo veo".

—¿Por qué se llevaron a tu padre?

—Porque decían que era un comunista peligroso. Luego resultó que también era un judío inofensivo. Se lo llevaron a Polonia y allí lo mataron, igual que a mi tío David, a mi tía Minnie y a todos los demás. Mataron a todos los tíos y primos de mi padre y yo qué sé a cuánta gente más, y nadie es capaz de explicar por qué. Yo quiero saber por qué los mataron, ¿tú no? En la guerra, mi abuela decía que no hablara de ello con mi madre, de modo que nunca hablábamos de mi padre. Todas las noches me despertaba y pensaba: "Mi madre no puede dormir sola en esa cama tan grande y yo tampoco debo dormir, sería muy desconsiderado de mi parte".

Bet me miró fijamente.

—Mi madre no es judía —continuó—. Eso podía haber salvado a mi padre, porque a veces dejaban en paz a los judíos casados con no judíos. Aunque no siempre. Los alemanes podían hacer lo que les diera la gana. Mataron a infinidad de personas, infinidad de niños y bebés. Y no creas que lo hacían a escondidas, no. Su gran líder se lo permitía. A veces echo de menos la guerra, porque entonces pensaba que mi padre acabaría volviendo a casa. Todavía lo pienso a veces y casi me asfixio de angustia, porque sé que no es verdad.

—¿Tú sabías que Zwaan estaba en Deventer?

—Sí, yo lo sabía. Mi tío David llevó a Piem a Deventer en el 41, porque veía la cosa muy negra. Pero él no se quiso esconder. Se quedó en Ámsterdam y no fue a Deventer ni una sola vez, porque no quería poner a Piem en peligro.

Bet se demoró mucho tiempo en reubicar algunas fotos en la mesa.

—Oye, que todavía estoy aquí —dije.

—En el otoño del 42 se llevaron a mis tíos David y Minnie durante una redada el día de Yom Kipur. Una semana después saquearon su casa, aquí al lado, en la calle Den Tex. Yo lo vi.

Bet volvió a mirarme.

—La última vez que vi a mi tío David, un par de semanas antes de esa redada, vino a traernos un gramófono de maleta, un disco, algunas joyas y tres cajas de zapatos llenas de fotos y nos pidió que lo guardáramos todo para Piem. Mi madre le dijo que él también tenía que haberse ido hacía tiempo a Estados Unidos, igual que Aaron, pero él no sabía qué podía hacer allí un amsterdamés como él. "Yo siempre he sido amsterdamés —dijo—, y ahora resulta que además soy judío. Nunca me había puesto a pensar en ello". Le pidió a mi madre que se encargara de enviar a Piem a América con Aaron cuando terminara la guerra. Mis tíos David y Minnie fueron a parar al campo de internamiento de Westerbork y desde allí los enviaron a Polonia.

Bet ya ni siquiera me miraba.

—En Polonia los mataron. Después de la guerra, Zwaan y yo íbamos de vez en cuando a la estación Central. Allí llegaban los trenes del Este. A veces veíamos un grupo de personas que recibían con abrazos y lágrimas a un hombre o una mujer en los huesos. Todos lloraban menos esos hombres y mujeres que volvían desnutridos.

Se volvió hacia mí.

—Cuando tenga dieciocho años me voy a ir a Palestina. Allí quieren fundar un Estado judío. Voy a trabajar en un kibutz. Quiero hablar con supervivientes. Mis tíos y tías por parte de madre hacen como si no hubiera ocurrido nada. "Jos, querida —le dicen—, ya estás cogiendo un poco de color en la cara". ¿Alguna vez has visto algo de color en las mejillas de mi madre?

—Nunca —contesté levantando la voz más de la cuenta.

Miré las fotos. Una mesa llena de personas sonrientes.

Bet volvió a la cama, agarró su libro y se sentó encima del colchón. Inmediatamente se puso a leer. Al agachar la cabeza, su cabello oscuro cayó hacia delante y desde donde yo estaba ya no se le veía la cara.

Bet me había contado su historia y yo la había escuchado.

¿Todavía podía seguir enamorado de ella?

Daba igual, porque no podía evitarlo: estaba loquito perdido por ella.

Me entraron ganas de decírselo, pero no lo hice.

—El pasmado de mi padre nunca me ha contado nada.

Yo creo que ni me oyó.

Alguien llamó a la puerta más fuerte de lo necesario.

—Adelante —dijo Bet.

Zwaan entró a la habitación como quien no quiere la cosa. Miró a Bet, sonrió y se encogió de hombros. Luego se volvió hacia mí, se pasó la mano por el pelo y dijo:

—Perdón, Thomas. No te enfades conmigo.

¿Qué demonios tenía que perdonarle? Era yo quien lo había insultado, no él a mí.

Zwaan se acercó a la mesa, agarró con decisión la foto de su madre y se quedó mirándola mucho tiempo, mientras Bet leía y yo me rascaba una costra de la rodilla. Zwaan volvió a dejar la foto de su madre entre las demás.

Bet levantó la mirada.

—¿Qué están haciendo aquí? —preguntó irritada.

Zwaan me guiñó un ojo.

No conseguía dormir y pensaba: "¿Qué es exactamente la muerte? La muerte no es oscuridad. Si cierras los ojos, lo ves todo oscuro, pero la oscuridad se puede mirar. La muerte no es nada, ni siquiera oscuridad. Pero ¿qué es nada? En una caja vacía no hay nada. Si abres una caja vacía, ¿puedes ver la nada? Sí, se puede. La nada existe. Todos los muertos siguen estando con nosotros".

Zwaan no paraba de moverse. ¿Estaba dándole vueltas a algo en la cabeza igual que yo?

—¿Qué es la muerte, Zwaan? —le pregunté.

—Pues que ya no vives —contestó él con un suspiro.

—¿Qué es la muerte, Zwaan? —insistí.

—Estoy durmiendo.

—Cuando te mueres, ¿desapareces por completo?

—Mientras haya personas que se acuerdan de ti, no estás muerto del todo.

—Vale, pero los muertos no pueden acordarse de nosotros, ¿eh?

—No.

—¿Qué es la nada, Zwaan? ¿Existe la nada? Y ¿por qué hay cosas? ¿Por qué hay estrellas, por qué hay una luna, por qué hay un sol, por qué hay personas y animales?

—Si no hubiera sol, no habría plantas, y si no hubiera plantas, los animales no tendrían nada qué comer. Y si no hubiera luna, te perderías en el bosque.

—¿Me estás mamando gallo?

—Yo qué sé por qué hay cosas. No lo sé y no lo sabré nunca, así que no quiero perder el tiempo pensando en eso.

—La nada se puede ver, ¿no lo sabías?

—¿Cómo? ¿Dónde?

—Si abres una caja vacía y miras dentro, lo que ves es la nada.

—Claro —suspiró Zwaan—. Si esa nada no estuviera ahí, no podrías guardar ningún carajo en la caja.

Zwaan se echó a reír y la cama se movió con él.

—Tú eres mucho más listo que yo, Zwaan. Pero no me importa, seguro que hay gente mucho más lista que tú.

—Eso espero —dijo él.

—No puedo dormir. No hago más que darle vueltas a la cabeza.

—Bet te lo ha contado todo, ¿verdad? No te preocupes, Tommie, todo va ir bien.

—Hoy casi te llamo judío de mierda.

—Ya lo sé.

—Y ¿no estás enfadado conmigo?

—Si tú fueras judío y yo no, tarde o temprano me habría pasado a mí lo mismo.

—¿De verdad?

—De verdad. No soy tan bueno como crees, Thomas. Soy un traidor. O como tú dices: un *traidorero*.

—Y ¿a cuento de qué eres ahora de pronto un *traidorero*?

—No me atrevo a decirlo.

—Ah… Yo también tengo muchas cosas que no me atrevo a decir.

—¿Por ejemplo?

—Qué pregunta más tonta. No te lo pienso decir. De eso se trata precisamente. Si no te atreves a decir una cosa, no la dices nunca en tu vida. ¿Tú mientes a veces? Mi padre dice que hablar es mentir.

—No decir nada también puede ser mentir.

—Di algo sin mentir.

—No me atrevo.

—¿Por qué? Vamos, dilo.

—Soy un *traidorero*.

—No, eso es mentira. No eres ningún *traidorero*.

—Te aseguro que sí.

Casi no entendía lo que decía. Me di media vuelta y vi que había metido la cabeza debajo de la almohada.

—¿Eres mi amigo, Zwaan?

La almohada se movió. ¿Estaba asintiendo o negando con la cabeza?

Cuando el gato se va de casa...

VIERNES POR LA TARDE. Estábamos todos en la sala frontal. La tía Jos estaba a punto de salir hacia Haarlem para visitar a su familia. Se iba a quedar allí hasta el domingo. Tenía el abrigo puesto dentro de casa. Ya se lo había quitado tres veces, y tres veces le había dicho Bet que se lo volviera a poner.

—No voy. No puedo dejarlos aquí solos.

—Tienes que ir —dijo Bet.

—¿Por qué, hijita? ¿Por qué habría de ir?

—Porque hay un taxi esperándote en la puerta —contestó Bet—. Te van a tratar como a una reina.

—¿Perdón? Yo no quiero que me traten como a una reina.

—Te pasas el día aquí encerrada en tu sala y eso no puede ser. No eres una anciana. Te van a recibir con mucho cariño.

—No quiero que me reciban con cariño.

—Vas a ir —sentenció Bet—. Y punto.

Zwaan levantó la maleta y yo agarré la bolsa de los regalos. Tardamos mucho en bajar porque la tía Jos se daba la vuelta cada dos por tres e intentaba subir otra vez a casa. Al cabo de un rato salimos por fin a la calle. El taxi estaba aparcado delante de la puerta. Hacía mucho frío.

—Lamento mucho que haya venido usted para nada —le dijo la tía Jos al taxista.

—No le haga caso —dijo Zwaan—. Mi tía se va con usted.

—No puedo dejar solos a los niños. Seguro que hacen alguna pilatuna de las suyas. Y si se enferman, ¿quién va a cuidarlos?

—Si nos enfermamos tenemos pastillas de sobra en casa —afirmó Zwaan.

El taxista abrió la puerta.

—¿Acaso van a hacer pilatunas, chicos? —preguntó indiferente.

—Por supuesto —sonrió Zwaan.

Nunca había visto a nadie subir a un auto con tanta torpeza como la tía Jos.

—Lo van a lamentar —dijo antes de que el taxi se pusiera en marcha.

Nos quedamos mirando cómo se alejaba el auto por la calle, despidiéndonos con la mano.

La tía Jos nos miraba por la ventana de atrás, pero no agitó la mano.

Bet nos esperaba arriba con los brazos cruzados. Lo de hacer pilatunas habría que aplazarlo de momento.

—No piensen que nos vamos a pasar el fin de semana de fiesta —nos dijo—. Vamos a sacudir los colchones y a limpiar toda la porquería que tienen en su cuarto.

Estuvimos un buen rato trabajando frenéticamente. Luego nos bañamos Zwaan y yo juntos. En la bañera cantamos canciones de la escuela y otras más antiguas. Zwaan cantaba muy bien y a mí me atacaba los nervios que no fallara ni una nota. Por eso, de vez en cuando, yo desafinaba a propósito alzando la voz por encima de él.

Nos salpicamos el uno al otro y nos entró jabón en los ojos.

Cuando ya había oscurecido, Bet nos leyó el cuento de la niña sin manos.

Zwaan y yo estábamos sentados en el suelo, al lado de la chimenea.

Bet leía sentada en una silla, junto a la mesa, con el libro abierto encima de las rodillas. Acercaba la cabeza mucho al libro, lo cual hacía que pareciera más pequeña que nunca. Hablaba con una voz tan baja que apenas se le oía.

—Silencio —le chisté a Zwaan.

—Pero si no he dicho nada —protestó él.

Cerré los ojos y la voz de Bet parecía sonar un poco más cerca. Ahora era como si me susurrara al oído y ya no me perdía nada.

Era un cuento fabuloso.

Un molinero vendió su hija al diablo por error y el diablo le ordenó que le cortara las manos. Entonces la niña le decía al molinero: "Córtame las manos, papaíto, soy tu hija y debo obedecer". El molinero le cortó las manos a su hija con lágrimas en los ojos. La niña también lloró y sus lágrimas cayeron sobre sus muñones, de forma que el diablo perdió el control sobre ella, porque sus propias lágrimas la habían purificado, y cuando una persona es pura, Dios la quiere tanto que el diablo ya no le puede hacer ningún mal. La niña huyó del molino y del molinero y se casó con un rey famoso por su bondad. El rey le regaló dos manos de plata a la nueva reina, pero el diablo no se daba por vencido y empezó a intrigar en palacio enviándole al rey todo tipo de cartas malintencionadas. Así, cuando la reina dio a luz a un niño, el bondadoso rey llegó a la conclusión de que aquel hijo no podía ser suyo, de modo que le ordenó a su madre que matara a su esposa y al niño. Así que tan bueno no era aquel rey. La hija del molinero huyó del palacio con su hijo —a esas alturas yo ya estaba locamente enamorado de ella, aunque tuviera manos de plata fría— y se fue a vivir con un ángel, donde se pasaba el día entero rezando. Dios, impresionado por su devoción, sintió compasión de ella e hizo que le crecieran de nuevo las manos.

Bet dejó de leer.

—Y ¿le volvieron a crecer las manos como si nada? —pregunté.

—Sí, como si nada —contestó Bet—. Y con sus preciosas y delicadas manos pellizcaba en la nariz a su hijo y le acariciaba la cabeza cuando necesitaba consuelo.

—Eso no lo pone ahí —dijo Zwaan—. Te lo has inventado.

—Y ¿el hijo no tenía nombre? —pregunté.

—Sí, lo llamó Triste —contestó Bet—. A ella le encantaba ese nombre. Cuando se reía, le preguntaba: "¿Por qué estás tan alegre, Triste?".

—Sigue leyendo —dije.

Bet reanudó la lectura.

Tras una larga búsqueda, el rey encontró por fin a su mujer y a su hijo, los besó a los dos y tomó al pequeño Triste en sus brazos. Y vivieron felices y comieron perdices.

Bet cerró el libro. Zwaan y yo seguimos disfrutando del hechizo del cuento.

—Me encantaría llamarme Triste —dije.

—Y ¿a quién no? —replicó Bet.

—¿Te gustó el cuento, Zwaan? —pregunté.

—Si te cortan las manos, no vuelven a crecer —contestó él.

—Piem —lo reprendió Bet—, tú no entiendes nada de cuentos.

—Claro que pueden volver a crecer las manos —dije yo—. ¿Por qué no? Las heridas también desaparecen al cabo de un tiempo.

—Así es —sonrió Bet—. Thomas lo ha entendido mejor.

Miré orgulloso a Zwaan y, al ver que bajaba la vista enfurruñado, me sentí superior.

El sábado, después de las doce, Zwaan y yo salimos corriendo de la escuela y dejamos atrás a toda la chusma.

—Vamos a casa de mi tía Fie —le dije a Zwaan mientras paseábamos por la Galería—. Los sábados por la tarde les da clase de corte y confección a chicas de secundaria. Podemos pasarlo bien. Tienen pocos años más que Bet y no te imaginas lo deslenguadas que son, aunque bueno, no todas, siempre hay alguna tímida.

—Las chicas tímidas son las que más me gustan —dijo Zwaan.

—Pero recuerda una cosa: si mi tía Fie empieza a hablar de la nueva princesa, no pongas caras raras. Está como loca con la princesita. Le ha enviado una felicitación y todo a la reina Juliana.

—Qué detalle por parte de tu tía. Y no te preocupes, no pondré caras raras si se pone a hablar de la princesa.

La tía Fie seguía apoltronada junto a la estufa. Ahora tenía el pie embutido en un calcetín rojo, de modo que me había estado preocupando durante todo el camino hasta la calle Tellegen para nada. Zwaan no se vería confrontado con aquel pie desnudo lleno de manchas rojas. Se habría enfermado.

Solo había tres alumnas. Tres chicas muy calladitas. No le tomé a mal a Zwaan que se quedara mirándolas mucho tiempo. Una de ellas estaba trajinando con una blusa. Las otras dos trabajaban muy formalitas con la máquina de coser. La tía Fie no nos quitaba el ojo de encima, sobre todo a Zwaan.

—Qué gusto me da conocer por fin a tu amiguito —dijo.

Pero Zwaan no prestaba atención a la tía Fie. Estaba hipnotizado por la chica que trajinaba con la blusa. Ella lo miraba con sus grandes ojos azules y poco a poco me fui dando cuenta de que a Zwaan le gustaban las chicas más de lo que parecía.

—Ay, hijo —le dijo la tía Fie a Zwaan—, ya me han contado. En qué cabeza cabe una cosa así...

La chica de los ojos azules estaba intentando enhebrar un hilo en una aguja. En su afán, bizqueaba, y cuando una chica con los ojos azules bizquea, me enamoro tan perdidamente de ella durante un par de segundos que hasta me olvido de quién estaba enamorado. Por lo visto, algo dentro de mí me dice que no se puede estar enamorado de dos chicas a la vez, que eso no está bien, porque cuando eres mayor te casas solo con una, no con dos o tres. Zwaan se rascó la cabeza. Se estaba enamorando tanto como yo de la chica de los ojos bizcos.

—La guerra fue un infierno por momentos —continuó la tía Fie.

Zwaan volvió la mirada hacia ella.

—Eh… usted disculpe, no estaba escuchando. ¿Me decía algo?

—Hace tiempo conocí a un chico como tú —dijo ella—. Paseábamos mucho juntos, a lo mejor era un noviecito, no recuerdo exactamente. Luego lo veía con frecuencia en el mercado de Amstelveld. Pero ahora ya no lo veo nunca y se me hace tan raro… Siempre iba allí los lunes. Pero en la guerra se lo llevaron porque era… porque era como tú, hijo, ya sabes. Tienes muchos motivos para alegrarte de estar vivo.

—Tienes una gota en la nariz —le dije a la chica del hilo y la aguja.

Ella se frotó la nariz y me miró con cara de pocos amigos. Yo me moría de la risa.

—Tenemos que comprar pan, Thomas —dijo Zwaan.

Bajamos la escalera en tromba y salimos a la calle corriendo. Faltó poco para que nos atropellara Hein con su bicicarro, pero aquel chico era tan buenazo que puso su propia vida en peligro girando bruscamente el manillar. Como consecuencia de su maniobra, golpeó con fuerza una farola y fue a parar con todo su peso a la capa de hielo que cubría el suelo. ¡Bum! Allí tirado se quedó, riendo perezosamente.

Zwaan y yo ayudamos al gigantón de dos metros a levantarse.

—Hola, chicos —dijo Hein—. Hoy es domingo. Qué bueno, ¿eh?

—Estamos a sábado, Hein —le dije.

—El sábado también está bueno —contestó él—. ¿Quieren dar una vuelta en el carro?

Sentados en la bandeja del bicicarro, mirando hacia arriba para no pasar miedo por la conducción temeraria de Hein, le dije a Zwaan:

—Mi tía está loca, ¿cierto?

—Qué va —contestó él—. Pero los mayores se alteran mucho si oyen algo de nosotros que no saben o no quieren saber. ¿Le has contado algo de mí?

Negué con la cabeza.

—Tu tía Jos —aclaré.

—Ah, claro —dijo Zwaan—. Qué tonto.

—Mi tía Fie llora solo de pensar que soy medio huérfano. Y tú eres huérfano entero. O mejor dicho, tú eres tres veces huérfano. Por cierto, ¿por qué mirabas tan embobado a esa chica?

—No se han dignado dirigirnos la palabra —replicó Zwaan.

—Bah, cosas de chicas.

—¿Para qué aprenden a coser?

—Para arreglarles los pantalones a sus maridos cuando se casen y transformar trajes viejos en nuevas prendas para sus diez hijos. Por eso aprenden a coser.

Zwaan se rio.

Miré hacia un lado y vi un camión enorme que pasaba rozándonos. Volví a mirar rápidamente hacia arriba.

—Los voy a llevar al IJ, ¿vale? —voceó Hein.

—¡No, Hein! —grité—. Déjanos en la plaza Frederik.

Miré a Zwaan. Tenía los ojos vueltos hacia el cielo y se veía muy relajado, a pesar de los bandazos que daba el carro con aquellas ruedas de goma maciza.

—¿Te ha pegado alguna trompada últimamente tu padre, Hein? —le pregunté a nuestro chofer.

—No, nada de trompadas. Hoy no, y ayer tampoco.

—Será que se está haciendo mayor.

—Sí, mi padre se hace mayor y está cansado de repartir trompadas.

Hein soltó una carcajada.

—¡Cuidado, Hein! —le advertí—. ¡Mira por dónde vas!

Al llegar a la plaza Frederik frenó de forma tan brusca que el bicicarro casi se vuelca sobre el hielo.

Más tarde, ese mismo día, Zwaan y yo nos detuvimos en un pórtico. Bet nos esperaba impaciente un poco más adelante. Conté mis monedas y Zwaan contó las suyas. No estaba nada mal.

—Somos ricos, Zwaan —dije—. ¿Eres muy ahorrador?

—Hoy no.

—¿Bet tiene suficiente dinero?

—Bet tiene un monedero lleno hasta arriba.

Pegué un silbido.

—Hoy va a ser un gran día —dije—. Hoy no quiero ir al Cineac, sino a un cine de verdad, de los grandes, con butacas de terciopelo. Hay películas de sobra para todas las edades. Qué prefieres, ¿un musical o una de peleas?

—Quiero un musical en el que también haya peleas —contestó.

Andar con Bet por la ciudad era muy distinto. Para ser una chica de trece años daba unos pasos muy largos. Nosotros íbamos todo el rato detrás de ella. De vez en cuando miraba hacia atrás y decía cosas como: "Hoy no pienso hacer nada". Y también: "Hoy no me voy a preocupar por nada".

—Vamos al cine —exclamé yo—. A ver una película de verdad.

—Yo pago —nos ofreció Bet.

—Paga ella —le dije a Zwaan.

—Se ve feliz, ¿verdad?

—Estoy loquito por ti, Bet —grité cuando ella ya había cruzado la calle Vijzel y nosotros todavía esperábamos en la acera.

Bet se dio la vuelta.

—¿Qué dijiste? ¡No te oigo!

A continuación se echó a reír y nos saludó con la mano en alto.

Me negué a repetírselo.

—Te oyó perfectamente —dijo Zwaan.

—¿Cómo lo sabes? —le pregunté.

—Porque se rio, y Bet solo se ríe dos veces al año.

—A lo mejor también se ríe cuando tú no estás.

—Podría ser.

—¿Por qué no te enamoras tú también de alguien?

—A mí me gusta Liesje —contestó Zwaan—. Ya lo sabes.

Aquí va de nuevo. Noté que empezaba a enfadarme.

—Hoy no me voy a enfadar por nada —aseguré.

La vía estaba libre. Podíamos cruzar tranquilamente. Mientras cruzábamos, le dije a Zwaan al oído:

—Dile a Bet en secreto que estoy loquito por ella.

—Ni lo sueñes —contestó él.

Bet nos dio dos *wyberts*[26]: dos rombos negros en la palma de nuestra mano helada.

---

26. N. del T.: Pastillas mentoladas. Nombre derivado de la marca Wybert.

—¿Tienes ya un novio en el Barlaeus, Bet? —pregunté.

Con sus miradas, Bet y Zwaan me dieron a entender que aquella era una pregunta muy rara y que estaban decididos a guardar silencio.

Pegué un talonazo sobre la nieve helada mientras buscaba el pañuelo en los bolsillos de mi pantalón. Los pañuelos siempre desaparecen cuando más los necesitas. Sorbí los mocos. Cuando levanté la vista, vi que todavía me seguían mirando. "Carajo —pensé—, no tienen nada mejor qué hacer ¿o qué?".

—En las películas se hartan de besarse —dije—. Yo nunca he besado a nadie hasta hartarme, ¿ustedes sí?

No entiendo por qué diablos se me ocurría hacer semejantes preguntas, pero cuando me daba cuenta, ya lo había dicho.

—Hoy no me voy a preocupar por nada —dijo Bet.

A continuación se dio media vuelta y se alejó de nosotros.

—¿Por qué dices cosas tan raras, Tommie? —me preguntó Zwaan caminando sin prisa detrás de Bet.

—Qué tonto he sido —contesté—. Ahora seguro que me ha cogido manía. Pero no sé qué puedo hacer. Si al menos fuera cargada con una bolsa, podría ofrecerle ayuda. Cada vez que me mira me entra miedo de pensar que a lo mejor tengo un moco colgando en la nariz. ¿De qué hablas tú con ella?

Zwaan se encogió de hombros.

—Vamos, Zwaan, no seas tan mezquino. Dime de qué hablan. Así al menos sé lo que tengo que decir.

—A veces me lee cosas que escribe de su diario.

—¿De verdad? ¿Qué cosas?

—Pues, por ejemplo, que ha reñido con su madre. Lo lee tan bien que parece un cuento y se te olvida que está hablando de una disputa doméstica.

—Nadie lee en voz alta tan bien como Bet. Y ¿te lee todo lo que escribe en su diario?

—Qué va, hombre. Solo me lee lo que ella quiere.

—¿Escribe algo sobre mí?

Zwaan esbozó una sonrisa maliciosa.

—No tiene gracia. Vamos, dímelo.

—Que si Tommie esto, que si Tommie lo de más allá… —dijo Zwaan—. Te nombra tanto que reviento de envidia.

Me quedé sin palabras de pura felicidad. A pesar de lo mucho que odiaba que me llamaran Tommie, me produjo un placer inmenso saber que ella me llamaba así en su diario.

Enfrente del Cineac de Reguliersbree, en una pequeña sala de cine, ponían *Alí Babá y los cuarenta ladrones*. Por suerte, era apta para todas las edades.

Tuvimos que esperar mucho tiempo en la cola. De vez en cuando tocaba el pelo negro de Bet con la nariz, pero a ella le daba igual, porque en una cola esas cosas son muy normales.

Una chica de uniforme nos llevó a nuestros sitios. Teníamos unas butacas perfectas, muy cerca de la pantalla. La sala estaba envuelta en una neblina muy densa, porque por todas partes había espectadores fumando como chimeneas. Se oían toses, eructos y expectoraciones.

Bet se sentó entre nosotros dos.

—Diles a todos esos viciosos que dejen de fumar de una vez —me dijo.

Yo me levanté, me volví hacia el patio de butacas y grité tan fuerte como pude:

—¡Por favor, que todo el mundo deje de fumar!

Volví a sentarme rápidamente, porque la sala entera se echó a reír.

—No vuelvas a hacer eso en la vida, Thomas —susurró Bet—. Me muero de vergüenza.

—¡Pero si tú misma me dijiste que lo hiciera!

—Ya, pero era una broma.

Vi que Zwaan estaba siguiendo nuestra conversación.

—Me lo dijo en broma —le dije.

—¿Cómo lo sabes?

—Porque ella misma me lo acaba de decir.

—Pues cuando una chica te dice algo en broma, siempre tienes que reírte, aunque solo sea por educación.

—Chis —siseó Bet.

Las cortinas se abrieron. Empezó a sonar una música a todo volumen y yo me estremecí de placer.

Primero empezó el noticiero. Aparecieron en la pantalla prados cubiertos de nieve, barcas atrapadas en el hielo, hombres y mujeres con carros llenos de carbón. En el cine, por suerte, se estaba calentito. Un narrador explicaba con voz metálica que en todo el país hacía mucho frío, pero podía haberse ahorrado la molestia, porque ya lo veíamos nosotros con nuestros propios ojos.

Después pusieron un cortometraje de *Los tres chiflados*, tres hombres bajitos con cara de carniceros. El del flequillo agarraba de vez en cuando una nariz entre los dedos y al girar la mano hacia la derecha se oía un crujido.

O le pegaba un martillazo a alguien en la cabeza con el mismo ruido de lata que hace el tío Fred cuando toca su gong indonesio. Comprendí al instante que aquella película no era para llorar, sino para reír. Y eso fue lo que hice, reír como un loco.

Todos los espectadores se reían a mandíbula batiente.

Todos menos Zwaan y Bet, que miraban la pantalla muy serios, como si estuvieran en misa. Por lo visto les daba dolor que los tres chiflados se llevaran tantos golpes o les mordieran la oreja.

En un momento determinado casi me caigo de mi butaca de la risa. Zwaan y Bet me miraron sin comprender por qué me reía tanto.

Me estaban poniendo nervioso.

Me tapé la boca con la mano, empecé a hipar con los cachetes hinchados y me entró un sofocón de mucho cuidado. Menos mal que el cortometraje no duró mucho.

Tras una breve pausa con diapositivas publicitarias, empezó la película.

Alí Babá y los cuarenta ladrones era en color. ¡Tremenda sorpresa me llevé! Yo pensaba que solo tenían colores los dibujos animados. Pero esto era una película de verdad con rojos y azules intensos, y con grandes y elegantes letras doradas al principio.

—¡Es en color! —le dije entusiasmado a Bet.

—Claro, porque lo han filmado en color.

La película era un cuento oriental.

Una noche de cielo azul oscuro iluminado por una hermosa luna pálida, junto a un lago sobre el que destellaban luces amarillas, una muchacha y un joven se prometían fidelidad eterna mirándose fijamente a los ojos.

La música romántica resaltaba lo bien que se sentían los dos por dentro. De pronto oí que Bet respiraba más rápido de lo normal, o mejor dicho, oí a Bet respirar por primera vez. Me entraron ganas de agarrarle la mano, aquella película era demasiado para mí solo, pero menos mal que me saqué la idea de la cabeza.

Contuve el aliento durante muchos minutos.

Había casas de piedra blanca, palacios con salas de pisos brillantes donde los negros llevaban turbante y las mujeres del harén hacían la danza del vientre, y había un gran visir malvado que quería casarse con la princesa a cualquier precio. La princesa era tan hermosa que yo casi no me atrevía ni a mirarla. Nunca había visto a una mujer así en el mundo real: imponentes ojos oscuros, cejas como elegantes líneas trazadas con lápiz, una piel pálida y suave cubierta por un delicado vello. La princesa no prestaba atención alguna a los hombres que se inclinaban ante ella haciéndole profundas reverencias, porque estaba enamorada de Alí Babá. Pero Alí Babá estaba en el desierto y cuando decía "¡Ábrete, sésamo!", una roca se corría hacia un lado para darle paso a la cueva donde se ocultaban los tesoros de los cuarenta ladrones. "¡Date prisa, Alí! —pensaba yo—, agarra todas las joyas que puedas y vuelve corriendo con la princesa". Y cuando la película volvió a la princesa, que a todo esto se encontraba en una lujosa sala palaciega llena de presuntuosos pavos reales con las plumas desplegadas en todo su esplendor, noté que me faltaba el aliento y entrecerré los ojos para que su velo pareciera más transparente.

Zwaan estaba tan enamorado de la princesa como yo. Lo notaba de alguna forma, a pesar de que Bet estaba sentada entre los dos.

En una escena, la princesa aparecía en una bañera enorme llena de espuma. Solo se le veía la cabeza. Tenía una amplia sonrisa en la cara y sus dientes blancos resplandecían en su boca. De pronto sacó lentamente un brazo del agua y yo pensé: "Oh, no, por favor, que no salga de la bañera, no quiero que salga, yo solo quiero ver una película, no quiero perder la cabeza". Una sirviente se acercó a la bañera con una gran bata blanca y yo contuve el aliento. "Ahora —pensé—, ahora va a salir y la voy a ver desnuda, pero no quiero, estoy aquí sentado al lado de Bet y me quiero ir a casa a leer un libro aburrido, por favor, seguro que no lleva bañador ni nada, no lo voy a soportar". La princesa salió por fin del agua, pero la sirviente sostuvo la bata en alto con tanta pericia que lo único que se veía era la cabeza de la princesa. El peligro pasó y volví a respirar aliviado.

—¿Te dormiste, Tommie? —susurró Bet.

Me sobresalté al oír su voz.

—No, no… —contesté.

Estaba soñando despierto, pero no me estaba perdiendo nada de la película. No quería que terminara nunca, quería quedarme allí días enteros.

Alí Babá y la princesa se besaron por fin y colorín colorado, este cuento se ha acabado.

Me quedé clavado a mi butaca y tardé un rato en volver al mundo real. Bet esperó pacientemente a mi lado.

—Vaya —murmuré todavía somnoliento—, ¿alguna vez habías visto algo tan bonito?

—Despierta, Tommie.

Suspiré. Aquello de llamarme Tommie no debía convertirse en una costumbre.

Después de la película íbamos Bet y yo juntos por la pista de hielo en que se había convertido el canal de Reguliersgracht.

En las casas que daban al canal se veía de vez en cuando a alguien detrás de una ventana con la luz encendida, pero en el hielo no había nadie.

Hice como si estuviera a punto de caerme de un resbalón.

Bet me agarró del brazo. No le apetecía que me rompiera la cabeza.

Como no quería que me soltara, dije:

—Si quieres que llegue vivo a casa, agárrame bien.

Zwaan venía detrás de nosotros.

Volví la cabeza para mirarlo. Iba con la vista puesta en el hielo, pero sintió mi mirada y levantó la cabeza. ¡Qué pálido estaba!

—Ánimo, Zwaan —le dije—. No pasa nada. Mañana vamos otra vez a ver la película.

—No —dijo él.

—¿Estás enojado?

—Sí.

—¿Por qué?

—A ti qué te importa.

—Yo también estoy enojado. ¿Quieres saber por qué?

—No.

—No te lo iba a decir de todas formas.

Bet andaba más rápido que yo, por lo que parecía que iba tirando de mí.

—No soy tu perrito —le dije.

En Amstelveld hicimos una parada y nos quedamos mirando la iglesia de madera. Vista desde abajo parecía más grande de lo habitual. Zwaan y Bet me parecieron de pronto muy pequeños.

—¿No te parece guapa la princesa de la película, Zwaan?

—Se llama María Montez y es la mujer más guapa del mundo —contestó él.

—¿No hay nadie más guapa que ella?

—No empieces, por favor.

Bet se entrometió en el asunto.

—¿De quién hablan? —preguntó.

La buena de Bet era como una madre cariñosa en miniatura.

—A mí la película me pareció una bobada —opinó—. No hacen más que pelearse a lo tonto.

—No vuelvo a ir nunca al cine —farfulló Zwaan.

—¿Por qué no? —preguntó Bet, arisca.

Yo no dije nada, porque sabía lo que quería decir Zwaan. Una película tan bonita te deja hecho trizas. Cuando termina te sientes muy desgraciado. Extraño, pero cierto.

—Si no eres capaz de entenderlo… —le dijo Zwaan a Bet. A continuación apretó mucho los labios.

—Vamos, vamos —rezongó ella.

—Nada.

—Dilo, Piem.

—Mira, si no eres capaz de entenderlo, es que no entiendes nada.

—¿Cómo te atreves a decir eso?

—Tú misma me has pedido que te lo diga.

—¡Qué infantil eres! Son unos infantiles.

Bet nos dio la espalda y cruzó por debajo del puente con paso firme. "Ahí va una chica que sabe lo que quiere —pensé—, sin importarle lo que piensen los demás".

Zwaan y yo aceleramos el paso para no quedarnos atrás. Yo me resbalé y me caí sentado. Zwaan me ayudó a levantarme.

—Se enfadó —dije.

—Está triste.

—¿Por qué?

—Porque es un día muy hermoso —contestó él.

Ya estábamos otra vez con lo mismo. ¿Por qué tenía que decir que era un día muy hermoso? Si lo dices, se rompe el hechizo. Zwaan no entendía nunca un carajo de nada.

Miramos a través del puente y vimos a Bet alejarse, cada vez más pequeñita en la distancia.

La tía Jos estaba en Haarlem.

Todavía nos esperaba una larga tarde con su correspondiente noche. Para los tres solos. Yo no cabía en mí de felicidad, a pesar de la pena que me había quedado al terminar la película.

—¿Tú qué crees? —pregunté—. ¿Durará eternamente el invierno?

—Lo dudo mucho —contestó Zwaan.

Seguimos andando tranquilamente desde el puente de Reguliersgracht hasta el de Lijnbaansgracht. Debajo de este último nos detuvimos y traté de darme calor frotándome los brazos como les había visto hacer a los vendedores del mercado. Zwaan hizo lo mismo, pero él parecía que se intentaba hacer daño, como si se impusiera un castigo.

Poco después llegamos al punto de Lijnbaansgracht donde Zwaan me había contado lo del hielo de invierno,

el hielo que a lo mejor no se derrite nunca. Aquel día también hablamos de mi madre.

—Tú siempre has vivido aquí, ¿verdad? —dijo Zwaan.

—Sí —contesté señalando mi casa—. Siempre ahí.

Nos quedamos mirando mi casa.

—Antes, cuando jugaba fuera, mi madre siempre estaba junto a la ventana. No me dejaba acercarme demasiado al canal, pero yo me acercaba de todas formas. Cuando
oía que se abría la ventana, me llevaba un susto de muerte.
Me gritaba: "¡Aléjate del agua!, ¡o quieres que te rompa todos los huesos!".

—¿Te gusta Ámsterdam?

—Yo qué sé.

—Yo nunca olvidaré Ámsterdam. Nunca.

—¿Por qué dices eso? Qué cosas más raras se te
ocurren ahora. ¿Por qué habrías de olvidar Ámsterdam si
vives aquí?

No me fiaba de él, sobre todo por la cara de misterio
que ponía siempre.

—¿Qué viento te ha dado, Zwaan?

—¿A veces piensas en cómo será todo cuando seas
viejo?

—No, ¿por qué habría de pensar en eso?

—¿Nunca?

—A veces pienso que ojalá tuviera ya doce años.

—¿Por qué?

—Para ir a las películas para mayores de catorce años.

Zwaan esbozó una sonrisa.

—En las películas para mayores de catorce se dan
más besos que el carajo y de vez en cuando, entre beso y
beso, se arman peleas de las gordas.

—Cuando sea viejo, habré vivido muchas cosas —dijo Zwaan—. Cosas que yo mismo habré visto con mis propios ojos, ¿entiendes?

—Y entonces escribirás un libro.

—¿Por qué?

—Por mí no te molestes —contesté.

—Gracias.

—También te puedes sentar con los pies metidos en un barreño de agua caliente cuando seas viejo.

—¿Alguna idea más?

—Mascar tabaco y tirarte pedos en el Vana. Y por las noches, meter la dentadura en un vaso de agua.

—¿Estás enfadado?

—¿Por qué habría de estar enfadado?

—Cuando sea viejo pensaré en ustedes. En Bet, en mi tía Jos y en ti. Y en Ámsterdam.

—¿Quieres que te pegue una trompada en toda la carota?

—No, gracias.

Empecé a sospechar que Zwaan me ocultaba o tramaba algo.

—¡Cuéntame lo que sea de una vez! —grité—. No lo soporto.

—Ya te lo contaré, de verdad. Vamos, Thomas, vámonos.

Zwaan se deslizó unos metros por el hielo, dio media vuelta con un elegante movimiento y clavó una rodilla en el suelo, apoyó una mano en la otra rodilla y me miró con ojos traviesos.

—Esta tarde lo vamos a pasar en grande, Thomas —dijo.

Estábamos los tres sentados en el suelo junto a la chimenea de la sala trasera. Solo había una lámpara encendida. Me llamó la atención el tono rosado que habían cogido las mejillas de Bet.

Las puertas corredizas estaban cerradas.

La tía Jos no estaba en la sala frontal, su chimenea estaba apagada y la estancia estaba muy fría y muy vacía. Cuando llevábamos un rato en casa se me hacía raro pensar que la tía Jos normalmente estaba allí siempre, día y noche.

Ahora estábamos solos.

Solos los tres, sentados junto a la chimenea. Y nos acabábamos de comer unos sándwiches dobles de mermelada sin plato ni nada.

El suelo estaba lleno de migas, pero Bet no dijo nada. Además, ella había comido con la misma voracidad que yo. Ahora estaba hablando de su padre con la mirada fija en el carbón incandescente. Estábamos sentados con los brazos en torno a las rodillas.

—Era un mes frío de invierno —dijo—. Íbamos juntos por el parque de Vondel.

—¿Cuántos años tenías tú? —pregunté.

—Seis años. Los alemanes todavía no habían ocupado el país.

—¿Te llevaba de la mano?

—No.

—¿Por qué no?

—Mi padre nunca tenía frío. No se ponía bufanda y llevaba el abrigo desabrochado. Yo llevaba unos botines nuevos forrados de piel por dentro. No sé si tenía frío. Esas cosas se olvidan. —Bet se estremeció—. Mi padre me dijo:

"Mira a tu alrededor, mira a toda esa gente tan decente. ¿Por qué tienen el día libre, qué hacen aquí, en vez de ir a sus oficinas o a sus lugares de trabajo?". Yo no entendía nada, pero lo curioso es que no se me ha olvidado. Mi padre decía: "Unos se llevan la mano a la gorra cuando ven a un buen cliente, otros se quitan el sombrero para saludar a una señora o a un sobrino de su jefe. Las gorras y los sombreros, hijita, no se sientan nunca juntos a la hora del café. Pero al final, las gorras se llevarán el gato al agua, recuerda lo que te digo. Si quieres saber algo, no tienes más que preguntar".

Bet me miró como si estuviera enfadada.

—¿Estabas enfadada con tu padre? —pregunté.

—No —contestó ella—, ni se me pasaba por la cabeza enfadarme con mi padre, qué te crees. ¿Sabes lo que me dijo? Me dijo: "Soy tu padre y me puedes preguntar lo que quieras, adelante".

—Qué historia más aburrida, Bet —bostezó Zwaan.

—Silencio —chisté.

—Sí, ya lo sé, es una historia muy aburrida, pero resulta sorprendente que me acuerde justo de un paseo tan tonto por el parque. Ahora ya no le puedo preguntar nada. Cuando paso por el parque, me siento muy sola, aunque vaya conmigo alguna chica del colegio. —Bet levantó la mirada hacia mí—. ¿Por qué no le pregunté nada? ¿Por qué me sentía tan azorada a su lado? Era como si me diera vergüenza. Él se daba cuenta y se reía de mí. Y si le pedía por favor que no se riera, se reía más todavía. "No debes preocuparte de lo que piensan los demás", me dijo, y dio una vuelta a un árbol bailando como bobo. Yo quería esconderme.

—La gente lo miraba, ¿eh? —dije.

—Eres más tonto que un burro, Thomas.

—¿No lo miraba la gente?

Zwaan tenía en la cara una sonrisa burlona y Bet lo miró enfadada.

—Mi padre echó a correr —continuó Bet— con el abrigo abierto aleteando tras él. Yo salí corriendo detrás de él, pero cada vez me sacaba más ventaja. Me puse a llorar y grité: "¡Deja de hacer bobadas! ¡Te están viendo, me muero de vergüenza!". Él se detuvo, me esperó y cuando vio que estaba llorando se quedó... se quedó...

—Sin saber qué decir —completó Zwaan la frase.

Bet asintió con la cabeza.

—Tienes una miga de pan en la nariz, Bet —le dije.

Ella me miró fijamente mucho tiempo, pero no se quitó la miga de la nariz.

—Mi padre se sentó en un banco —continuó—, cruzó las piernas y miró al cielo. Yo me sequé las lágrimas. Quería acurrucarme junto a él, pero no me atrevía. Entonces me miró y sonrió, pero ya no estaba alegre como antes. Con la palma de la mano, dio dos golpecitos en el espacio vacío a su lado. Nos quedamos allí sentados mucho tiempo, sin decir nada. Puede ser que yo tuviera tanto frío que ya ni lo sentía, no sé. Él no se atrevía a decir nada. "Tampoco soy tan tonta, dime algo", pensaba yo. Qué extraño, ¿verdad? Viví muchas cosas con mi padre, pero lo primero que me viene siempre a la cabeza es aquel día, sentados en un banco del parque. A veces sueño con ello. En el sueño, mi padre me quiere decir que lo van a matar, pero no dice nada.

—Él tampoco lo podía saber en aquel momento —dijo Zwaan.

—No hace falta que me lo expliques —replicó Bet—. Pero los sueños son como son.

Zwaan se puso a cantar una canción con voz angelical de niña. Bet y yo nos tapamos los oídos con los dedos y le pedimos que parara.

Zwaan dejó de cantar, sonrió y dijo algo.

Bet y yo sacamos los dedos de los oídos y preguntamos casi al unísono:

—¿Qué dijiste?

—Digo que por qué les molesta que cante.

—Ya verás cuando te cambie la voz —dijo Bet.

Yo me puse a pensar si de verdad me molestaba que Zwaan cantara. ¿No sería que tenía envidia de su voz?

—¿En qué piensas, Thomas? —me preguntó él.

—Eh… nada, en María Montez. Me pregunto cómo sería cuando tenía diez años.

—Ojos oscuros y piernas cortitas —imaginó Zwaan con ojos soñadores—. Un adorable lacito en sus largos cabellos negros. Y seguro que todavía se metía de vez en cuando el dedo en la boca.

—A ver —dijo Bet—, ustedes que son tan duros y hablan tanto de chicas, cuéntenme sus secretos. Prometo no reírme.

Me quedé de piedra. ¿Qué le importaba eso a ella?

—Tú primero —me dijo Zwaan.

—No se atreve —se burló Bet.

Se levantó y vino hacia mí. Tuve que tragar saliva cuando se sentó a mi lado con las piernas cruzadas.

—¿Cómo tiene que ser una chica para que te guste, Thomas? —me preguntó.

—Eh… rubia —contesté.

—Rubia, rubia —resopló ella—. ¿De qué te sirve que sea rubia? Vamos, sigue.

—Y que tenga una sonrisa bonita y sea alegre.

—¿Tiene que cantar, bailar y dar saltitos?

—No, no hace falta que haga eso todo el rato.

—Y ¿si lleva gafas?

—Puaj, no. Las chicas con gafas no me gustan.

Bet me miró muy segura de sí misma. Sus ojos se veían tan oscuros y penetrantes como siempre tras los cristales de sus gafas.

—Hablas mucho, Bonestaak[27].

—Las chicas morenas no me gustan, porque se meten contigo y te pellizcan.

Bet me pellizcó suavemente en el brazo.

—¿Te refieres a esto? —preguntó.

Qué delicia los pellizcos de Bet.

—¡Ay! —grité.

—Y si una chica morena y con gafas se enamora de ti y te pregunta si quieres ir con ella, ¿qué dirías?

—Le diría que no —contesté con un pitido en la voz.

—No pienses que estoy hablando de mí —dijo ella.

—No soy tonto —contesté.

Bet se quitó las gafas. Pero no debía hacerlo, porque sin gafas tenía ojos de esos estrábicos que me vuelven loco. Menos mal que siempre llevaba las gafas puestas, porque si no, me enamoraría tanto que me acabaría enfermando.

Bet se echó a reír.

---

27. N. del T.: Alude al ya citado personaje de cómic del periodo de entreguerras.

—Te estoy tomando el pelo —dijo—. No te lo tomes en serio.

Se levantó y se fue a sentar a cierta distancia de nosotros.

—Vamos, cuéntame tus emocionantes aventuras con chicas. Quiero saberlo todo.

Historias sobre chicas no tenía muchas. ¿Qué me debía inventar?

Miré a Zwaan, que esperaba tranquilamente a que les contara alguna historia.

—No son cosas suyas —dije por fin.

—Piem es un sinvergüenza —afirmó Bet—. El día de mi cumpleaños besó a una chica.

—¿De verdad, Zwaan? —pregunté atónito.

—Estábamos jugando a la pelusa —contestó Zwaan.

—Y ¿qué tontería es esa?

—Los chicos se sientan delante de las chicas. Por turnos, cada uno sopla una pelusa hacia las chicas y puede besar a la chica a la que le caiga la pelusa encima. Yo soplé y soplé. La pelusa se pegó al saco de una chica con rizos rubios y le di un beso. Tenía las mejillas frías, porque acababa de llegar.

—Le diste tres besos, Piem —lo corrigió Bet.

—Sí, bueno, una vez que te pones…

—Rubia y encima con rizos —murmuré con envidia.

—Sí, Tommie —dijo Bet—, unos lo tienen todo y otros nada.

Alcé la barbilla con desdén.

Zwaan tenía una expresión soñadora en la mirada.

—¿Se pasan todo el día hablando de chicas? —quiso saber Bet.

—Eso no es asunto tuyo —contestó Zwaan.

—¿Por qué no?

—Porque eres una chica —dije yo.

Bet se puso de pie, cruzó los brazos y me miró.

Yo me rasqué la cabeza, me hurgué en la nariz y hasta hice una pompa de saliva, pero no sirvió de nada: Bet seguía mirándome.

—Vamos, Tommie, cuéntanos tus historias —insistió.

—Las chicas de los libros son muy distintas a las chicas de verdad —dije.

—Qué me vas a contar —suspiró Zwaan—. Cuando estuve en Deventer, durante la guerra, me pasé años sin ver a una chica, porque no podía salir. Solo las veía en los libros. Después de la liberación me quedé pasmado cuando vi las calles llenas de muchachas. Nunca me había imaginado que hubiera tantas chicas. Eran todas muy parecidas, todas se reían y llevaban sacos o chaquetas viejas con un lacito naranja en el pecho. Calzaban zuecos y bailaban, saltaban y daban vueltas a mi alrededor, era para volverse loco. Entonces me fijé en una que no bailaba, una que estaba allí de pie muy pálida entre todas las demás chicas eufóricas y que no llevaba un lazo naranja en el saco, igual que yo. Era morena y no llevaba zuecos, sino unos zapatos viejos con calcetines a cuadros de lana gorda. Tenía las piernas blancuchas y casi más delgadas que los brazos. Me acerqué a ella y le pregunté: "¿Tú también has estado escondida?". Ella se asustó y me dijo: "A ti qué te importa" y se fue corriendo. Me pasé el día entero buscándola, pero no la encontré. Por la noche, en la cama, lloré desconsoladamente.

Zwaan bajó la mirada al suelo y no dijo nada más.

Yo nunca había visto llorar a Zwaan, no le pega llorar. A mí, sin embargo, me encanta llorar.

—Me pasé media noche sin dormir —continuó Zwaan— y cuando por fin me quedé dormido, soñé con ella. Dios, qué encantadora era, allí tan calladita entre las demás, algo fuera de lo normal. Nunca más volví a verla.

Bet y yo escuchamos el relato de Zwaan sin pestañear.

Por fin, Bet rompió el silencio y dijo:

—Estás empezando a hablar como un chico de la calle, Zwaan. ¿Quién te lo habrá pegado?

Yo sonreí satisfecho.

—Nunca más volveré a verla —suspiró Zwaan—. Y sin embargo, en algún lugar tiene que estar. Es raro pensarlo.

—Y ¿qué tiene eso de raro? —pregunté.

—Pues que en algún sitio estará. Tendrá más o menos diez años y ya habrá recuperado un poco de peso. A lo mejor vive con una tía que ha sobrevivido la guerra o con sus padres, quién sabe. —Zwaan sonrió—. Hay tanta gente en el mundo... y cada uno conoce solo a unos cuantos. Hay miles de chicas de las que podrías enamorarte, pero nunca llegarás a conocerlas.

—La chica ideal podría estar al otro lado del mundo y en este mismo momento a lo mejor le está diciendo a su hermana: "El chico ideal podría estar al otro lado del mundo".

—El chico ideal... —resopló Bet—. ¡Qué esperpento es ese!

—Tú no sabes nada de chicos —dije.

—Lo sé todo de ustedes —afirmó Bet—. Tú estás loquito por mí, Tommie.

—Mentira —protesté—. ¿Eso es lo que te ha contado Zwaan? Antes prefiero enamorarme de un mono.

—Te estoy tomando el pelo, Tommie —dijo Bet—. No tienes que tomártelo todo tan en serio.

—Puedes tomarme el pelo todo lo que quieras —farfullé enojado—, pero ya estoy harto de tanto rollo sobre chicas. Por mi parte, se pueden ir al infierno. No tengo historias qué contar, no les voy a contar nada, porque lo único que hacen es reírse.

—Ay, pobrecito —suspiró Bet.

Sentí tanta pena de mí mismo que me levanté, hice como si le diera una trompada a Zwaan, pegué un pequeño empujón a Bet, salí de la sala, subí corriendo las escaleras y, sin saber por qué, me encerré en el cuarto de Bet, supongo que porque quería sentarme solo a llorar.

El cuarto de Bet no estaba demasiado oscuro ni demasiado frío. La estufa eléctrica solo tenía encendida una barra y la débil luz que emitía era suficiente para ver la mesa de las fotos.

Pero no lloré. Inspiré hondo y me senté en el suelo con las piernas cruzadas.

Aquello no podía terminar bien.

Bet me iba a sacar de allí de los pelos y me iba a dedicar unos cuantos improperios.

Bet y Zwaan entraron tranquilamente a la habitación.

Bet se acercó a la mesa y encendió dos velas con una cerilla.

Se sentaron los dos a mi lado en el suelo.

Bet no estaba enfadada. Ella tampoco me veía ya como alguien de fuera.

A la luz de las velas se distinguían las fotos. Ahora no eran tan aburridas como a plena luz del día, porque por el día son siempre iguales.

—Chico, ¿qué te pasa? —dijo Bet.

Zwaan hizo una mueca divertida.

Querían animarme.

—Tu padre vuelve a casa dentro de unos meses, Tommie —afirmó Bet—. Y entonces podrás contarle todo tipo de historias.

Me quedé mirando las fotos un rato. A la trémula luz de las velas parecía que todos aquellos hombres y mujeres me estaban vigilando. No parecía que estuvieran muertos.

Zwaan y Bet estaban sentados de espaldas a la mesa, mirándome a mí, igual que todas las fotos. Formaban parte de aquellas personas retratadas.

Allí podía sentarme en el suelo y ser yo mismo.

A mí todo el mundo me echaba siempre de todas partes, pero allí no me iba a ocurrir eso.

Yo formaba parte de la casa de Zwaan y Bet, y por eso formaba parte también de las personas que aparecían en las fotos. Pero eso no se lo podía contar a ellos, porque era un pensamiento para mí solo. Hay tantos pensamientos que son para mí solo que a veces me vuelvo chiflado.

—Aquí estamos —suspiró Bet.

—Sí, aquí estamos —dijo Zwaan.

—En mi habitación —añadió Bet—. La habitación de ustedes.

Su atención me hizo sentir un poco de vergüenza y levanté la mirada a la vieja lámpara que colgaba sobre mi cabeza. Estaba apagada. El cristal de colores estaba lleno de

grietas. Aquella lámpara debía tener más años que nosotros tres juntos. De pronto me acordé de una rima.

—"No, dijo el techo, nunca me haces caso, no soy techo, soy cielorraso".

Noté que se esforzaban por encontrarlo divertido.
Falsos aduladores…

Arranqué una pelusa de la moqueta, me la puse en la
palma de la mano y la soplé hacia Bet.

Ella se echó a reír y se puso de pie de un salto.

—Luego te dejo que me des un beso. Cuando tenga
las mejillas frías. Vengan, vamos a la calle. Quiero sentir
mucho frío.

Con un gorro rojo en la cabeza, Bet bajó corriendo las escaleras. Zwaan y yo nos pusimos los abrigos a toda prisa.
Yo alcancé la puerta de la calle un poco antes que él, pero
tras un breve forcejeo, Zwaan consiguió salir antes que yo.
Pero en cuanto dio dos pasos por la escalera que baja hasta
la acera, se resbaló y llegó hasta abajo golpeándose el fondillo contra cada uno de los escalones de piedra.

—¡Te lo mereces! —me reí.

Bajé con toda calma las escaleras y ayudé a Zwaan
a levantarse. Inhalamos hondo el aire frío de la ciudad.
La larga calle estaba vacía, cubierta por un manto blanco.
No pasaba ningún auto. En la distancia se oía el chirrido
de un tranvía, pero sonaba tan lejos que podía ser cualquier
otra cosa.

Bet se puso a caminar por un riel del tranvía como si
fuera una funambulista, con los brazos abiertos en cruz.
De vez en cuando miraba hacia abajo y parecía que se ba-
lanceaba a mucha altura, arriesgando su vida. Con mucho

cuidado ponía un pie delante del otro, tal como había visto que hacían en el circo.

Noté que Zwaan miraba a Bet extrañado.

De pronto, Bet empezó a mover las caderas y a agitar los brazos. Se inclinó un poco hacia delante y luego un poco hacia atrás. Lo hacía muy bien.

—¡Dios, se va a caer! —exclamé.

Pero Bet recuperó el equilibrio a tiempo.

Zwaan salió corriendo hacia los rieles del tranvía, líneas negras que cortaban el asfalto cubierto de nieve sucia. Como si de un funambulista borracho se tratara, se puso a seguir a Bet. Yo también eché a correr y unos metros más adelante me di la vuelta y me puse a caminar hacia ellos por el riel con los brazos en cruz. Cuando estaba a punto de chocar contra Bet, ella me esquivó y me choqué sin querer contra Zwaan.

—¿Qué haces? —protestó Zwaan.

Pero yo no tenía ojos para Zwaan, porque estaba pendiente de Bet, que se había puesto a bailar en la nieve, dando vueltas sobre sí misma al tiempo que hacía elegantes movimientos con los brazos.

De pronto se quedó inmóvil.

Cuando nos vio rompió a reír incontroladamente y yo me ruboricé. La bola roja de su gorro rojo se movía de un lado para otro, sus medias y su abrigo parecían más negros que nunca sobre el blanco sucio de la nieve. Nunca en mi vida había estado tan enamorado de nadie.

—¡Pareces una loca! —grité.

—Qué tranquila está la calle, ¿verdad? —dijo ella.

Un tranvía trazó la pronunciada curva de la plaza Frederik con un chirrido amenazante y salimos corriendo.

—Todavía estamos a media tarde —dijo Zwaan en la acera—. Tenemos horas y horas por delante.

Bet negó con la cabeza.

—Ya veremos —murmuró.

Entonces se puso entre nosotros y nos echó un brazo al cuello a los dos. Yo iba a su derecha, Zwaan a su izquierda. Nos dejamos llevar por ella, aunque a lo mejor ella también pensaba que se dejaba llevar por nosotros. En cualquier caso, así juntos, fuimos paseando tranquilamente hasta la calle Den Tex. Yo quería decir algo, pero me contuve a tiempo. Pensé que lo mejor era cerrar el pico. Y mientras yo pensaba eso y me henchía de orgullo por no haber dicho nada, llegamos a la calle Den Tex. Allí había mucha menos iluminación, por lo que la serenidad parecía aún mayor que en Weteringschans.

—¿Adónde nos llevas? —preguntó Bet.

Zwaan no dijo nada.

Yo no dije nada.

Los tres seguimos andando por el centro de la vía, sin mirar a derecha ni a izquierda. La gente podía vernos desde sus salas. Bastaba que miraran por la ventana. Pero desde una sala con la luz encendida, una calle con poca luz es demasiado oscura y los transeúntes no son más que sombras imprecisas.

—¿Qué les parece si nos subimos a un tranvía al azar, a ver adónde nos lleva? —propuso Bet.

Zwaan se detuvo, y Bet y yo, por lo tanto, también.

—Vamos, Piem, ¿qué te parece? —insistió Bet—. Nos bajamos en cualquier sitio, llamamos a una puerta y decimos que somos tres huerfanitos y que nos hemos perdido.

—Yo no soy huérfano —dije—. Yo solo soy mediohuérfano, pero según mi padre los mediohuérfanos no existen.

Pero ellos no me prestaban atención.

Zwaan se soltó de Bet y se acercó a una casa que yo ya conocía. Allí fue donde estuvimos Bet y yo poco tiempo antes, el día que fui con ella a hacer la compra.

Zwaan observó la casa de cerca, pero con cuidado de que no lo vieran desde dentro. Luego se volvió lentamente hacia nosotros.

—Sí —asintió—, es esta, ¿verdad?

Bet se quitó el gorro, se sacudió el pelo y se llevó las manos a las mejillas. Poniendo boquita de piñón, me dijo:

—¿Tú también te has acalorado?

Nos fuimos hacia Zwaan, que se había quedado de pie junto a la puerta de la casa. Se estaba riendo.

—¿Cómo lo sabes? —preguntó Bet—. ¿Cómo sabes que esta era tu casa?

—Me lo dice la intuición —contestó Zwaan sin dejar de reír.

—¿Por qué te ríes como un bobo? —preguntó Bet.

—Al pasar noté que me apretabas en el hombro, y entonces supe que esta tenía que ser la casa. Es una casa de lo más normal.

Me acerqué a la ventana y miré hacia dentro. Había un gordo leyendo el periódico en un butacón con la espalda vuelta hacia mí y una señora junto a un aparador limpiando el polvo de unas fotos enmarcadas.

Zwaan y Bet vinieron a mi lado.

El señor bajó el periódico y miró el trasero de su esposa. Fue como si ella lo notara, porque dejó una foto sobre el aparador y se frotó el fondillo con una mano paliducha.

Apreté la nariz contra el cristal.

—No recuerdo nada de esa sala —susurró Zwaan.

Inesperadamente, el señor volvió la cabeza hacia la ventana. Dijo algo que nosotros no pudimos oír y la señora también se dio la vuelta hacia nosotros. Al vernos, negó con la cabeza.

—No tengan miedo —dijo Bet—. No hagan muecas, simplemente mírenlos, nada más.

—Qué tontería —resopló Zwaan.

Bet me había dado una idea: miré hacia dentro con una mueca burlesca.

—Comen en nuestros platos —murmuró Bet—, con nuestros cuchillos y nuestras cucharas.

—Parece el señor de la otra vez —dije.

—Es que es el señor de la otra vez —afirmó Bet—. Cállense, no se muevan.

Mi mueca estaba irritando considerablemente al señor. Se veía claramente que estaba maldiciéndome, pero apenas se oía nada. De pronto se acercó a la ventana y dimos un paso atrás. El señor se fue hacia la puerta de la sala y desapareció en el pasillo.

—¡Va a salir! —grité—. ¡Vámonos de aquí!

—Yo no me pienso ir —dijo Zwaan.

La señora estaba atacada de los nervios. Se le cayó de las manos el trapo del polvo y al agacharse a recogerlo casi se desploma en el suelo.

La puerta de la casa se abrió y el señor salió con tanto ímpetu que casi se resbala.

—¡Largo de aquí! —exclamó—. ¿Qué están haciendo aquí, mocosos? ¿Quieren que llame a la Policía?

Bet se cruzó de brazos y dijo con toda calma:

—Yo soy Bet Zwaan.

—¡Vas a coger frío, Willem! —oímos que decía la señora desde el interior de la casa—. ¡No salgas a la calle!

—Yo vivía en esta casa con mis padres —dijo
Zwaan—. Los alemanes se los llevaron y los asesinaron en
Polonia.

—¡Mentira! —chilló el señor—. ¡Eso es una gran
mentira! Yo vivo aquí desde hace años, pregúntaselo a
quien quieras.

—Se llevaron a muchas familias de esta calle —dijo
Bet sin perder la calma.

—Eres un puerco y un desgraciado —insulté al señor.

Bet y Zwaan me miraron con sus ojos oscuros. "Oh,
Dios —pensé—, yo estoy con ustedes, no vuelvo a decir
nada, lo prometo".

—Repite eso —bramó el señor.

Me disponía a decir que ya no iba a decir nada más
cuando Bet me tapó la boca con su manopla peluda.

La señora salió con un abrigo del tamaño de una
cobija.

—Willem —dijo—, acuérdate de tus pulmones.
Como te descuides, vas a tener que pasar otra vez un año
entero en la cama.

—Maldita sea —rugió el señor señalando a Zwaan—.
¿Acaso quieres que te pegue una paliza? ¿Es eso lo que
quieres?

Muy en contra de la voluntad del gordo, la señora le
puso el abrigo.

Bet se dio unos golpecitos con el dedo índice en la
frente, lo cual no me parecía muy inteligente en aquel momento, porque no contribuía a calmar al señor. Al contrario.

Zwaan salió corriendo y yo me fui tras él. Bet no tardó en seguir nuestros pasos.

—¡Cobardes! —nos dijo—. ¿No ven que no hace nada?

Volví la mirada hacia atrás y vi fugazmente que el señor hablaba con alguien que se había asomado a una ventana con un sombrero en la cabeza.

Bet me dio alcance y siguió corriendo a mi lado.

—¡Aquí no se les ha perdido nada! —oímos gritar al señor.

En Weteringschans alcanzamos por fin a Zwaan y al poco tiempo era él quien tuvo que esforzarse por no quedar atrás. A mí me entró tal risa, que Bet nos tomó ventaja a los dos. Zwaan me adelantó. Bet ya casi había llegado a casa cuando, de pronto, se derrumbó en la acera. Pero no se había caído de verdad, era puro teatro. Zwaan se dejó caer a su lado y cuando llegué hasta ellos, yo también me tiré al suelo.

Allí estábamos los tres sentados.

Nos miramos, o para ser más preciso: yo miré a Bet y a Zwaan, Zwaan nos miró a Bet y a mí, y Bet nos miró a Zwaan y a mí. Teníamos la cara roja de tanto ajetreo.

—Ha sido divertido, ¿verdad? —dije—. Mañana vamos otra vez, ¿vale?

—No —contestó Bet—, no vamos a ir nunca más.

Zwaan asintió pensativo.

—Es una casa como otra cualquiera —murmuró—. Ahora ya lo sé.

Los tres nos encogimos y nos agarramos las rodillas con los brazos. El fondillo se me estaba quedando como un bloque de hielo, pero frío no tenía, porque solo se siente frío cuando piensas en ello, y yo lo que estaba pensando era: "Qué a gusto estamos aquí los tres juntos como buenos amigos". Pero en vez de decir eso, dije:

—Se me está enfriando el culo.

—Eso te lo guardas para ti, Thomas —me reprendió Bet en tono moderadamente severo.

—Yo siempre me la había imaginado distinta —dijo Zwaan—. Pensaba que sería una casa blanca, fácil de reconocer, porque las demás casas son oscuras. Nada es nunca como pensabas. Y nadie dice nunca lo que piensa. Siempre decimos otra cosa.

Zwaan me miró con expresión ausente.

—Nadie sabe nunca lo que piensan los demás.

—Y ¿qué estás pensando tú ahora? —le pregunté.

—Mientras hablo no pienso —contestó él.

—¿Las chicas piensan de forma distinta, Bet?

—Espero que nadie piense lo que yo pienso —respondió ella.

—¿Por qué no?

—Porque lo que yo pienso no le alegraría la vida a nadie.

—Cuenta.

—No —contestó ella—. Zwaan tiene razón. Lo que uno piensa no se puede decir.

Nos quedamos allí sentados un rato más.

Mi padre me contó una vez que el Gordo y el Flaco se emborrachaban en una película con té helado, porque pensaban que era un licor.

Un poco más tarde, Bet, Zwaan y yo también nos emborrachamos.

Pero no con té helado ni con licor, sino por el efecto de una casa vacía, una casa que se encontraba vacía únicamente porque la tía Jos no estaba tumbada en su sofá, tras las puertas corredizas.

Las lámparas más bonitas estaban encendidas.

Zwaan sacó el gramófono de su habitación. Bet se puso una chaqueta negra de Zwaan, puso un disco y en la sala empezó a sonar una música grave y solemne pero muy graciosa.

—Carajo —exclamé—, eso es música clásica, ¿verdad?

—*La consagración de la primavera*, de Stravinsky —dijo Zwaan.

Bet agarró un lápiz y empezó a trazar con él curvas en el aire, alzando mucho la barbilla. De vez en cuando sacudía la cabeza y su pelo se alborotaba.

Enseguida lo comprendí: era la directora de orquesta.

Zwaan extendió su brazo izquierdo y con elegantes movimientos del otro brazo empezó a tocar un violín invisible.

Presa de un entusiasmo incontrolable, puse las manos con los puños cerrados delante de la boca, hinché los cachetes, entrecerré los ojos y empecé a mover las manos hacia delante y hacia atrás. Yo era el trompetista.

De pronto, el disco crujió repetidas veces y la música se detuvo.

Bet le dio la vuelta.

Zwaan siguió tocando el violín y yo mi trompeta.

Bet nos dirigía y yo la miraba todo el rato. Me gustaba tanto con aquella chaqueta que me empezaron a temblar las rodillas.

La música nos espoleaba cada vez más. Eran sonidos con los que bien podrían bailar gigantes en un bosque oscuro.

Zwaan y yo empezamos a desfilar por la sala aporreando el suelo con los pies, él tocando su violín, yo mi trompeta.

Bet se partía de risa. Inclinando el cuerpo hacia delante, empezó a golpear también el suelo con los pies como un buey, sin dejar de dirigir. Zwaan y yo nos pusimos a desfilar detrás de ella. Yo no cabía en mí de gozo.

Cuando el disco volvió a terminar, nos dejamos caer con un suspiro junto a la chimenea, jadeando y riendo.

—Música —exclamó Bet—. Lo único que quiero hacer durante el resto de mi vida es escuchar música.

—Me temo que a los vecinos se les han roto todas las bombillas —dijo Zwaan.

—Y eso a ti qué te importa, señorito —se rio Bet.

Zwaan se levantó y salió de la sala. Ahora estábamos solos Bet y yo.

Hice como si me sonara la nariz con los dedos.

Bet me miró, negó lentamente con la cabeza y de pronto soltó una carcajada. Yo sabía que ella me tenía por un atolondrado y sentía un placer intenso de ver que la hacía reír.

—Reconozco que a veces me enamoro de alguien —dije—. Pero solo de vez en cuando.

—Solo tienes diez años —replicó Bet.

—Sí, eso dicen todos.

—Eres un mocoso de diez años.

—Y tú eres una mocosa de trece años.

—¿De verdad que no estás un poquitín enamorado de mí?

—¡No! —contesté.

Bet empezó a cantar entre dientes, pero no se entendía nada.

—¿Qué cantas? —pregunté.

Ella me miró, pero era como si no me viera.

—Es una canción triste —dijo cuando terminó de cantar—. Trata sobre un chico que llora porque su chica se ha ido con otro a una isla del Pacífico.

—Ah...

Zwaan volvió con otro disco en las manos. Se lo enseñó a Bet y preguntó:

—¿Puedo?

Bet asintió con la cabeza.

Zwaan sacó el disco del sobre y lo puso en el gramófono. Poco después empezó a sonar *Sonny Boy*.

Escuchamos toda la canción con la mirada puesta en el suelo.

Zwaan puso la canción una segunda vez, y luego una tercera. Las mejillas de Bet seguían teniendo un tono rosado.

Cuando *Sonny Boy* sonaba por cuarta vez, Zwaan se levantó, se puso junto al gramófono, abrió los brazos y empezó a mover los labios como si fuera él quien cantaba. Lo malo era que no se parecía en nada a un negro.

—Se me ocurrió una idea —dije.

En la cocina encontramos un corcho y una caja de cerillas. Quemé el corcho con una cerilla y con la superficie abrasada le pinté la cara de negro a Zwaan. Quedó perfecto. Ahora podía cantar *Sonny Boy* como era debido.

Bet miraba fijamente a Zwaan como si estuviera enamorada de él.

Sus ojos brillaban.

A mí no me hacía ninguna gracia que Bet mirara a Zwaan con ojitos de enamorada, pero tampoco me importaba demasiado, porque así podía ver cómo era cuando estaba enamorada.

Bet sacó un viejo bombín de un armario y se lo plantó a Zwaan en la cabeza.

Zwaan puso otra vez el disco.

Por enésima vez resonó en la sala el quejido de Al Jolson. Zwaan iba de un lado a otro como un bailarín. Parecía que era él quien cantaba con aquella voz tan hermosa.

Bet se moría de risa.

A mí casi se me saltaban las lágrimas de regocijo.

De pronto miré a Bet casualmente de reojo y me di cuenta de que no llevaba las gafas. Se estaba riendo tanto que apenas la reconocía. Me dio tal impresión que me quedé callado, por lo que su risa sonaba ahora todavía más fuerte en mis oídos.

Ya no me sentía embriagado.

Pensé: "Mira a Zwaan haciéndose el interesante". Y todo porque Bet, con aquella risa histérica, ya no era la chica de la que estaba perdidamente enamorado. Ahora era una tontita más, como tantas otras.

No era justo de mi parte, ya lo sabía. Pero es que yo soy un *traidorero*. Y no uno cualquiera, sino uno de verdad.

Parecía que Bet se iba a ahogar de la risa.

—Déjalo ya, Bet —dije en voz baja.

Pero ella no me oyó.

Zwaan le dio un toque al bombín con el dedo y sus ojos quedaron ocultos casi por completo tras el ala del sombrero. A continuación se dejó caer sobre las rodillas, extendió los brazos y, con expresión triste pero cómica, levantó la mirada al techo, que no era techo, sino cielorraso.

—Espléndido, Piem —aplaudió Bet—, un pequeño judío interpretando a un negro. Al Jolson estaría orgulloso de ti.

Pero yo, que ya no estaba embriagado, me di cuenta de que Zwaan no estaba tan alegre como parecía. Más bien estaba llorando.

La puerta de la sala frontal se abrió de pronto como por arte de magia y el susto que me llevé fue gordo.

Los tres nos quedamos atónitos mirando a la tía Jos. Estaba pálida y muda en el vano de la puerta.

Los tres niños de la valla

LA TÍA JOS NO DIJO NADA. Nosotros no dijimos nada.

Tan solo Al Jolson seguía cantando, con la voz ahogada en lágrimas, sobre su hijo que estaba en el cielo.

En ese momento me di cuenta por primera vez de lo mucho que crujía el disco, lo áspera que sonaba la música y lo ronca que era la voz. Entonces se detuvo la música y quedamos envueltos en un manto de silencio.

—¿Qué haces tú aquí? —le preguntó Bet a su madre al cabo de un instante—. ¿No ibas a volver mañana por la tarde?

Zwaan se intentó limpiar la cara con las manos, pero no consiguió gran cosa.

—Yo… —farfulló la tía Jos.

No dijo más.

—Enseguida lo recojo todo —balbució Bet nerviosa—. Es cuestión de un minuto. La estufa de tu sala está apagada. ¿Cómo se te ocurre volver así de pronto a casa?

—No aguantaba allí —contestó la tía Jos con una risa nerviosa apenas perceptible—. Esta noche no he pegado ojo pensando en ustedes. Al final ya no era capaz ni de recordar su cara. Me daba miedo no volver a verlos nunca.

Zwaan tenía la mirada fija en el suelo.

—Qué horror —continuó la tía Jos—. No deben hacer esto nunca más. Es una canción horrible. No quiero volver a oírla nunca más. ¿Por qué nunca entienden nada?

—Yo entiendo demasiado —replicó Bet.

—No —dijo la tía Jos—, no entienden nada. Los niños no entienden nada. ¿Qué te ha pasado en la cara, Piem?

—Se la pinté yo —confesé.

La tía Jos me miró como si no tuviera la más remota idea de quién era yo. Luego volvió la mirada hacia Bet y dijo con labios temblorosos:

—Has sido tú. Tú los has alterado. Yo ya no puedo hacer nada, querida, hago lo que puedo, tú lo sabes todo, no quiero saber nada, pero créeme... lo sé todo, no se enfaden conmigo, ay, qué horror, Piem, ay, Dios, tu padre era tan cariñoso... tú no lo sabes. No, Bet, así no voy a mejorar nunca.

—No ha pasado nada, mamá —dijo Bet—. Estábamos haciendo un poco el tonto, eso es todo.

—Y ¿por qué no hacen el tonto cuando estoy yo?

Eso me hizo reír.

—No te rías, Thomas —me regañó Bet.

Bet volvía a ser Bet y yo volvía a estar enamorado perdido de ella.

—No puedo desaparecer por arte de magia —dijo la tía Jos.

—No hace falta —replicó Zwaan—. Voy a encender la estufa de tu sala.

—"No, dijo la estufa, no me tomas en serio, no soy una estufa, soy un brasero".

Pensé que una rima del *Pig Pag Pengeltje* nunca venía mal, pero nadie me prestó la más mínima atención.

Zwaan se fue a la sala frontal y cerró las puertas corredizas. Poco después oímos un ruido metálico. No tuvo que subir a la buhardilla por carbón.

Todo volvía a la normalidad. Bet se quitó la chaqueta de Zwaan y se estiró la falda.

—Me estoy volviendo loca, mamá —dijo con aplomo—, ¿por qué no te deshaces de mí? Te voy a hacer infeliz, mamá, aunque yo no quiera. No lo puedo evitar. Los echo de menos tanto como tú, pero también te echo de menos a ti, te echo de menos todo el día, a pesar de que siempre estás metida en casa.

—No me hables así, querida —suspiró la tía Jos.

—Y ¿cómo quieres que te hable? —resopló Bet subiendo considerablemente el tono de voz—. ¿Por qué me tomas siempre por una inútil? Cuando digo algo, tú dices que no lo entiendo. Cuando siento algo, dices que yo no sé nada de eso. Así no podemos seguir, mamá. No podemos vivir juntas en la misma casa.

Bet desapareció por el pasillo y dijo:

—Voy a poner té.

La tía Jos había escuchado a Bet con toda calma.

Yo no.

Yo pensaba todo el rato: "Bet se está pasando de la raya, esas cosas no se le dicen a una madre".

Ahora estábamos solos la tía Jos y yo.

Ella se despojó lentamente del abrigo y me lo ofreció.

Yo me levanté de un salto, agarré el abrigo y me fui corriendo al pasillo a colgarlo bien estiradito en el perchero.

La tía Jos estaba en la sala trasera, cerca del gramófono.

—Ay, hijito —dijo—, qué incordio, pero estoy enferma, qué le voy a hacer.

—¿Quiere que le pida a Bet que prepare una bolsa de agua caliente para usted?

—Qué forma más educada de hablar. ¿Por qué ya no hablas como un granuja de la calle?

—¿No estaba usted a gusto en Haarlem? —pregunté.

—Son un encanto de gente —contestó la tía Jos—. Creen que la guerra ha terminado y se encaprichan con cosas que todavía no se encuentran en las tiendas. Están orgullosos de sus zapatos nuevos y les gusta la música que ponen en la radio. Es una lástima, pero yo vivo en otra época, ¿tú me entiendes?

Negué con la cabeza.

—Qué delgado estás.

—Tan delgado como usted.

—No sabes ni la mitad —dijo ella—. Ahora llevo mucha ropa encima, pero en realidad estoy tan delgaducha que apenas existo.

Se echó a reír y se estuvo riendo demasiado tiempo para mi gusto.

—Estuvimos en la calle Den Tex —dije.

—No, hijito, no me cuentes nada. Me alegro de estar en casa. Guarda el gramófono y vamos a olvidar este día, ¿te parece?

—Mañana es domingo.

La tía Jos se quedó mirándome mucho rato, tiritando como solo ella es capaz de tiritar.

Y allí estábamos otra vez Zwaan y yo en aquella cama enorme, recostados sobre nuestras grandes almohadas. Zwaan no se había lavado bien la cara. Todavía se veían restos negros del corcho quemado.

—Estoy agotado —dije—. No puedo ni con mi alma.

—Decir eso en la cama no tiene mucho sentido —replicó Zwaan—. Eso se dice, por ejemplo, en la calle, cuando todavía tienes que andar un muy buen trecho para llegar a casa.

—Estoy demasiado cansado para dormir.

—La chimenea está encendida —dijo Zwaan—. La tía Jos ya debe estar durmiendo.

—Qué día hemos pasado —suspiré—. Yo no entiendo nada. Y Bet está sola en su cuarto.

—¿Por qué dices eso?

—No sé.

—Está acostumbrada… Por cierto, no quiero volver a oír *Sonny Boy* en la vida.

No me fiaba de Zwaan, aunque tampoco me extrañaba que no quisiera volver a oír *Sonny Boy*. Pero me daba la impresión de que había querido decir otra cosa. No entiendo por qué nadie dice exactamente lo que quiere decir.

—Me gustaría ver a Al Jolson alguna vez de verdad —dije—. Y oírlo cantar.

—Entonces te tienes que ir a Estados Unidos.

—Y ¿cómo se va hasta allí?

—En barco.

—¿Qué barco?

—Un barco de la línea Holland America.

—Trabajando de mozo en la tripulación, seguro.

—La tía Jos nos quiere demasiado —dijo Zwaan—. Más de la cuenta.

Aquello también me sonó raro, como si todavía me ocultara algo.

—¿Por qué no me dices de una vez lo que tengas que decir? —le espeté en tono severo.

—Querer demasiado a alguien es una especie de avaricia —explicó Zwaan—. No puede vivir sin nosotros. ¿Sabes?, a veces no quiere que salgamos a la calle. Le da miedo que nos atropelle un tranvía o que nos pase cualquier cosa. Y cuando vuelvo a casa un poco tarde se pone enferma de ansiedad.

—Cuando yo llegaba tarde, mi madre me pegaba un tirón de orejas.

—Como debe ser —opinó él.

—A mí la tía Jos me resulta simpática.

—Sí, ahora que estás tú en casa es más agradable.

—Lo pasa muy mal porque el padre de Bet está muerto, ¿verdad?

—Sí, lo pasa fatal a cuenta de ello —dijo Zwaan.

Lo miré de reojo. Podía decir lo que él quisiera, pero con aquella mancha negra en la nariz no era fácil tomarlo en serio.

—¿Alguna vez piensas que estás muerto? —me preguntó.

—No, nunca.

—Yo a veces me pregunto por qué mi familia está muerta y yo sigo vivo. A veces, cuando estoy en Amstelveld rodeado por todas partes de gente que no me presta ninguna atención, pienso que ya estoy muerto pero que sueño que todavía vivo. Pero claro, si estás muerto no puedes soñar que estás vivo. Sin embargo, mientras estás vivo sí puedes soñar que estás muerto. ¿No te parece que ya va haciendo menos frío?

No me fiaba ni un pelo de Zwaan.

—No —contesté—. Sigue helando todos los días.

—Ya, pero la escarcha de la ventana es más acuosa que antes, ¿no te has fijado?

Salí de la cama, me acerqué a la ventana y descorrí la cortina. Las flores de escarcha seguían allí, pero se veía un poco mejor a través del cristal. Enrabietado, volví a correr la cortina.

—Mentira —farfullé.

Zwaan se había tumbado con la espalda vuelta hacia mí. Me tumbé a su lado.

—Bet no nos ha puesto la botella —murmuré tiritando.

A continuación me volví sobre un costado, igual que él, y me encogí levantando las rodillas hacia la tripa.

—Nada sigue igual para siempre —dijo Zwaan—. Si alguna vez te traiciono, me tienes que pegar un puñetazo. —Suspiró—. O si estoy lejos, me escribes una carta maldiciéndome.

—Vale, así lo haré. Te lo prometo. Pero ¿por qué habrías de traicionarme?

—Nunca se sabe —contestó Zwaan—. Esas cosas no las controla uno.

—Me voy a dormir.

—¿Se puede saber qué hacen?

La voz chillona de Bet nos despertó de repente en plena noche.

Asustados, nos incorporamos en la cama sobresaltados y casi chocan nuestras cabezas.

Bet estaba al pie de la cama con su camisón azul, iluminando la habitación con una vela pegada en un platito con su propia cera.

Zwaan miró la luz trémula de la vela con ojos fantas-males. Se había llevado un susto de muerte, igual que yo.

—¿Por qué no están durmiendo?

—Pero ¿de qué estás hablando? —protestó Zwaan somnoliento.

—Lo siento —dijo Bet.

—¿Qué es lo que sientes? —pregunté—. Nos desper-taste. Estás loca. Yo voy a seguir durmiendo.

Dejé caer la cabeza sobre la almohada.

—Siento no haberles preparado una botella de agua caliente —se disculpó Bet—. Ha sido por lo de mamá. No podía dormir a cuenta de ello.

—Y ¿por eso creías que nosotros tampoco podíamos dormir? —dijo Zwaan—. Qué absurdo.

Él también volvió a reposar la cabeza en la almohada.

—Tengo frío —dijo Bet.

Me faltó poco para empezar a ronronear de placer. Zwaan y yo nos disponíamos a retomar el sueño mientras Bet estaba allí de pie tiritando de frío. La simple idea me daba el mismo calorcito que una botella de agua caliente.

Algo me rozó el costado.

Zwaan y yo levantamos la cabeza.

Bet había desaparecido. El candelero con la vela en-cendida estaba ahora en la mesita de noche, entre mi pan-talón y mi saco.

La cabeza de Bet apareció entre nuestras almohadas.

Se había metido en la cama con nosotros.

Ahora tenía que mantenerme bien despierto, porque si no me lo iba a perder todo.

Bet estaba allí tan a gusto, entre Zwaan y yo. Los tres tiramos de las cobijas hacia arriba.

—¿Qué haces aquí, Bet? —preguntó Zwaan.

—Dormir con ustedes —contestó ella.

—¿Por qué?

—Porque en mi habitación estoy muy sola y en esta cama hay sitio de sobra para los tres.

—Así no podemos dormir, Bet.

—¿Por qué no?

—Porque somos chicos.

—Pues vaya argumento. ¿Qué más da eso?

—Bueno, nada… —farfulló Zwaan.

Los dos volvimos al tiempo la mirada hacia la cabeza loca de Bet.

—No, chicos, no me miren así, que me pongo nerviosa. ¿Qué es lo peor que han hecho en su vida? Y no valen excusas. Vamos, sin rodeos, lo peor que hayan hecho en la vida. Algo malo, malísimo.

—Empieza tú —dijo Zwaan.

—¿Quién, yo? —preguntó Bet.

—Sí —contestó él—. Fue idea tuya.

—Una vez le dije a mi madre que mi padre me quería más que ella. —Bet cerró los ojos—. Lo dije sin más —continuó—. Bueno, no, en realidad lo dije con los puños cerrados y gritando. Mi madre casi se cae al suelo del grito que pegué.

—Y ¿qué hiciste? —preguntó Zwaan—. ¿Qué hiciste entonces que según tú es lo peor que has hecho en tu vida?

—Decirle eso a mi madre. ¿Te parece poco? Esta noche se echó a llorar. Decía que lo echaba mucho de menos. Y mientras lloraba y temblaba, me acordé de lo mala que fui por decirle algo tan cruel. Le di un somnífero y me metí en la cama, pero no dejaba de darle vueltas al tema.

Cuando haces algo tan malo, ya no hay forma de arreglarlo. Por eso no podía dormir, y cuando no puedes dormir te sientes muy sola. Ahora les toca a ustedes.

—Yo solo tengo diez años —dijo Zwaan.

—Vamos—insistió Bet—, quiero saberlo. Empieza tú entonces, Thomas.

—Yo también tengo solo diez años —me resistí.

—Todavía no hemos tenido tiempo de hacer lo peor de nuestra vida.

Eso me hizo reír.

—¿De qué te ríes, Thomas? —preguntó Bet.

—Yo una vez le robé dinero a mi madre del monedero —dije.

—Y ¿eso es lo peor que has hecho en la vida?

—Dos monedas de diez céntimos y una de veinticinco —confesé—. Y una vez la llamé *puerca*.

—Con ustedes no se puede hablar —suspiró Bet.

—¿Qué haces entonces en nuestra cama? —preguntó Zwaan.

—Ustedes no entienden nada. Tú ocultas algo, Piem. ¿Por qué has dicho que lo peor todavía está por llegar? ¿Qué tienes pensado hacer dentro de poco? Vamos, dilo.

—Nada —refunfuñó Zwaan.

—Hace poco recibiste una carta del tío Aaron, ¿no es cierto?

—Eso a ti no te importa.

—¿Qué quiere de ti?

—Quería saber cómo están tu madre y tú.

—¿Qué te traes entre manos, Piem?

—Qué más da eso… —contestó Zwaan.

Bet no dijo nada más. Yo no dije nada más. Y Zwaan tampoco dijo nada más.

La vela ya casi se había agotado. Alguien tenía que apagarla, porque estaba empezando a desprender humo.

De pronto me acordé de los tres niños sentados sobre la valla.

Nosotros éramos tres niños metidos en una cama. O mejor dicho, una jovencita alocada y dos granujas con serrín en la cabeza.

Bet sopló, pero estaba demasiado lejos de la vela y no consiguió apagarla.

La miré.

Siguió soplando con los cachetes hinchados. Por primera vez me di cuenta de que tiene la nariz llena de pecas. La peca más grande y más bonita estaba justo debajo de su ojo derecho. Me dieron ganas de darle un beso en esa peca, pero no me atreví.

Bet dejó la vela por imposible.

—Cuando estás sola en la cama enojada contigo misma y te sientes infeliz y estás convencida de que nunca más en la vida conseguirás dormir, lo único que quieres es morirte. Pero ahora ya no, porque aquí estoy muy a gusto. Y todavía pienso seguir despierta un buen rato. Y ¿ustedes?

Zwaan y yo emitimos al tiempo un par de gruñidos ininteligibles.

"En realidad da igual que estés sentado en una valla con dos amiguitos o metido en una cama", pensé. Ningún momento puede durar eternamente.

Los tres niños de la valla volvieron luego a casa, porque si no, sus padres habrían empezado a preocuparse. Se divertían juntos, pero también reñían. Poco a poco se fueron haciendo mayores y ya nunca se sentaban juntos en la valla. Se casaron, tuvieron hijos, uno se fue a Estados Unidos y a los otros dos se los llevaron en un tren a un país del Este y allí los asesinaron. Al final ni se acordaban del día aquel de la valla.

Suspiré.

No quería olvidarme nunca de Bet y de Zwaan. No quería olvidar aquel momento, los tres metidos en la cama.

Pero al final nos quedaríamos dormidos, nos levantaríamos e iríamos a la escuela, reñiríamos y nos haríamos mayores, porque cada minuto que pasa te haces mayor, no, cada segundo, y no puedes hacer nada por evitarlo. Y cuando sea mayor ya nunca estaré por la noche en la cama con Bet y con Zwaan a la luz de una vela, con el amanecer en un horizonte todavía muy lejano.

Sentí nostalgia de aquel momento, de nosotros tres metidos en la cama.

Absurdo, porque todavía estábamos allí los tres. Pero era como si todo hubiera pasado ya antes de haber terminado. Y no podía decir nada al respecto, ninguno de los dos sería capaz de entender que sintiera nostalgia de algo que todavía no había terminado. No lo entendía ni yo mismo.

—¿Qué te pasa, Tommie? —dijo Bet en voz baja—. ¿Por qué pones esa cara que parece que te duelen las muelas?

—Nada —contesté—. No me pasa nada.

Zwaan se levantó de la cama y apagó la vela. Ahí estaba ya el final de aquel momento.

El tren a Deventer

DOMINGO. La tía Jos estuvo toda la mañana con jaqueca y no abrió la boca. Bet le dio un somnífero y se quedó dormida.

Nosotros no podíamos hacer ruido.

Todavía me acuerdo, porque cada vez que le decía algo a alguien, Bet me susurraba:

—Tenemos que hablar en voz baja y no hacer ruido, Thomas.

Zwaan y yo nos pusimos a leer.

Bet me dejó *El jardín secreto*.

Me pasé las horas muertas aferrado a ese libro. Me senté con él a la mesa de la sala trasera y no necesitaba nada más.

¡Qué historia!

Trata sobre una chica muy gruñona cuyos padres mueren de cólera. También hay un niño minusválido que pierde a su madre cuando a esta le cae encima la rama de un árbol. Un jardinero muy simpático se convierte en el mejor amigo de los dos. Juntos juegan en un espléndido jardín donde nadie puede encontrarlos. La niña gruñona se convierte en un angelito y el niño minusválido vuelve a andar como un pajarito. Bien está lo que bien acaba.

Lunes. A las doce vino el tío Fred a buscarme a la escuela.

—Tu tía ya se anda moviendo por la casa —me dijo.

Me pregunté si de verdad había ido hasta la escuela solo para contarme eso.

—Qué bien —repliqué.

Zwaan me esperaba pacientemente a cierta distancia.

—Llegó una carta de tu padre —dijo mi tío.

Alargué la mano.

—No, no pienses que te la voy a dar tan fácilmente. Vine a buscarte para que vayas a casa y se la leas en voz alta a tu tía. Así se distrae un poco la pobre. Ella ya quería abrirla, pero le dije que eso no estaba bien, porque la carta va dirigida a ti.

—¿Trae un sello bonito? —pregunté.

—No sé, no me he fijado.

—¿Es un sobre gordo o una carta de esas que se lleva fácilmente el viento?

—Es una carta muy gorda.

—¿Tú recibes cartas gordas? Seguro que no, ¿eh?

—Eso no es asunto tuyo, mocoso.

—Vete a casa sin mí, Zwaan —grité—. Tengo que ir a leerle una carta a mi tía Fie.

—Por fin llega una carta —dijo la tía Fie—. Qué perezoso es tu padre para escribir. Vamos, apúrate a abrirla, hijo. Me muero de curiosidad.

Estaba sentada en su butacón con las pantuflas del tío Fred.

Abrí el sobre. Era una carta de tres páginas. Una carta muy larga. Empecé a leer con toda calma.

—No oigo nada —protestó la tía Fie.

—Primero la voy a leer yo por si tengo que censurar algo —contesté—. A lo mejor no es adecuada para ti.

A la tía Fie eso no le hizo gracia. A mí me pareció una broma genial.

—Mi padre trabaja en el servicio de censura —sonreí.

—No hace falta que me expliques la broma, hijito.

Leí la carta dos veces. Esto era lo que decía:

Querido Thomas:

Seguro que piensas: ¡ya era hora de que mi padre enviara una carta! Pero en realidad esta es la segunda. Yo mismo la he llevado a la oficina de correos. La primera la dejé en una bandeja en la oficina y eso es algo que no debes hacer nunca, aprende eso de mí. Si dejas una carta en una bandeja, alguien la pone luego en otra bandeja, y así sucesivamente hasta que acaba en la bandeja de documentos estrictamente confidenciales. Cuando se llena la bandeja de documentos estrictamente confidenciales, la meten en un armario bajo llave. El único que tiene acceso a ese armario es un viejo cojo que va de un lado a otro con treinta manojos de llaves, pero nunca lo abre, porque ya ha vivido dos guerras mundiales y ha llegado a la conclusión de que los secretos deben quedar bien guardados para siempre.

¿Me echas de menos? Cada vez que veo a un chico flacucho paseando solo por la calle, silbando y dando grandes zancadas, me acuerdo de ti. Si ves a alguien que te hace recordar a otra persona, es que echas de menos a esa otra persona, así de fácil es la cosa. ¿Tú piensas alguna vez en mí cuando ves a un hombre insulso que va murmurando solo por la calle? Eso espero. Ya sé que soy un padre aburrido, pero también tiene que haber padres aburridos. Tú y yo nunca hemos hecho una guerra de bolas de nieve. Al menos, yo no lo recuerdo. ¿Tú sí?

Por las mañanas, cuando un compañero de casa me trae una taza de té todavía demasiado caliente, a veces miro por la ventana hacia fuera. Lo que se ve es una calle sombría por la que pasan alemanes sombríos acompañados por niños alegres. Los niños gritan y corren de un lado para otro. Quieren entrar en calor, porque van vestidos con cuatro harapos. "Sei ruhig!"[28], les dicen sus padres. Los niños se ríen de los padres, pero yo me sobresalto cuando oigo esas cosas. No hay solución. Y también me acuerdo de ti y pienso: "Thomas está pasando en este momento por el Amstel". Y no solo anhelo el Amstel, también te anhelo a ti. Ánimo, querido hijo, pronto volveré a casa. Todavía tengo que leer cien mil cartas. Todas hablan de lo mismo: de unos abuelos que se han quedado sin casa, de una Gretchen que tiene un hijo de un soldado ruso y ahora está embarazada de un Tommy, de las Kartoffeln[29], que se han acabado y sobre der verdammte Krieg[30] en la que han perdido a todos sus hijos.

¿Te portas bien con la tía Fie? Aunque claro, tú no sabes lo que significa eso. Es muy sencillo. Portarse bien significa: no gritar, no decir palabras feas y recoger tus cosas. Ella también recibirá una carta mía. No, Fie, no llores si lees esto, guarda tus lágrimas para una buena película.

También pienso mucho en mamá, tanto que en realidad debería decir: muy de vez en cuando pienso en otra cosa distinta. Ya te lo contaré a su debido tiempo. Primero tienes que sacarte el diploma de natación y esas cosas. Sí, ya sé que es un chiste muy malo, pero piensa que los bromistas tenemos que gastar bromas, porque de lo contrario nos pasamos el día entero llorando. Somos como el payaso con una lágrima en la mejilla. Esos cuadros te gustan, ¿verdad? A mí también me gustaban de niño. Ahora me gustan más los cuadros de una muchacha junto a una ventana,

---

28. N. del T.: *¡Tranquilo!*, en alemán en el original.
29. N. del T.: *Papas*, en alemán en el original.
30. N. del T.: *La maldita guerra.*, en alemán en el original.

una mujer con una bata o un paisaje en un día de lluvia, pero sin que se vea la lluvia.

Me gustan las habitaciones tranquilas.

Pero no siempre me gusta el silencio en la sala de Lijnbaansgracht, porque echo de menos las trifulcas entre mamá y tú. Tú eras capaz de encolerizarte más que ella y cuando estabas en forma también gritabas más fuerte. A veces, cuando subo la escalera de casa, pienso: "Ahora voy a decir algo para que Thomas se ponga furioso de verdad", pero no soy capaz de inventar nada. Entonces te pregunto si te has limpiado los zapatos antes de entrar a casa, ya sabes. Y tú me miras con una cara muy rara, igual que me miraba mamá cuando le decía que se parecía a alguna estrella de cine, porque ella no quería parecerse a nadie y por eso se enfadaba conmigo. Ay, Thomas, ahora ya no tenemos a nadie que nos eche una buena tanda de regaños. Me estoy cansando de esta extraña ciudad. A menudo pienso que quiero irme de Ámsterdam, pero creo que la única razón por la que me quiero ir es que luego me gusta regresar a mi ciudad. Nos vamos a volver a ver muy pronto, te lo prometo.

¿Te esfuerzas en la escuela?

Si tienes frío, la tía Fie tiene un saco extra para ti. Uy, se me han acabado los cigarrillos y ya sabes que si no fumo, no soy capaz de escribir. Qué lata. Pero alégrate, porque si tuviera otro paquete de cigarrillos acabaría escribiendo una carta de veinte páginas y nadie tiene necesidad de una carta tan larga. Siempre me fumo yo solo los cigarrillos que me asignan en el racionamiento. Una pena, porque los alemanes son capaces de ofrecer todo lo que tienen y más por un paquete de cigarrillos, hasta sus pastores alemanes ofrecen. Pero conmigo que no cuenten, porque no me gustan los perros, y mucho menos los pastores alemanes. ¿Sabías que muerden?

Adiós, querido Thomas, un beso de tu padre.

Doblé la carta y le dije a la tía Fie:

—Todo va bien.

—Léemela o déjamela leer a mí, Tommie.

Desplegué otra vez la carta y dije:

—No puedo leerlo todo, porque dice cosas muy raras sobre ti.

La tía Fie no reaccionó, lo cual me pareció muy inteligente de su parte. Mi madre tampoco habría picado.

Leí la carta, pero sin impostar la voz como si estuviera recitando. A fin de cuentas, no estábamos en la escuela.

Cuando terminé de leer, la tía Fie se puso de pie, agarró su bastón y se fue hacia la puerta caminando tiesa como una vela.

—Voy a prepararte un par de sándwiches —dijo.

—Tía, qué bien que ya puedas andar otra vez.

Al oír eso se detuvo, se volvió hacia mí y me miró orgullosa.

—Ay, hijo, ya puedo hacer de todo. ¿Quieres bailar luego conmigo?

Yo asentí con mucho entusiasmo, porque cuando no quieres hacer algo lo mejor es decir que sí.

En la cocina dijo la tía Fie:

—Se me saltan las lágrimas con la carta de tu padre. Tú no lo entiendes porque eres demasiado pequeño. La vida no es una fiesta para la gente mayor.

—Para los niños tampoco —dije.

—¿Mermelada de ciruela o mantequilla con azúcar?

—Mermelada de ciruela.

Mientras untaba el pan alzaba de vez en cuando la nariz.

"Tienes que llorar o untar —pensé—, todo a la vez no puedes".

—Tu padre está allí muy solo —dijo con los ojos húmedos.

Yo no dije nada. Cuando lees una carta en voz alta, deja de ser solo tuya. "Luego la voy a leer yo solo varias veces", pensé. Para que sea mía otra vez.

Por la tarde, el pupitre del fondo permaneció vacío.

"Ay, Dios —pensé—, le van a echar la bronca a Zwaan por llegar tarde".

Pero Zwaan no apareció.

¿Lo habría atropellado un carro?

Mientras el maestro nos mareaba con un rollo sobre la diferencia entre el sujeto y el objeto directo, yo me moría de inquietud. Cada dos segundos volvía la cabeza y miraba el pupitre vacío, pero no servía de nada. Me pasé mucho tiempo mirando fijamente la puerta y pensando: "Ahora se va a abrir, ahora va a entrar el papanatas de Zwaan". Pero la puerta no se abría.

Levanté la mano.

—Maestro, me está doliendo, no aguanto más.

—Está bien, Vrij —dijo él—, por esta vez te voy a dejar, porque te veo muy pálido.

En el pasillo agarré el abrigo a toda prisa del perchero y me lo puse a la carrera. Más que bajar la escalera, me dejé caer por ella. Crucé el portón como un loco y luego el puente de Hogesluis, continué hasta la plaza Frederik sin caerme ni una sola vez y llegué a la casa de Weteringschans sin sangre en las rodillas.

Bet se llevó una gran decepción al ver que era yo quien llamaba.

—Pensé que eras el médico —dijo secamente—. Cuánto está tardando.

En la sala frontal se oían voces de mujeres.

—¿Le ha pasado algo a Zwaan? —pregunté.

—¿Por qué lo dices?

—Porque no está en la escuela.

Bet me miró fijamente.

—Y ¿por eso estabas inquieto? Zwaan está aquí con mi madre. También han venido de Haarlem la abuela y la tía Tine. Mi madre ha perdido la cabeza.

—¿Por qué?

—Ven.

Seguí a Bet hasta la sala.

La tía Jos estaba de pie junto a la chimenea mirando el carbón incandescente. Cuando me vio, señaló el carbón y luego se llevó el dedo índice a los labios. Es decir, que me estuviera en silencio.

En el sofá de la tía Jos estaba sentada una anciana vestida de negro. Pensé que estaba durmiendo, porque tenía los ojos cerrados. Pero de pronto dijo:

—No entiendo nada.

O sea que no estaba dormida.

Al lado del sofá había una mujer entrada en carnes. Llevaba un extravagante sombrero con las alas dobladas hacia abajo. Todavía llevaba el abrigo puesto. Parecía que estaba esperando un tranvía en medio de la sala.

Bet me condujo hasta el sofá.

—Dale la mano a la abuela —dijo—. Y también a la tía Tine.

Les di muy educadamente la mano a la abuela y la tía de Bet.

A la tía Jos le agradó verme dándoles la mano a su madre y a su hermana, porque me dedicó una sonrisa.

Zwaan estaba junto a la ventana.

—Oye —le dije a Zwaan—, el maestro está que trina. Mañana te va a caer una buena. Y a mí también, por haberme ido.

Zwaan se llevó el índice a los labios, como le había visto hacer a su tía Jos.

La abuela de Bet miró a la tía Jos.

—Yo soy la madre de Josephine —dijo.

—Ay, no —dijo la tía Jos—. ¿Por qué?

Me acerqué a ella y le pregunté:

—¿Qué le ocurre, tía Jos?

—No, pero… ¿quién eres tú? —replicó ella.

La abuela de Bet me preguntó:

—¿Eres un amiguito de la escuela de Piem?

—Mucho me cuido yo de él —contesté.

—¿Sabes quién es este jovencito, Josephine? —le preguntó la abuela de Bet a la tía Jos.

—Por supuesto que no —respondió ella radiante de alegría.

—¿Por qué no?

—Porque no me ha dado la mano.

—Jos —dijo la tía Tine—, el mes pasado fuimos juntas al Bijenkorf[31], ¿te acuerdas?

—Uy, no —respondió la tía Jos.

---

31. N. del T.: Cadena holandesa de grandes almacenes.

—Tú te querías tumbar en una cama en el departamento de muebles del hogar.

La tía Jos se echó a reír.

—Sí —insistió la tía Tine—, ¿te acuerdas?

—¿Hacía frío? —preguntó la tía Jos.

—En el Bijenkorf nunca hace frío.

—No se acuerda —suspiró la abuela de Bet—, se le ha olvidado todo. Pregúntale lo que quieras y ya verás. Qué horror, que nos tenga que ocurrir esto a nosotras.

La tía Tine se puso delante de la tía Jos y levantó tres dedos.

—¿Cuántos dedos hay aquí? —preguntó.

—Demasiados —contestó la tía Jos.

Zwaan me sacó a rastras de la sala. Nos sentamos en la escalera, él un peldaño más arriba que yo, desde donde podía hablarme con toda comodidad al oído.

—La tía Jos ha perdido la memoria —susurró—. Lo único que sabe es que vive en Weteringschans. Bet se llevó un susto de muerte esta mañana. La tía Jos se había puesto el abrigo y decía que tenía que irse. Le preguntó a Bet que si sabía dónde vivía. Ella le contestó que ya estaba en casa. Así empezó todo.

—El maestro cree que he ido al baño —dije—. Debe pensar que estoy tardando mucho.

—A mí no me reconoce. No sabe que soy Piem.

—Piem es Zwaan y Zwaan es Sonny.

—Ni siquiera sabe que Bet es su hija.

Me di un toquecito con el índice en la frente.

—¿Se ha vuelto loca? —pregunté.

Zwaan negó con la cabeza.

—Entonces ¿qué le pasa?

—Está muy graciosa.

—¿Graciosa?

—¿Te parecen graciosas la abuela y la tía de Bet?

—No, no me parecen graciosas.

—A mí tampoco. Las cosas que dicen las puede decir cualquiera.

Zwaan se echó a reír.

—¿Por qué te ríes?

—La tía Jos decía: "¿Qué hacen aquí todos? No es mi cumpleaños". No, por suerte no. A nadie le gusta cumplir años. Los cumpleaños solo les gustan a los niños y a la gente con trabajos aburridos.

—Sí —dije yo—, eso sí es gracioso. Pero tiene la cabeza hecha un lío, ¿no te parece?

—Sí, eso dicen.

—¿Quiénes?

—Todos los que no tienen la cabeza hecha un lío.

—Zwaan, yo creo que tú también tienes la cabeza hecha un lío, porque la tía Jos está hecha un lío. Yo me voy a hacer también un lío porque tú estás hecho un lío. En poco tiempo, el mundo entero tendrá la cabeza hecha un lío, y todo a causa de la tía Jos.

—Sí —dijo Zwaan—, esa sí que sería buena.

El médico llegó y se volvió a marchar. La tía Jos se puso el abrigo porque quería salir a buscar su casa y empezó a bajar las escaleras con toda calma. La tía Tine y Bet la volvieron a subir.

Por la tarde estábamos todos sentados en la sala.

—Te vamos a llevar a Laren —le dijo la abuela de Bet a la tía Jos—. Te vamos a llevar a Casa Irene, hija. Allí te recuperarás. Has sufrido un lapso de la memoria, pero el médico dice que estas cosas pasan, la mayoría de las veces no hay motivo para preocuparse. Hemos llamado a Piet Rodenburg a Deventer. Mañana viene a recoger a los niños. En Deventer cuidarán bien de ellos y podrán ir al colegio, ¿qué te parece?

Zwaan se miraba los zapatos.

Bet estaba pelando una manzana.

Nadie me prestaba atención, pero eso me importaba un comino. Lo que me importaba era que se iban a ir a Deventer.

—No —dijo la tía Jos—, no puedo quedarme más tiempo, ya va siendo hora de irme a casa.

Bet se puso de pie y se acercó a su madre.

—Lo siento, mamá —dijo—. A partir de ahora iré siempre al colegio, de verdad. Y no me enfadaré contigo. ¿No te alegras de que nunca más me vaya a enfadar contigo? Vamos, di algo.

La tía Jos le acarició la nariz a Bet con el dedo índice.

—Qué nariz más bonita tienes. Y ese pelo tan negro… precioso.

—Nos ve y habla con nosotros —le dijo Bet a los demás—. Sabe ponerse el abrigo. ¿Por qué no se acuerda entonces de nosotros?

—Tía Jos —intenté—, ¿se acuerda usted de Sonny Boy…?

—¿Sonny quién? —preguntó perpleja.

—Sonny Boy.

—Nuestro Sonny Boy —dijo angustiada—. ¿No lo dirás en serio, verdad?

Sus labios empezaron a temblar, pero de pronto se echó a reír y miró hacia fuera.

Todo el mundo se enfadó conmigo.

Para mí que casi la devuelvo a la realidad. Pero el casi no sirve para nada, ya lo sé.

La tía Tine ya se había quitado el abrigo. Me topaba con ella en todos los rincones de la casa, porque no paraba de trajinar: ponía té mientras fregaba, cocinaba mientras limpiaba las ventanas…

Bet no tenía nada qué hacer y estaba sentada, muda, en una silla.

Me daba un poco de pena verla así, porque ella siempre estaba haciendo cosas y ahora que no hacía nada era como si no fuera ella misma, igual que la tía Jos tampoco era ella misma.

Se hizo de noche y la tía Jos tenía que ir a dormir, pero no se quería tomar el somnífero. Cuando se lo acercaron sopló y dejó a la tía Tine cubierta de polvos.

—Ni hablar —dijo la tía Jos—, no pienso hacerlo. Si empezamos con eso no volvemos a levantar cabeza, ustedes también lo saben.

Le dijeron que tenía que ir a dormir en su propia cama y en su propio cuarto, porque así estaría en su propia casa con su propia gente y sus propias cosas al alcance de la mano. Yo casi me mareo con tanto propio y tanta propia.

—Bueno, si es por una noche, vale —cedió por fin—. No quiero ser antipática. Pero mañana me voy a mi casa. No hace falta que me acompañen, yo sola me las arreglo.

La tía Tine subió con ella al dormitorio grande de arriba. La noche anterior ese mismo dormitorio era todavía de Zwaan y mío, pero ahora era otra vez de la tía Jos. La abuela de Bet se instaló para dormir en la sala frontal. Zwaan dormiría en un colchón en el cuarto de Bet y yo en la cama plegable en el cuarto de Zwaan.

Yo estaba furioso con todos y con todo.

Pero no permití que nadie lo notara.

El cuarto de Zwaan sin Zwaan era un cuarto de mierda como cualquier cuarto de cualquier casa. Me aburría en su cama, porque no conseguía dormir. Me inventé todo tipo de historias, relatos largos y sosos en los que no ocurría casi nada.

De pronto estaba en una casa extraña. Todavía faltaban muchas horas para que amaneciera. Todo iba más despacio que nunca.

Martes, temprano en la mañana. Estábamos todos en la sala. La tía Jos estaba muy agitada, lo cual llamaba especialmente la atención porque todos los demás estábamos muy tranquilos.

—No —decía—, ustedes no lo entienden. No puedo quedarme aquí más tiempo. Tengo que irme a casa.

—Y ¿dónde está tu casa? —preguntó su madre, que empezaba a estar harta.

La tía Jos negó despacio con la cabeza, se acercó a la ventana y apretó la cabeza contra el cristal.

—A ustedes no se lo puedo explicar —dijo—. No lo puedo explicar, qué faena. ¿Ocurre algo? Si ocurre algo tienen que decírmelo. Yo no sé qué es lo que está pasando. ¿Está pasando algo? ¿Sí o no?, díganlo de una vez.

—Esto es demasiado —suspiró su madre—. Esto es algo que no me puedo permitir este invierno.

Por fin llamaron a la puerta.

Mi tarea consistía en bajar la maleta. En la puerta había dos hombres muy serios. Hicieron intención de ayudar a la tía Jos, pero ella no se dejó.

—Largo de aquí, locos —les espetó.

Los dos hombres la soltaron.

—La van a llevar en carro a Laren —le dije a la tía Jos.

Zwaan y Bet también estaban allí, por supuesto.

—¿Se acuerda de que estuvo en Haarlem, tía? —le preguntó Zwaan.

—Sí, tú eres el pequeño doctorcito —le dijo ella—, un doctorcito muy listo que lo sabe todo pero no comprende nada, ese eres tú, o ¿me vas a decir que no?

Me dio lástima de Zwaan. Parecía un señor mayor allí a nuestro lado.

—Yo no puedo ir contigo, mamá —dijo Bet—. Me gustaría ir, pero no puedo. Tengo que ir a Deventer. En cuanto pueda iré a Laren. Pero ahora no puedo ir. ¿Qué hago? ¿Voy de todas formas? Pero no quiero que riñamos, ¿eh? No, no vamos a reñir nunca más, de verdad.

La buena de Bet hablaba sin parar para no llorar. Hablar muy rápido y muy seguido es una buena solución cuando no quieres llorar, yo lo sabía por experiencia.

Bet y Zwaan ayudaron a la tía Jos a subir al carro y esta vez se dejó. Incluso se puso a reír como si le estuvieran haciendo cosquillas.

Zwaan, Bet y yo estuvimos solos en casa unas horas más.

Zwaan y yo andábamos trajinando en el dormitorio de la cama grande. La estancia estaba fría, la luz gris del día entraba por la ventana. Zwaan iba metiendo sus libros poco a poco en una amplia maleta.

La cama ya no era nuestra cama.

Las sábanas y las cobijas estaban revueltas de forma distinta a como estaba acostumbrado.

El hechizo había desaparecido.

Con la luz gris del día, aquel dormitorio que había sido nuestro era demasiado real, y una habitación real es igual que todas las malditas habitaciones del mundo entero.

Hasta el propio Zwaan era demasiado real.

Los chicos reales no me interesan y yo tampoco les intereso a ellos.

Me acerqué a las ventanas.

La escarcha del cristal estaba ya tan derretida que se veía Lijnbaansgracht. Al otro lado del canal se distinguían mi casa y los árboles de enfrente. A la derecha había gabarras carboneras.

Las flores de escarcha estaban desapareciendo.

—¿Qué haces? —le pregunté a Zwaan.

—Tengo que hacer las maletas —dijo él levantando la vista.

—¿Vas a volver?

A esa pregunta no respondió.

—¿Por qué no dices nada, Zwaan? No seas ruin.

—Si quieres algún libro, no tienes más que cogerlo. Por mí te puedes quedar con todos.

—No quiero tus malditos libros.

—Pues muy bien.

—¿Qué va a hacer Bet en Deventer?

—Descansar y dormir. En casa de su abuela no puede descansar, pero con los tíos Piet y Sonja sí.

—¿Tú también vas a descansar y dormir?

—No —contestó Zwaan.

—¿Qué vas a hacer entonces?

—Ya te lo contaré, Thomas.

—¡Carajo! ¿Por qué no me dices de una maldita vez lo que sea? ¿Qué voy a hacer yo solo en Ámsterdam?

—Cuando mejore la tía Jos vuelvo otra vez —dijo Zwaan mirando al suelo.

—¿Por qué dices eso con tanto misterio?

—¿Lo digo con misterio?

—Cuando alguien dice algo que no me creo, siempre me parece que lo dice con misterio.

—¿Quieres mi gramófono?

—¡No! —grité, y como no quería llorar, me puse a hablar muy rápido y de corrido—: Me voy con mi padre a Peine, ayer recibí una carta suya, una carta muy bonita. Tú nunca vas a recibir una carta tan bonita como esa, de hecho, es imposible, porque tú ya no tienes padre. La carta que me llegó ayer es la carta más bonita del mundo, ¿me crees o no?

Zwaan volvió a mirarme.

—Lo siento, Thomas —dijo.

Martes por la tarde.

Otra vez estaba en la estación Central y, una vez más, lo único que tenía era un billete de acceso al andén. En esta ocasión cargaba con una maleta que pesaba como un burro muerto, además de la bolsa con mis cosas. Bet llevaba una bolsa no demasiado pesada llena de ropa y Zwaan cargaba con dos maletas bien pesadas, pero él al menos iba a subir al tren. El tío Piet llevaba la maleta de los libros, la más pesada de todas. Yo casi no podía ni levantarla.

Al llegar al andén pusimos las maletas en el suelo.

Nos quedamos formando un corro y nadie decía esta boca es mía.

El tío Piet era el hombre más nervioso que había visto en mi vida. En el taxi se le habían roto las gafas. Con sus ojos estrábicos nos miraba alternativamente con expresión amable. Bet parecía otra vez una maestra de escuela en miniatura. Llevaba una boina y un abrigo con botones marineros.

—Llamé a Laren —dijo el tío Piet inopinadamente—. Tu madre está mucho mejor, Bet. Ya ha dormido dos horas y también ha estado mucho rato sentada junto a la ventana mirando hacia fuera. Esta noche volveré a llamar. No hay nada de qué preocuparse. No necesita cuidados médicos, solo un poco de asistencia. Cuánto has crecido, Piet.

¿Quién demonios era Piet?

Zwaan se rascó la cabeza con timidez.

Ah, claro, Zwaan es Piet. Le habían puesto ese nombre en honor a aquel manojo de nervios con sombrero borsalino.

—Cada uno tendrá su propia habitación —les dijo a Zwaan y Bet.

Aquello de las habitaciones propias me hizo hervir la sangre de tal forma que me entraron ganas de salir corriendo. Pero el tío Piet no podía hacer nada. Lo único que hacía era esforzarse por sus sobrinos. Y se notaba que tenía debilidad por Zwaan, se le veía en aquellos ojos estrábicos.

Les di la mano.

—Bueno, pues nada —dije—. Adiós.

Agarré mi bolsa, me di la vuelta y me alejé de ellos.

Zwaan me alcanzó y me puso una mano en el hombro para detenerme.

—Te escribiré —dijo—. Escríbeme tú también, ¿vale? ¿Quedamos en eso?

—No quedamos en ningún carajo —contesté—. Seguro que no me escribes. Ni siquiera te atreves, porque te da miedo cometer faltas de ortografía. O si no, seguro que envías una carta de esas estúpidas de "Qué tal estás, yo estoy muy bien".

—Te voy a echar de menos —dijo Zwaan.

—Yo no sé lo que es echar de menos —repliqué.

Zwaan se rio y yo sabía por qué se reía. Se reía porque pensaba: "Eso mismo podía haber dicho yo".

Zwaan vio que su tío Piet, además de la maleta de los libros, también levantaba la maleta que había llevado yo.

—Bueno, Zwaan —dije—, esta vez vas a Deventer en tren, como un señor.

—Sí —sonrió—, será distinto.

—¿Todavía estás enamorado de Liesje?

—¿De quién? —me preguntó extrañado.

—¿No te acuerdas de ella? En cuanto el tren salga de Ámsterdam seguro que te olvidas también de mí, ¿qué apuestas?

—Nunca.

—¡Vamos, Piet! —lo llamó su tío.

—Corre, Piet —le dije—, date prisa. Despídeme de Bet, ¿vale?

Zwaan me dio un suave empujón, me guiñó un ojo, se dio la vuelta y se fue corriendo hacia las maletas. Cuando lo vi cargando las maletas en el tren pensé: "Zwaan es un auténtico viajero, seguro que va a viajar mucho a lo largo de su vida".

Bet vino corriendo hacia mí.

"Lo que faltaba", pensé.

—Adiós, Tommie —dijo plantándose delante de mí—. No quiero despedirme, porque luego te veré.

—¿Cómo que luego?

—Bueno, es una forma de hablar.

—Es una forma de hablar —repetí—. Vete al infierno. Tu madre está enferma.

—Pero va a mejorar —dijo Bet.

—¿Cómo lo sabes?

—Lo sé.

—¿Cómo?

—Basta con que no me vea con demasiada frecuencia.

—¿Tu madre se pone enferma por ti?

—Sí, muy raro, ¿verdad?

—Es una forma de hablar... —farfullé—. Lo que quieres decir es que nos veremos dentro de diez años, no luego. Eso es mentir.

Conseguí lo que quería. Faltó poco para que Bet se echara a llorar. Me dio un beso húmedo en la nariz, se dio media vuelta y se fue corriendo hacia el tren.

Eché a andar y al llegar a la escalera me detuve. No alcé la mano para despedir el tren. Me quedé mirando cómo se alejaba y solo cuando desapareció por completo de mi vista, empecé a bajar la escalera.

Camino a casa me vinieron a la cabeza las ideas más disparatadas.

Intenté no pensar en la estación, ni en el tren, las maletas, Zwaan, Bet y yo qué sé.

Si pensaba en Bet, me entraban ganas de tirarme al canal, pero no lo hice. De todas formas, no habría servido de nada, porque el agua estaba helada. Nunca antes había estado tan desesperadamente enamorado de ella.

Zwaan no sacó la mano por la ventanilla del tren para despedirme.

Ya me las pagaría.

De Zwaan no estaba enamorado, ni que estuviera loco. Pero cuando pensaba en él también me entraban ganas de tirarme al canal.

También me entraron ganas de ir a una iglesia a pedirle al Señor que Zwaan y Bet volvieran cuanto antes. Pero no sabía qué hay que hacer exactamente en una iglesia y tampoco era cuestión de pedirle a la primera sotana que viera que me explicara cómo era eso de rezar.

Eso me pasa por ser *nadaísta*.

Porque yo soy *nadaísta*, eso está claro.

Soy un *nadaísta* de primera categoría, aunque reconozco que me encantan las estampitas de Jesús con el corderito o del bebé en el pesebre. Pero eso no quiere decir nada, porque hay muchas otras cosas que también me gustan.

Las imágenes se agolpaban en mi cabeza: Zwaan, Bet y la tía Jos junto al carro, Zwaan y Bet en el andén… Entonces me choqué con alguien en el Damrak y dije "perdón" o "mire por dónde va" o algo así.

Daba la impresión de que había una finísima capa de agua sobre la nieve, una película de agua tan fina que no se veía, o mejor dicho, solo se veía su brillo, lo cual me resultó extraño: que algo brille pero no puedas verlo.

De vez en cuando oía la voz machacona de mi madre.

"No te preocupes, monito mío", me decía, por ejemplo. "Todo va a ir bien. Me alegro de que te hayas ido de esa casa tan grande. ¿Qué se te había perdido allí con esa mujer tan chiflada? Además, ni siquiera es tu tía de verdad. Es una ricachona de esas que no quieren saber nada de los demás. Con la tía Fie estás mejor. Tu tía es una buena persona, a pesar de lo mucho que me mareaba. Siempre tenía que darle ropa. ¿Sabes que hace ya dos años que no he comprado ningún vestido nuevo?".

"Carajo —pensé—, ya soy bastante mayor como para que me siga llamando monito".

Para mi madre yo siempre sería un niño de nueve años. Cuando sea viejo y vaya renqueando de un banco a otro en el parque, ella seguirá diciendo: "No te preocupes, monito mío".

También pensé: "Mañana voy al colegio como todos los días y como alguien me ponga un dedo encima, le pego una trompada que se entera".

¿Dónde estaba?

Vaya, había llegado hasta la Torre de la Moneda. Un cuarto de hora más andando y habría llegado a la calle Tellegen. En cuanto llegara, tenía pensado decirle a la tía Fie: "Voy a leer, ¿tienes un buen libro para mí?".

El deshielo y el barro

DOS NOCHES Y UN DÍA PASÉ EN LA CAMA.

La tía Fie decía que tenía fiebre.

A mí más bien me parecía que tenía frío y calor al mismo tiempo.

La tía Fie no tenía una botella de agua caliente para mí, pero me echó encima dos cobijas extras, de modo que prácticamente no podía ni respirar. De vez en cuando me quedaba adormilado y me venían visiones a la cabeza.

Al final llegué a pensar que me lo había inventado todo, que no había pasado una temporada en una casa señorial de Weternigschans.

Por la noche pegué un grito en sueños y me desperté sobresaltado. La tía Fie no tardó en aparecer.

—¿Qué te pasa, hijo? —me preguntó.

"Qué va a pasar —pensé—. No pasa nada, me despierto mil veces con un grito".

Jueves, mediados de marzo. Volví a la escuela. La tía Fie no quería que fuera, porque según ella tenía que terminar de curarme en casa, pero lo mejor es terminar de curarse en la calle, porque en la calle no tienes frío y calor al mismo tiempo y no te vienen a la cabeza cosas raras.

Atravesé la calle Van Wou con grandes zancadas. Cuando llegué a la plaza Frederik caí en la cuenta de que hacía un poco menos de frío.

Miré la capa de nieve. Ya no brillaba, sino que estaba blanda y mojada.

En clase me entraba de vez en cuando un escalofrío. Ya no tenía visiones. La clase no era un sueño, las trenzas de las chicas eran auténticas, las pelotillas de papel me golpeaban de verdad la cabeza y podía recogerlas y volvérselas a tirar a alguien.

Cuando volví la mirada hacia atrás y vi el pupitre vacío, empecé a sentir un zumbido en la cabeza, de modo que volví a mirar rápidamente a la pizarra.

Qué me importaba a mí el pupitre ese.

El maestro dijo:

—Chicos, ha empezado el deshielo. La ciudad se va a llenar de barro. Mañana van a ayudar a limpiar la acera. Y tú, Daan, sal a la pizarra a escribir el pretérito imperfecto del verbo *helar*.

Había empezado el deshielo. El invierno había terminado. Eso era lo que pasaba.

Liesje Overwater me miró por encima del hombro.

¿Se estaba deshelando ella también?

—He estado enfermo —dije sin hacer ruido.

Ella vio que decía algo pero no oyó nada, claro, y empujó una de sus orejas un poco hacia delante.

"Vaya —pensé—, siente curiosidad por lo que he dicho. Qué pena que no esté aquí Zwaan. ¡Qué celoso se habría puesto!".

Después de la escuela no me atreví a caminar por el hielo del Amstel. Ya no me fiaba. Al llegar al puente de Hogesluis miré a unos chicos que sí se atrevían a ir por el hielo.

En el recreo Ollie había vuelto a mear contra un árbol. El invierno había terminado.

Alguien me dio un toque en el hombro y el susto que me llevé fue tremendo.

Al darme la vuelta me vi de cara con los ojos azules de Liesje Overwater.

Me miraba con la cabeza ligeramente inclinada hacia un lado, esperando a que dijera algo.

Pero yo no dije nada.

—¿Por qué no viene a la escuela tu amigo? —me preguntó con un hilito de voz.

—¿Quién?

—El del pelo negro. Piet Zwaan.

Era la primera vez que hablaba conmigo y lo que me decía no era que me entusiasmara.

—A ese huevón no volveremos a verlo.

—¿Está enfermo?

—No, está más sano que una manzana. El que ha estado dos días enfermo he sido yo.

—Ah…

Liesje Overwater se alejó de mí. Pero tan fácilmente no se iba a deshacer de mí. Salí detrás de ella y me puse a caminar a su altura. Había sido yo quien me había puesto a su lado, era consciente de ello, pero aun así le dije:

—¿Por qué caminas a mi lado?

—Le pasaba algo, ¿verdad? —dijo ella.

—¿A quién?

—A Piet Zwaan.

—Hace poco robó algo en una tienda —dije—. La Policía fue a buscarlo a casa para llevárselo a la comisaría, pero su tía les suplicó que no lo encerraran y les puso una taza de té. Los agentes decidieron dejarlo, pero aclararon que de todas formas tenían que apuntarlo en la lista negra.

—¿Vive con su tía?

—Sí, su familia entera está muerta.

Liesje Overwater siguió andando tranquilamente.

Nunca había sentido tanta repulsa por alguien como la que sentí en aquel momento por Liesje Overwater, caminando por la calle de Utrecht durante el deshielo.

Me sentía enfermo de morirme por todo lo que había dicho, pero a aquella niñata estúpida le daba igual, carajo. Tenía que haberme insultado, tenía que haberme dicho que soy un *traidorero* y que acabaría mal por decir cosas tan terribles de un amigo.

Pero no. Siguió andando con su pelito rubio y sus estúpidos ojos azules, un pasito, otro pasito, mientras su nariz y su boca se encogían progresivamente. No le importaba un pepino que yo caminara a su lado enfermo de culpa, prácticamente muerto. Lo único que yo quería en aquel momento era darme la vuelta, salir corriendo y no parar hasta llegar a Deventer.

—¡Adiós! —exclamé.

Eché a correr y me choqué con una mujer bajita que reaccionó pegándome un empujón. Al ver que me ponía a llorar, me miró desconcertada.

Seguí corriendo sin mirar atrás. En primer lugar fui a Lijnbaansgracht, pero allí no había nadie. Luego fui directo a Weteringschans, pero allí, obviamente, tampoco había nadie. Y por fin me senté en la acera y traté de no pensar en nada, lo cual no resulta difícil cuando uno está llorando.

Había traicionado a mi amigo.

Debería estar muerto, pero todavía me faltaba mucho para morir, de eso ya me daba cuenta.

Lunes. Ámsterdam se había convertido en un barrizal. En los canales crujían los bloques de hielo, y en el recreo, las chicas se pusieron a saltar lazo en un trozo de acera que ya habían limpiado.

Chapoteando sobre un barrillo gris, llegué a la calle Tellegen.

—Ay, hijo —exclamó la tía Fie desde lo alto de la escalera—, sube corriendo y no te asustes.

Cuando alguien dice eso, el susto que me llevo es de campeonato.

Subí los peldaños de dos en dos.

En la sala estaba mi padre sentado en la butaca de las plumas que pinchan.

—Hola —dije con toda calma, porque nunca me sobresalto dos veces seguidas.

—Hola —dijo mi padre.

La tía Fie se rio nerviosa.

—¿Estás enfermo? —pregunté.

—Claro que no —contestó mi padre—. Qué buen aspecto tienes, Thomas, ¿cómo es posible?

—He estado enfermo.

Mi padre me miró alarmado.

—¿Es verdad eso, Fie? —preguntó.

—Sí —contestó la tía Fie—, el chico tenía cuarenta grados de fiebre.

—No, Thomas —dijo mi padre—, nunca más me vuelvo a ir de tu lado. Eso no puede ser, ¿no te parece?

Yo lo miré sin decir nada.

Tenía una curita en una mejilla y llevaba el pelo rasurado. Le quedaba raro. Parecía un granuja de una película de risa.

Él notó que lo miraba y se pasó la mano por la cabeza.

—Estaba en el país de los sueños —dijo con timidez— y el *Haarschneider*[32] me dejó casi calvo en dos minutos.

—¿Te vas a llevar al chico directamente contigo, Johannes? —preguntó la tía Fie.

Mi padre asintió con la cabeza.

—No quiero cargar con bultos —dije.

—Las cosas ya están en casa.

—Estaba a punto de contarle a tu padre que pasaste un tiempo en casa de...

—No —la interrumpí—, yo mismo se lo cuento.

—¿Qué? —preguntó mi padre.

—Que me fui a vivir un tiempo a casa de un amigo.

Noté que no me había escuchado.

Camino a casa no dijimos gran cosa. Yo llevaba una cazuela con sopa de guisantes. Mi padre iba protestando por el barro y sacó un cigarrillo de verdad de una cajetilla.

Cuando consiguió encender la estufa de la casa de Lijnbaansgracht con ayuda de unos periódicos viejos, me acercó mecánicamente la cajetilla de tabaco, con un cigarrillo asomado.

—Eh... yo no fumo —dije.

Pareció asustarse al darse cuenta de lo que estaba haciendo. Miró el cigarrillo y luego me miró a mí.

---

32. N. del T.: *Maquinilla de rasurar*, en alemán en el original.

—¡Pero qué hago! —exclamó—. Qué bueno volver a verte, chico.

Me acerqué a la ventana y miré a lo lejos las casas de Weteringschans. El jardín trasero de la tía Jos estaba muy descuidado. Se había metido un gato. Dos gaviotas pasaron por el canal sobre una placa de hielo y el gato las siguió con la mirada.

Las cortinas de la sala trasera estaban cerradas casi del todo.

Mi padre se acercó a mi lado.

"Ahora se lo voy a contar todo —pensé—. Él no sabe nada de Zwaan, Bet y la tía Jos".

Pero no le conté nada.

—¿Ocurre algo, Thomas? —me preguntó.

—No —dije—, no ocurre nada.

Mi padre suspiró. Él sabía tan bien como yo que cuando no ocurre nada es porque ocurre algo.

Lunes por la noche. Mi padre seguía sentado a la mesa. Había rebañado ruidosamente los últimos restos de sopa de guisantes de la cazuela de la tía Fie. Me llamó la atención que mi padre pudiera tener hambre como una persona de verdad. Ahora esperaba con el puño cerrado delante de la boca a que subiera un eructo que no se decidía a salir.

Mosterd estaba en un butacón con el abrigo abierto y miraba a mi padre con cara de preocupación.

Por fin eructó. Aliviado, empezó a liar un cigarrillo.

—¿Cuándo me vas a comprar una bicicleta? —le pregunté.

Mi padre encendió el cigarrillo, le dio una profunda calada, expulsó las primeras nubes de humo y me miró pensativo. Ya se había acostumbrado a Ámsterdam, pero todavía tenía que acostumbrarse a mí.

—Y ¿cómo quieres que te enseñe a montar en bici si yo mismo no sé montar?

—Quiero ir a Deventer en bici —dije.

Ninguno de los dos se sorprendió al oírme decir aquello. No me preguntaron nada.

—Ayer estuve en el cementerio del Este —dijo Mosterd—, pero no encontré la tumba de Marie. Estuve deambulando por las amplias avenidas pensando en ella. "Los quiero mucho", les decía a los muertos en sus tumbas. "Pronto nos veremos". Encontré la salida de casualidad. Así son las cosas. —Mosterd se aclaró la garganta—. Me alegra que estés otra vez sano y salvo en Ámsterdam. ¿Qué se te había perdido a ti en el servicio de censura?

—Los alemanes que visten harapos son extremadamente educados —dijo mi padre—. Tanto que me ponían muy nervioso. Me despidió una comandante inglesa, una gorda de uniforme. Decía que soy más perezoso que un marrano. Y lo que es peor: un holandés atolondrado. En cuanto me insultó, me enamoré de ella.

Se rio como antiguamente.

—Me dijeron que hiciera las maletas —remató visiblemente alegre.

—¿Estás contento de que haya terminado el invierno? —me preguntó Mosterd con solemnidad.

Yo negué furioso con la cabeza.

—Los pájaros volverán pronto a cantar, los corderitos saltarán en el prado y las niñas bailarán en el parque con lazos en el pelo —dijo Mosterd.

—Y a mí qué carajo me importa —bufé.

—Thomas —me reconvino mi padre—, compórtate.

—Déjalo —salió Mosterd en mi defensa—, no hace falta que se comporte. Ya tendrá tiempo para eso. ¿Estás triste, muchacho?

—Eso no es asunto tuyo.

Observé el rostro sombrío de Mosterd, pero esta vez no me hizo gracia.

—Cuando eres joven —recitó Mosterd—, la tristeza es un pájaro que pasa de largo. Cuando te haces mayor, se convierte en un águila que se agarra al corazón y ya no lo suelta.

—Échala a mi gorra —le dije.

Los dos rompieron a reír.

Mosterd se levantó lentamente de su butaca.

—Me voy a mi habitación desolada —anunció—. Para un aristócrata no hay palacio lo bastante grande. Pero para un pobre soñador como yo, una habitación de tres metros por cuatro es una sala llena de recuerdos. Hablo con personas que hace mucho que están muertas. Ya no pueden darme réplica, lo cual es una bendición.

Sorbí los mocos. A su manera, aquel viejo loco me había ofrecido cierto consuelo.

Mosterd se puso el abrigo muy despacio y se lo abrochó todavía más despacio. En la guerra llevaba una estrella amarilla en el abrigo, porque es judío. ¿La llevaba a la izquierda o a la derecha? Ya no me acordaba.

Por primera vez en varios meses volví a meterme en mi propia cama del dormitorio del fondo. A mi padre no le resultó extraño. Con los tirantes colgando de su cintura, recogió mi ropa del suelo.

—Durante la guerra Mosterd llevaba una estrella amarilla, ¿no?

Mi padre acababa de agacharse cuando le pregunté eso. De pronto soltó una blasfemia, se enderezó y estiró la espalda. Con una mueca de dolor en la cara, se llevó la mano al costado.

—¿Qué dijiste? —me preguntó.

—¿No te acuerdas, en la guerra, cuando nos encontramos con él y era la primera vez que lo veíamos con una estrella amarilla en el abrigo? Tú no dijiste nada y él tampoco. Cuando volvimos a casa tú maldecías. Yo iba pensando que nadie en el mundo entero había dicho nunca tantas palabrotas como mi padre.

—Decir palabrotas es de personas poco civilizadas.

—¿Por qué no se lo llevaron los nazis?

—Ni que fuera un paquete —dijo mi padre—. ¿Qué forma de hablar es esa?

—Pero si es lo que hacían, ¿no? Se llevaban a la gente.

—Tienes razón. Hay que llamar a las cosas por su nombre.

—¿Su mujer no era judía?

Me miró con un ojo cerrado.

—¿De dónde sacaste eso? —me preguntó—. ¿A qué te has dedicado mientras yo estaba en Alemania?

—He pasado mucho tiempo con Piet y Bet Zwaan.

—¿Han jugado fuera?

—Sí, algo así.

Mi padre se sentó al borde de mi cama.

—El colchón se hunde por el centro —suspiré—. Se me había olvidado. Mamá decía que mis nalgas encajaban a la perfección en el hueco.

—Marie no era judía —dijo mi padre—, eso es cierto. Pero Ad tenía que llevar la estrella amarilla, la marca de fuego de los nazis para más señas. Marie murió en el invierno del hambre. Tal vez de hambre, Ad no lo sabía. En la guerra todo es raro. Él todavía se siente culpable. Desde hace unos meses vive atenazado por el miedo. Miedo de ser otra vez un judío solitario en el punto de mira de los nazis. El miedo lo es todo, el miedo es casi la guerra entera, miedo y muerte. Todo lo demás es burocracia, listas con nombres, facturas de cañones y tanques, documentos de identidad, condecoraciones y ese tipo de tonterías.

—Al padre de Bet se lo llevaron —dije—. La tía Jos no es judía, pero él era un prisio… cómo se dice… un prisionero político. Era comunista o yo qué sé, y como también era judío, Bet se quedó sin padre. Era el hermano del padre de Zwaan. Al padre de Zwaan…

—Sí, ya lo sé —me interrumpió mi padre—. Y por lo que veo, tú también lo sabes ahora.

—"Tres parvulitos sentados en una valla —murmuré—. Sentados en una valla…".

—¿De qué hablas?

—"… un bonito día de septiembre".

—¿Quién, quién?

—Aaron, David y Jacob.

—Santo cielo.

—Tú no me cuentas gran cosa. De hecho, nunca me cuentas nada. ¿Por qué nunca me has contado nada acerca de esos tres?

—¿Cuáles tres?

—Los tres niños sentados en la valla.

Mi padre suspiró.

—Ahora tienes que dormir, Tommie.

—Me llamo Thomas.

—Ya lo sé.

—Zwaan es el hijo de David y Bet es la hija de Jacob.

Le tiré de la manga.

—Aaron todavía vive. Está en Estados Unidos, pero no sé si tiene hijos. Nunca se lo he preguntado a Zwaan.

—Es verdad —dijo mi padre—, a lo mejor tiene hijos.

—Y esos hijos serían primos de Bet y Zwaan.

—¿Por qué te preocupa tanto todo esto?

—No me fío del tío Aaron.

Mi padre me miró fijamente.

—¿Por qué no?

—Cuando la tía Jos mejore, Zwaan va a volver a Ámsterdam.

—La tía Jos es la madre de Bet, ¿verdad?

—¿Sabes una cosa?

—Dime.

—Yo creo que Zwaan se va a ir.

—¿Adónde?

—A algún sitio. ¿Cuántos años duró la guerra?

—Cinco.

—Y ¿eso fue mucho tiempo?

—Eso fue muchísimo tiempo.

—Por aquel entonces mamá nunca estaba enferma, ¿cierto?

—No —contestó mi padre.

—Tú a veces sí, ¿eh?

—¿Yo?

—Sí, no salías de la cama, y mamá decía que estabas enfermo.

—La vagancia no es una enfermedad.

—¿Tenías miedo?

—Supongo que sí.

—¿No te acuerdas?

—Me acuerdo de todo.

—Y ¿ese todo… es mucho?

—No, es muy poco, pero más que bastante para una sola persona, créeme.

—¿Puedo preguntar?

—Mañana puedes seguir preguntando. Y pasado mañana.

—He pasado un tiempo en casa de Bet, Zwaan y la tía Jos —dije.

Él me miró con gesto ausente. ¿Ya lo sabía o le había vuelto a entrar por un oído y salir por el otro?

Me acarició la cabeza y me dio un beso en la frente. La ropa le olía a tabaco.

A continuación se levantó y cerró despacio las puertas.

No me dormí directamente. Me quedé pensando en la guerra con los ojos cerrados.

Era como un sueño en el que tú mismo decides lo que va a pasar.

Voy paseando con mi padre por la ciudad. Hace frío. Él lleva un abrigo viejo y va con las manos metidas hasta el fondo de los bolsillos. Un nazi le dice con un ladrido que saque las manos de los bolsillos. Mi padre empieza a toser de los nervios y saca sus manos pálidas de los bolsillos. "¿A qué viene eso?", le pregunto. "Tiene miedo de que lleve un arma de balas escondida y dispare contra él", me contesta. Vuelvo la mirada hacia atrás. El soldado se rasca el fondillo mientras habla animadamente con una chica que lleva un carrito lleno de tablones viejos. Tomo de la mano a mi padre. Tiene la mano caliente y noto que se asusta de lo fría que está la mía.

Abro los ojos.

Un arma de balas. Una de las muchas expresiones raras que utiliza mi padre. Sus zapatos no son zapatos, sino botas de marcha.

Se me cerraron los ojos. Los pensamientos se transformaron en sueños. Ahora ya no tenía nada qué decidir.

Estamos en guerra. Estoy en la buhardilla grande. Lo sé porque en el techo hay vigas largas de madera oscura. A mucha distancia de mí se distingue una cama a la luz tenue de una lámpara. Me acerco a la cama y veo a Zwaan con la cabeza apoyada en la almohada. De pronto, Zwaan se despierta sobresaltado, se incorpora y me mira a los ojos.

Apeldoorn

AL CABO DE UNAS SEMANAS, mi padre y yo nos fuimos de Ámsterdam. Por fin pude subir a un tren. Pero no era lo que yo había esperado. No podría alardear de mi viaje con nadie, porque íbamos a vivir en Apeldoorn mucho tiempo y allí ni tenía amigos ni haría ningún amigo nuevo. Pero eso todavía no lo sabía cuando subí al tren.

Yo iba enfrente de mi padre. Me dejó sentarme mirando hacia delante.

El tren no se decidía a salir de la estación. Mi padre se quedó adormilado. Siempre se queda adormilado cuando no hace nada. Volvió a despertar cuando el tren echó por fin a rodar.

Por la ventanilla se veía de todo: personas pequeñitas en bicicletas pequeñitas, carros pequeñitos que circulaban más despacio que el tren y se iban quedando atrás. Yo disfrutaba del ruido de las ruedas sobre los rieles y el silbido que emitían las chimeneas de la máquina de vapor.

Mi padre me miró satisfecho.

—¿Te gusta viajar en tren? —preguntó.

Yo no dije nada y seguí mirando por la ventanilla un tanto sucia de mi asiento. Al cabo de un rato ya había visto todo lo que había que ver: prados y más prados con vacas iguales en todas partes.

—¿Por qué no buscas un trabajo en Ámsterdam? —le pregunté.

—Lo he intentado, hijo, pero no lo he conseguido. Una prima de Fred conoce al director de la fábrica de cartón de Apeldoorn. Cuando le contó que soy artista y que estaba buscando trabajo, él dijo que de vez en cuando organizan eventos sociales y que podía ofrecerme un trabajo.

—Y ¿cuál va a ser tu puesto en la fábrica?

—Trabajador social.

—¿Qué es eso?

—No tengo ni la más remota idea.

En Apeldoorn no conocía a nadie. Cuando salía a dar una vuelta me perdía por calles desconocidas.

Al principio me acordaba de Bet y de Zwaan de vez en cuando, pero en aquella ciudad no había ningún lugar donde hubiéramos estado juntos, de modo que me olvidé de ellos. En realidad me olvidé de todo. En clase no sabía cómo se llamaban los demás niños. Un peluquero me dejó el pelo demasiado corto y cuando me miré en el espejo vi a un pueblerino que tampoco conocía.

Mis recuerdos se derritieron como la nieve en primavera.

Zwaan y Bet se habían marchado. Y yo también me había ido.

En Apeldoorn yo era un forastero y no había nada qué hacer.

Cuando paseaba por el bosque, oyendo crujir la hojarasca bajo mis pies, con arañazos en las manos a causa del brezo, no me sentía forastero y volvía a ser yo mismo: un chico con nostalgia de una casa señorial en Weteringschans.

Por lo demás, hacía las cosas normales: dormía, comía, soñaba y corría por las calles y los parques. Pero no servía de nada, me sentía perdido, incluso cuando estaba con mi padre en la cama aquella que crujía.

Una noche me desperté sobresaltado.

Mi padre roncaba suavemente, pero eso no era lo que me había despertado. No me puse a dar vueltas, no, dejé que siguiera durmiendo tan tranquilo.

Me quedé mirando el techo.

Las cortinas estaban medio abiertas y en la habitación se veían sombras de ramas.

Me puse a pensar que Zwaan había vuelto a Ámsterdam y que estaba solo en la cama doble y no podía dormir. Seguro que había estado todo el día buscándome por la ciudad, pero no me encontró porque yo estaba en el maldito Apeldoorn.

Cerré los ojos y soñé con Ámsterdam.

Allí todavía es invierno. Veo a Zwaan caminando solo por la Galería. No hay nadie más que él. Lo veo cruzando Amstelveld, donde tampoco hay ni un alma. Veo cómo se asoma a la barandilla del puente de Hogesluis y mira el hielo del Amstel. Bet camina sobre el hielo y lo saluda desde abajo. "No encuentro a Thomas en ningún sitio", grita Zwaan. "¡Qué te importa a ti ese sinvergüenza!", contesta ella. Zwaan se encoge de hombros, porque sabe que cuando Bet está de malas, lo mejor es no hacer ni caso.

Abrí otra vez los ojos y volví a Apeldoorn. Era una noche cálida de verano. Mi padre roncaba a mi lado y yo volvía a ser un forastero.

Al cabo de cuatro meses volvimos a Ámsterdam.

En el tren iba pensando: "Más rápido, más rápido".

Pero el maquinista consideraba que el tren ya llevaba la velocidad suficiente.

Le dije a mi padre:

—¿Estarán todavía en Deventer Zwaan y Bet?

Él me miró sorprendido. En Apeldoorn no los había nombrado ni una sola vez.

—¿Están en Deventer? —preguntó mi padre—. Apeldoorn está muy cerca de Deventer. Si lo hubieras dicho, podíamos haber ido un día a verlos.

"Carajo", pensé.

¿Por qué no sabía eso? ¿Por qué nadie me decía nunca las cosas importantes? Siempre tenía que averiguarlo yo todo después, cuando ya era demasiado tarde. El mundo entero se podía ir al infierno.

El verano sin nubes y sin lluvia

ÁMSTERDAM. Es mediodía, primer domingo de agosto. Estoy mirando por la ventana. Mi padre se ha quedado dormido en su cama, en la habitación del pasillo.

Los largos meses en Apeldoorn parecen más lejos que el invierno con Zwaan. Y eso que todavía no he dormido en mi propia cama.

Veo el agua sucia del canal y los jardines descuidados de las casas de Weteringschans y es como si hace apenas unas horas me hubiera despedido de Bet y Zwaan en la estación.

Qué tontería.

Cuando se fueron aún helaba. Ahora hace tanto calor que se derriten hasta las baldosas de nuestra acera.

En Apeldoorn yo iba por la calle apestando a Ámsterdam. Aquí todo apesta a Ámsterdam. Aquí no llamo la atención y ya no soy un forastero.

En todo caso, un recién llegado.

Cuando nos bajamos del tranvía en la calle Vijzel respiré por fin tranquilo. Me entraron ganas de salir corriendo por Lijnbaansgracht y no parar hasta llegar a casa. Desde la parte trasera del tranvía, un chico me gritó: "¡Eh, tú! *¡Careculo!*". En mis oídos sonó: "Bienvenido a casa". Él llevaba botines negros de invierno. Me recordó a Zwaan.

Me acerqué a la mesa, cogí la carta de Zwaan y la leí por enésima vez.

Querido Thomas:

Estoy en Estados Unidos. A mí también me resulta raro ahora que lo leo en mi propia carta. Tú lo estás leyendo ahora y seguro que te resulta más raro todavía. Vine en barco con mi tío Aaron a principios de junio. Él no quiere que lo llame tío. Tengo que llamarlo Aaron. Tío le parece muy poco, y papá, demasiado. Durante la travesía me mareé muchas veces, ya te puedes imaginar. Pensé que me moría. Pero cuando vi la Estatua de la Libertad me comí dos biscotes y ya no me volví a marear más.

No fue fácil arreglar los pasajes.

Mi tío Aaron iba de una oficina a otra y echaba pestes de los burócratas holandeses y su afán de entrometerse en todo. "¿Por qué no se queda Piet con su tía y su prima?", le decían. Mi tío contestaba: "Soy el hermano de su padre. Soy la única persona que tiene de su familia, además de su prima Albertina, pero Albertina es una niña de trece años, señora, y no puede ocuparse de él. ¿Por qué se entromete usted en los asuntos de nuestra familia?". Así es mi tío Aaron. Siempre dice cosas que sería mejor no decir. A una entrometida no debes decirle nunca que no se entrometa, porque no lo soporta y lo único que consigues, por decirlo a tu manera, es que te traten como una mierda. Sin embargo, tras varias semanas de enfrentamientos y súplicas, mi tío Aaron consiguió arreglar los papeles. Una señora insistía en que no le iban a dar mi custodia. Sí, Thomas, solo tenemos diez años y pueden hacer con nosotros lo que quieran: darle nuestra custodia a quien ellos decidan, entregarnos temporalmente a alguien o incluso obligarnos a llevar una gorra con el nombre de su organización. Aunque reconozco que estoy exagerando un poco. Perdona. ¿Sabes lo que hizo mi tío Aaron cuando la señora dijo eso? Se puso a llorar. Y cuando un hombre con una chaqueta elegante y un sombrero se pone a llorar, hasta la persona más entrometida se alarma. La señora de la organización también se puso a llorar y mi tío Aaron consiguió lo que quería por fin.

Estuvimos unas semanas en Ámsterdam

Pero no recordaba dónde vivía tu tía Fie.

Quería ir a contártelo. Te busqué por todas partes. Recorrí el Amstel entero, te esperé fuera en Stadstimmertuin, pero todo fue en vano. Nadie sabía dónde estabas. Anduve deambulando por Amstelveld. Llamé a gritos delante de tu casa de Lijnbaansgracht. Me sentía como un traidor. No un traidorero. Un traidorero es un bromista, y a un bromista no le puedes reprochar nada. Yo era un TRAIDOR con mayúsculas. La tía Jos estaba enterada de mis planes, pero Bet y tú no sabían nada. No me atrevía a contárselo. No quería echarlos de menos y pensé que a lo mejor ustedes tampoco querían echarme de menos a mí. Te preguntarás por qué me he venido entonces a Estados Unidos. Te lo voy a explicar. Me vine con el tío Aaron porque me tenía que venir con el tío Aaron. No tenía otra opción. A veces me pasaba horas despierto mientras tú dormías. Pero nunca dudaba si debía irme o no. Tenía claro que me iba a ir. ¿Sabes qué es lo más curioso? Que uno siempre está solo. Siempre he tenido esa sensación. Y cuando más solo te sientes, es precisamente cuando estás cerca de las personas que más te quieren y a las que tú más quieres. A mis tíos Piet y Sonja también los quiero. Pero ellos viven en Deventer. Cuando estuve allí unos meses con Bet, lo pasé fatal. Paseaba por las calles mojadas de la ciudad y trajinaba otra vez en la vieja buhardilla que tan bien conocía. Y pensaba: "Estados Unidos está lejos y allí estaré lejos de todo. Lejos de las personas que quiero, pero también lejos de todas las personas que ya han muerto, a quienes ya no puedo preguntar nada".

Tu decías muchas veces que tu padre olía a tabaco. No se me olvida.

A veces pienso que yo no sabré nunca cómo olía mi padre. A lo mejor olía a menta o a papel nuevo. Y ¿a qué olía mi madre? La tía Jos siempre huele a perfume. A lo mejor mi madre también olía así. Pero ¿cómo olía por las mañanas a la hora del desayuno? Una vez se lo pregunté a mi tío Aaron y le hizo mucha gracia. Me dijo que en nuestra familia todo el mundo olía a jabón dulce. Pero mi tío Aaron es demasiado mayor como para charlar con él como si fuera un amigo. Él me quiere mucho. Pero también quiere mucho a todas las mujeres que huelen a jabón dulce. Cada mes tiene una novia distinta. Unas son más simpáticas que otras, pero todas opinan que mi tío Aaron es un gran cocinero. Aaron es un llorón. Ya ni me asusto cuando lo veo llorar. Llora por gusto. A veces hasta me animo cuando se pone a llorar. Una vez le pregunté que por qué había emigrado a Estados Unidos y me contestó que para llorar de nostalgia y remordimiento. En Brooklyn a nadie le parece raro ver a alguien llorar. Pero yo no lloro nunca. Tal vez te preguntes cómo es la gente de aquí. Hay de todo. No sabría decir. Cuando miro por la ventana de mi cuarto en casa de Aaron me da vueltas la cabeza. Es como estar encerrado en la torre de un castillo. En la esquina hay una tienda de periódicos, revistas y caramelos. Delante de la tienda hay siempre un viejo indio sentado en una sillita demasiado pequeña para él. Pero no pienses que lleva un traje de indio. Lleva un pantalón, una chaqueta y una corbata, toda ropa vieja de hace muchos años. Cuando paso por delante de la tienda, siempre está ahí sentado. Mi tío Aaron me dijo que no está sordo, que sabe hablar, leer y escribir y que tiene hijos que trabajan en el puerto. Pero le gusta el silencio. Y yo le dije que en aquel cruce no es que hubiera mucho silencio.

"Es que le gusta el silencio en medio del ruido", me dijo mi tío muy solemne.

Me paso mucho tiempo mirando al indio.

A veces sueño que estoy sentado en una silla en Amstelveld y que tú pasas por delante y me preguntas: "¿Qué haces aquí, Zwaan?". Y yo te contesto: "Estoy escuchando el silencio en medio del ruido, Thomas". Y tú dices: "El silencio en el ruido, vaya huevonada. Seguro que lo has leído en algún sitio". A lo que yo replico: "Se lo he oído decir a mi tío Aaron, así es como él habla". Entonces me levanto, te echo un brazo al hombro y nos vamos a pasear por la ciudad. "Tienes razón", te digo. "Ruido es ruido y silencio es silencio. No eres tan tonto como pareces, Tommie". Y tú me dices: "Me llamo Thomas". Bonito sueño, ¿no?

En Estados Unidos estoy lejos de todo.

Nunca había escrito una carta tan larga como esta.

Las palabras me salen solas. Aquí hay plumas que no hace falta mojar todo el rato. Es muy cómodo. ¿Sabes lo que pasa, Thomas? Que en Holanda yo no tenía recuerdos. Deventer no era más que un recuerdo de unos minutos, ¿entiendes? No me acordaba de nadie de antes, no tenía recuerdos del jardín de infancia o de jugar en la calle. Pero aquí, en Estados Unidos, sí tengo recuerdos. Me acuerdo del día que estuvimos paseando por la ciudad Bet, tú y yo. Me acuerdo de aquella película tan fantástica. Los dos nos enamoramos de María Montez, ¿te acuerdas? Estar enamorado solo no tiene gracia, ¿no piensas tú lo mismo? Esos no son recuerdos de un par de minutos. Son recuerdos que ocupan la mitad de una noche. Una vez que tú no estabas, la tía Jos me dijo: "Thomas y tú se parecen mucho".

¿Tú crees que nos parecemos, Thomas?

Estaría bien, ¿verdad? Porque entonces yo estaría todavía un poco en Ámsterdam. Qué bobadas digo, ¿no crees?

Acabo de releerlo todo y es verdad: tremendas bobadas.

En Brooklyn hay amplias avenidas desconocidas y un batiburrillo de casas: unas muy altas y otras tan bajas como una casita de campo. Los negros tocan música en la calle. A todas partes donde voy, es la primera vez que estoy allí. No conozco nada y eso es algo que necesitaba. En Brooklyn comprendo por qué me fui.

Después de la guerra no me acordaba de Ámsterdam. La tía Jos y Bet vinieron a buscarme. Me resultó muy amargo tener que despedirme de mis tíos Piet y Sonja. Cuando llegamos a Ámsterdam y salimos de la estación Central, reconocí la ciudad al instante. Me fijé en los tranvías, los autos y la gente que iba de un lado a otro, unos hacia el centro, otros hacia la estación. Se me olvidó de golpe que había pasado varios años en otro sitio. Eché a andar. Bet y mi tía Jos querían ir en tranvía, pero las convencí para que fuéramos andando. Pasamos por el Damrak, Rokin, Regulierbree. Miramos las fotos del Tuschinski, pasamos por delante de la estatua de Thorbecke. Escupí en el canal y las ondas que se formaron en el agua me resultaron familiares. No fuimos a la calle Den Tex. Fuimos directamente a Weteringschans. En aquella ciudad había vivido, pero no tenía recuerdos de verdad. Sabía por Bet que mis padres, mis tíos y mis primos también habían vivido en Ámsterdam. Pero las cosas que te cuentan los demás no son recuerdos. Ahora estoy aquí, en Estados Unidos, en Brooklyn, y tengo recuerdos de verdad. Ahora vivo en una ciudad en la que no había estado nunca, donde no conozco a nadie ni tengo familia. Excepto mi tío Aaron, claro. A veces, cuando miro a Aaron pienso: anda, se parece a... ¿a quién? Y no encuentro la respuesta.

No me tomes en serio, Thomas. Yo no hablo mucho. Pero escribir no es hablar. Escribir es pensar. Escribir es pensar bobadas. Pensar es siempre una bobada, yo creo.

¿Te acuerdas de lo que me contaste de los nadaístas y los algoístas? Aquí no hay nadaístas. En Brooklyn todos son algoístas. Aquí hay italianos y negros y yo qué sé cuánta gente más. Y todos creen en algo. Aunque la verdad es que aquí sobre todo hay judíos.

Cuando voy por la calle en Brooklyn soy ciento por ciento judío. Pero cuando me meto en la cama por la noche soy muchas veces el chico de Deventer que no sabe nada de judíos. A veces me vuelvo chiflado de pensar en ello. Mi tío Aaron me lleva con él a todas partes. Unas veces visitamos a una familia de judíos muy devotos, otras veces una familia de judíos muy alegres que hablan todos a la vez y cuentan un chiste detrás de otro. Mi tío Aaron tiene ahora una novia que siempre anda quejándose de que está muy gorda. A veces se pone delante del espejo y se mata de risa. "O compramos un espejo más grande o tendré que quitarme unos kilitos", dice. En Brooklyn me río mucho. Ya hablo bastante bien inglés. A veces no me doy ni cuenta de que estoy hablando en inglés. Pero leo en voz alta, porque si no, no entiendo lo que dice. Hace poco estuve en casa de una familia y había dos mujeres polacas. Habían sobrevivido un campo de trabajo y me miraban con ojos tristes. Para ellas, yo era un judío europeo que había perdido a toda su familia. Me preguntaron en qué campo de trabajo habían estado mis padres, pero yo eso no lo sabía. Ellas me contaron dónde habían estado y me hablaron de las cámaras de gas de campos de trabajo con nombres alemanes. Mi tío Aaron se puso a llorar, pero yo no. Yo me alegraba de enterarme por fin de algo. Pero luego por la noche no podía dormir. Entonces pensé en ti y en Bet y en la tía Jos, y comprendí que Bet y mi tía sabían mucho más que yo. Pensé: "Mañana vuelvo a casa, voy a recoger a Thomas, nos vamos a buscar un perro sin dueño que lleve muchos días sin comer y le damos un festín de cuidado. Y dejamos que se quede con nosotros para siempre". ¿Sabes?, en aquella casa también había gente que no había vivido la guerra. Yo en realidad tampoco viví la guerra. Pero aquellas dos señoras lo habían sufrido todo en sus propias carnes. ¿De qué grupo formaba parte yo? No lo tenía claro. A mí nadie me había hecho daño y tampoco había visto cómo le hacían daño a nadie.

Y, sin embargo, soy distinto que los que estaban tranquilamente en Estados Unidos durante la guerra, lejos de todo peligro. Sentí envidia de aquellas dos señoras y creo que ellas lo comprendieron. Me dijeron que les preguntara lo que quisiera, que estaban dispuestas a contármelo todo. "No saber nada es lo peor", decían.

Muchas veces siento nostalgia.

Pero me gusta la nostalgia. Sobre todo la nostalgia de las personas y las casas que conozco.

Quiero saberlo todo, pero no todo de golpe.

¿Te cansas de mí? Estoy muy lejos. Esa es la cuestión: no estoy aquí, estoy lejos. Lamenté muchísimo que no estuvieras en Ámsterdam cuando estuve allí con mi tío Aaron. No tuviste ocasión de conocerlo y ver cómo es y cómo habla. Mi tío Aaron sabe cantar muy bien Sonny Boy. *Estuvo muy mal por mi parte que no te dijera nada de mis planes. Tú a lo mejor ya no estás enfadado conmigo, pero yo sigo enfadado conmigo mismo. Ah, por cierto, mi tía Jos ya está bien otra vez, ya se acuerda de que vive en Weteringschans y me envía cartas muy cariñosas. Bet todavía no me ha escrito. Según mi tía Jos, está enfadada. Pero dice que no me preocupe por eso, porque solo se puede estar enfadado con alguien a quien quieres de verdad. Yo solo les he enviado cartas muy cortas. No me atrevo a hablar demasiado cuando las escribo.*

El perverso traidor de Estados Unidos te acaba de escribir la carta más larga de su vida. Pensarás que soy un sentimental y no te falta razón. Pero me da igual. Nadie puede escribir una carta larga sin sentimentalismo.

Nos volveremos a ver algún día. ¿Por qué no?

¿No lo crees? Es bueno creer en ello. Nunca se sabe qué va a pasar. Te echo de menos.

Adiós, Thomas, adiós.

Tu amigo Piet Zwaan

Lunes. Estoy asomado a la ventana con casi medio cuerpo por fuera.

Mi padre baja las escaleras canturreando en francés. Apenas oigo el ruido de la puerta al cerrarse.

Lo veo alejarse por la calle. Al llegar al puente de Reguliersgracht se detiene.

Seguro que está pensando: "¿Me he despedido de mi hijo?".

Se da la vuelta y al verme en la ventana alza el brazo y se pone a saludarme durante tanto tiempo que me acaba poniendo nervioso.

Solamente se va a dar un simple paseo, pero con esa despedida tan estúpida cualquiera diría que no piensa volver nunca jamás.

Agosto. Mes de vacaciones.

Todos mis amigos se han ido a la playa o a la montaña. Y eso que no tengo amigos.

Por el canal pasan un señor y una señora mayores agarrados del brazo. Van vestidos de negro riguroso, el hombre lleva un sombrero, y la mujer un tocado. Para esos dos no es verano. A esos dos les duelen los huesos y tienen los dedos de los pies helados, pero de calor.

Alguien tiene que decirles que hace ya tiempo que ha terminado el invierno.

Y alguien me lo tiene que decir a mí también. Pero ¿quién?

De pronto veo a alguien en la sala trasera de la tía Jos y contengo el aliento. Una maldita sombra me impide ver si es un hombre o una mujer, un niño o una niña.

En cualquier caso, lo que está claro es que hay alguien en la casa de Weteringschans.

Voy paseando por Lijnbaansgracht. Cuando paso por delante del callejón del zigzag reduzco el paso. Hasta en un día tan soleado como hoy, parece un callejón frío y oscuro.

¿Dónde estará Ollie Wildeman?

Seguro que está sudando en la playa de Zandvoort. Ollie suda solo con intentar resolver una suma. Yo sudo sobre todo por la noche, cuando me entra sofoco de ese calor que se siente pero no se ve, porque el sol ya ha desaparecido pero no se ha llevado consigo el calor del día.

Pienso en Zwaan buscándome como un loco por todo Ámsterdam.

Pienso en aquella noche en Apeldoorn, cuando me desperté sobresaltado y supe que Zwaan me había estado buscando en Ámsterdam por el día.

Qué curioso.

¿Era pura casualidad o no?

Mi padre me dijo en una ocasión que a veces la gente se pone a rezar para que llueva y al cabo de un minuto se pone a diluviar por pura casualidad.

Me da igual lo que diga mi padre.

Paso por la calle Den Tex.

Cuando pienso en la carta de Zwaan empiezo a canturrear. Cuando vuelva a casa la quiero leer otra vez como si la leyera por primera vez.

Mirar a mi alrededor también ayuda.

Una mujer gruesa está sentada en un taburete pelando papas. De vez en cuando hace una pausa y se limpia el sudor de la frente con el dorso de la mano en la que tiene el cuchillo.

Me detengo y la miro.

Por lo demás, no hay ni un alma en la calle Den Tex.

La mujer se agacha y echa una papa en un cubo de agua. El agua le salpica la cara y ella disfruta del frescor. Pero cuando se da cuenta de que la estoy mirando, deja de disfrutar y se pone a negar con la cabeza.

En aquella calle todo el mundo niega con la cabeza. Nada cambia, por mucho tiempo que te vayas de casa.

Llamo al timbre de la casa de Weteringschans. Noto los latidos del corazón en la garganta.

Aquí no tienen una campanilla sino un timbre eléctrico. La tía Jos se asusta hasta del ruido del timbre.

Se abre la puerta.

Subo la escalera con piernas de plomo. No sé si la tía Jos sigue viviendo allí.

Un hombre con gafas y bigote fino espera en lo alto de la escalera. Está bostezando y apenas se fija en mí.

—¿Está en casa la señora Zwaan? —pregunto educadamente.

—Sí —dice el hombre—, deja aquí la compra.

—No traigo la compra, señor.

Por fin me mira.

—¿A qué vienes entonces?

—¿Está Bet en casa?

—¿Eres un compañero del colegio? —pregunta.

—No, yo no voy al *gymnasium*.

—Johan —oigo que dice la tía Jos—, dale veinticinco céntimos a ese chico.

—No es el chico de los recados —dice él.

—Y ¿quién es?

—¿Quién eres? —me pregunta.

—Tho... Thomas.

—Un tal Thomas —dice mirando hacia dentro, subiendo la voz.

La tía Jos no responde.

—Ya me voy —digo.

El hombre se pone a buscar en los bolsillos con el ojo izquierdo cerrado. Tras revolver un poco encuentra una moneda de veinticinco céntimos y me la ofrece.

—No hace falta, gracias —le digo—. ¿Es usted médico?

De pronto se abre la puerta de la sala trasera y sale la tía Jos.

Parece más pequeña, como si se hubiera mermado. Tonterías, por supuesto. Sigue estando tan delgada como una vara. Hoy va vestida muy elegante. Lleva una camisa satinada de color negro con un cuello blanco de encaje y largos pendientes. Tiene los labios pintados de rojo oscuro y hasta fuma un cigarrillo.

Se queda mirándome.

—Ay, Thomas —dice al cabo de unos instantes—. Qué pálido estás, hijo. ¿No tomas el sol lo suficiente?

—El sol me importa un comino —contesto—. Ya me iba. Bet no está en casa, ¿verdad?

—Es un amigo de Zwaan —le dice la tía Jos al señor—. Un amiguito de Lijnbaansgracht.

—¿Estás ya mejor? —pregunto.

Los dos me miran sorprendidos.

—Eh… o sea, ¿está usted ya mejor, tía Jos?

—En esta casa ya no hablamos de eso —contesta ella.

—¿Dónde está Bet?

—Bet está pasando una temporada en casa de su abuela. Es lo mejor para todos.

—Y ¿quién friega los platos ahora?

La tía Jos ríe nerviosa.

—Es un atrevido —le dice al hombre.

—¿Dónde vive su abuela?

—Eh… en la avenida Saxen Weimar.

—¿Qué número?

—Oye, jovencito —dice el señor—, preguntas demasiado, ¿no te parece?

—No, Thomas —interviene la tía Jos—, es mejor que no vayas a buscarla. La pondrías nerviosa.

—Zwaan se ha ido a Estados Unidos.

La tía Jos me mira como si le hubiera dicho que Zwaan se ha tirado por la ventana.

—Yo sé por qué se ha ido a Estados Unidos —digo—. ¿Tú también lo sabes?

—Qué grosero —resopla el hombre—. Así no se le habla a una mujer que podría ser tu madre.

—No —dice la tía Jos—, no debes decirle esas cosas.

—¿A ti qué te importa cómo hablo? —le digo al señor.

La tía Jos intenta darle una calada al cigarro, pero hace rato que está apagado.

—¿Dónde está la avenida Saxen Weimar?

—Lejos —contesta el señor—, muy lejos.

—Y ¿por qué habría de ponerse nerviosa Bet si me ve, eh? —pregunto elevando la voz—. Quiero verla. Quiero saber de Zwaan, o ¿no lo entiendes?

—Antes de ayer recibí una carta de Aaron —dice la tía Jos con suavidad—. Piem está muy bien. Come mucho, duerme la noche entera y…

—He recibido una carta de él.

—¿De Piem?

—Sí, de Zwaan.

—¿Del propio Piem?

—Sí, cuatro páginas. Una carta espléndida.

La tía Jos alarga la mano y el hombre se la agarra.

—Tengo que evitar cualquier preocupación —dice ella—. No tengo otra opción, Thomas. Déjalo.

—Zwaan me buscó por todas partes en Ámsterdam. Pero yo no estaba en la ciudad. ¿Por qué no le dijiste que no se podía ir a Estados Unidos?

—Eso no te lo puedo explicar en la escalera, Thomas.

—Y ¿dónde me lo puedes explicar?

—Ya lo comprenderás más adelante —dice el señor sin hacer la más mínima intención de soltarle la mano a la tía Jos—. Ahora debes irte.

"Son todos unos *traidoreros*", pienso. Pero no voy a llorar. Me quiero ir a Estados Unidos, pero eso es imposible. Adonde sí puedo ir es a la avenida Saxen Weimar, ya me las arreglaré para averiguar cuál es el número.

—Tienes cara de mono con tifus —le digo al hombre.

—¡Pero bueno! —exclama la tía Jos—. ¿A qué viene todo eso?

Me doy la vuelta, bajo corriendo la escalera y en voz baja, de forma ininteligible, digo:

—Sucios *traidoreros*.

Se puede preguntar por una calle. Pero el señor y la señora a los que preguntas resulta que son de Groningen y ni siquiera saben en qué calle están en ese momento.

En la plaza de Leiden le corto el paso a una mujer.

—Esa no es forma de comportarse —me dice cuando le grito "avenida Saxen Weimar" al oído—. No estoy sorda. Si me preguntas educadamente, tal vez te ayude.

—¿Sabría decirme dónde está la avenida Saxen Weimar, señora? —pregunté.

—Muy bien —dice ella—. Y ahora límpiate la nariz.

Saco del bolsillo un viejo pañuelo de mi padre y me limpio la nariz.

—El pañuelo de Bet lo dejé en Apeldoorn —digo después de sonarme.

—Y ¿qué vas a hacer en la avenida Saxen Weimar? —me pregunta.

—Tengo que ajustar cuentas con Bet.

La señora se ríe.

—¿De qué te ríes?

—Te haces el duro, pero no eres tan valiente como pareces.

—Dime de una vez dónde está esa avenida.

—¿La avenida Saxen Weimar, decías?

La mujer deja su bolsa en el suelo y señala con un dedo índice llamativamente limpio.

—Eres un cabeza de chorlito —dice—. Te voy a indicar el camino más fácil. Vete hasta el final de la calle Overtoom y cuando llegues allí pregúntale a alguien dónde está exactamente la avenida Saxen Weimar.

—Hasta el final de Overtoom —repetí—. Eso haré. Gracias, señora. ¿Quiere que le lleve la bolsa un rato?

—Sí, claro, y seguro que luego me cobras veinticinco céntimos, ¿no es así?

—Cinco céntimos —digo.

La señora agarra su bolsa.

—Pórtate bien con esa chica —me dice—. Si no es especialmente guapa, dile que tiene los ojos muy bonitos. Y si por casualidad fuera linda, también se lo dices.

Las chicas guapas siempre sufren de pensar que no tienen nada bonito.

—Es más fea que un macaco.

—Bah, tú todavía no sabes nada de eso.

Overtoom es la calle más larga del mundo entero. No se acaba nunca. Cuando por fin llego a la solitaria avenida Saxen Weimar estoy cansado, tengo calor y llevo un buen rato sudando. Ni siquiera sé cuál es el número y no pienso ponerme a llamar a todas las puertas. Lo único que puedo hacer es sentarme en la acera y esperar. Quién sabe, a lo mejor dentro de un rato sale Bet de alguna casa. O a lo mejor no.

La avenida Saxen Weimar es tan aburrida como la calle Den Tex. Son de esas calles donde siempre parece domingo. No hay transeúntes, no se ve gente tras las ventanas, estoy solo con el sol, el calor y mi ropa sudada. Me hierve la cabeza.

Luego volveré a casa. Pero ¿qué es luego? Luego es lo contrario de nunca, más no se puede decir.

Ni siquiera quiero ver a Bet.

Me pica la costra que tengo en la rodilla, por el calor.

Es como si no estuviera aquí, a pesar de que estoy en la acera, veo la calle vacía y oigo el estúpido pío-pío de los pájaros.

Pienso en Zwaan.

Me viene a la cabeza la historia que me contó de cuando todavía era un enano y subió a pulso él solo por la barandilla de la escalera, sin nadie detrás de él y sin nadie esperándolo arriba.

Me lo contó durante el largo y frío invierno.

No estoy dormido, pero como vea a Bet saliendo con paso firme de una de las casas, me voy a despertar de un sobresalto.

Bet se acerca por la acera. Los ojos empiezan a hacerme chiribitas.

Cuando recupero el sentido de la vista, tengo delante de mí a Bet con cara de sorpresa.

—¡Tú por aquí! —exclama—. ¿No te habías ido?

—¿Te has cambiado las gafas?

—No.

—Parece como si tuvieras otras gafas.

—Me he cambiado el pelo.

¡Es verdad! De pronto me doy cuenta de que tiene el pelo muy corto.

—Te queda muy mal.

—¿Qué haces aquí?

—Nada, me gusta sentarme en las aceras y hoy me apetecía probar la acera de esta calle. Mañana me voy a la otra orilla del IJ a buscar otra acera. Para algo estamos de vacaciones, ¿eh?

—¿Te ha dicho mi madre que estoy en casa de mi abuela?

—Sí. Pero no me ha querido decir el número. He recorrido la calle Overtoom entera.

—¿Tantas ganas tenías de verme?

—¿Vas a hacer recados? No llevas bolsas.

—Han pasado muchas cosas, Thomas.

—¿Ayer, hoy? —pregunto somnoliento.

—¿Estás despierto, Thomas?

—No. ¿Has pasado de curso en el Barlaeus?

—No, tengo que repetir. Me las van a pagar.

—Yo todavía no sé si paso de curso porque he estado en Apeldoorn. Será lo primero que pregunte cuando empiece otra vez la escuela. ¿Te acuerdas de Alí Babá?

—No me gusta pensar en el día de ayer.

—¿El día de ayer? Qué huevonada llamarlo así.

—Piem y tú hacían mucho ruido. En casa de mi abuela estoy muy tranquila.

—¿Te gusta estar con tu abuela?

—Eso no es asunto tuyo.

La observo con detenimiento. Con aquel pelo tan corto parece una chica de la que inevitablemente te tienes que reír. Pero no me río. No se me pasa por la cabeza. No le gusta estar en casa de su abuela. De eso estoy seguro.

—Thomas, no me mires con esa cara de superioridad —me dice.

—Tienes unos ojos muy bonitos.

—¿Te ha dado una insolación?

—¿Qué es eso?

—Que se te derrite el cerebro y pierdes temporalmente la razón y te tienes que meter en la cama.

—En la cama hace demasiado calor.

—Me voy a dar un paseo.

Me levanto lentamente.

No es un reencuentro muy alegre que digamos. A Bet no le pega un reencuentro alegre. En ese sentido no me ha decepcionado.

—He recibido una carta larguísima de Zwaan —le digo—. Está en Estados Unidos. Ese país está muy lejos. Zwaan quiere pensar en nosotros, pero no tenernos cerca.

Bet se da media vuelta y se aleja.

Algo me dice que no puedo dejar que se vaya.

Vamos caminando con toda calma junto a la valla del parque de Vondel.

—Yo no sabía nada —dice Bet.

—¿De verdad?

—No, no es verdad. Lo sabía todo, pero no quería saberlo.

—O sea, que para ti no fue una sorpresa.

—Fue una sorpresa muy gorda precisamente porque lo sabía.

—Yo no me he enterado hasta que he leído la carta de Zwaan veinte veces.

Noto que Bet no ha escuchado lo que he dicho.

—El muy granuja nunca me contó sus planes —dice—. Una noche me lo soltó todo de repente. Yo me puse a gritar y le tiré del pelo.

—Estás loquita perdida por Zwaan.

—¿Tú no?

—Yo también —contesto, y de pronto me doy cuenta de la estupidez que he dicho, supongo que será a causa de la insolación.

—Estados Unidos —resopla Bet irritada—. Como si allí necesitaran judíos.

—Según Zwaan aquello está lleno de judíos.

—Sí, en Brooklyn sí, que es donde él vive. Yo le dije que teníamos que ir a Palestina, yo primero y luego él.

Bet me vuelve la espalda, se agarra a las barras de la valla y mete la cabeza entre ellas. Dos niños pequeños la miran desde el interior del parque como si fuera un mono triste y solitario encerrado en una jaula.

Me pongo junto a ella.

—Piem no quiere ir a Palestina —dice sin mirarme—. Decía que él prefería ir a un país donde los judíos viven entre todo tipo de gente, no solo judíos, porque sus padres vivían en un país así. El muy imbécil, el muy asno.

—¿Qué le pareció a Jos que Piem se fuera a Estados Unidos?

—¿Sabes lo que dijeron las cuidadoras de Casa Irene?

—No.

—Dijeron que el *shock* fue bueno para mi madre. ¿No te parece raro?

—Rarísimo —contesto.

—Ella llevaba mucho tiempo con miedo de que Piem se fuera. Pero cuando se presentó delante de ella en Laren y le dijo que se iba a Estados Unidos con el tío Aaron, cayó de sus hombros una carga muy pesada. Ya no tenía que seguir viviendo con miedo.

—Vaya... —suspiro—. ¿El tío Aaron no fue con él a Laren?

—Él fue más tarde. Estuvo una tarde entera con mi madre, desde el mediodía. Eso es todo lo que sé. Mi madre no me quiso contar nada y el tío Aaron tampoco. Nunca quieren contar nada cuando hay algo importante que contar.

—¿Quiénes?

—Esos que tienen más años que nosotros.

—Los mayores.

—Sí, también puedes llamarlos así. Yo sé muy poco de ellos y ellos saben muy poco de nosotros. Aunque ellos también han sido jóvenes. Tienen esa ventaja. A lo mejor lloraron juntos, a lo mejor rieron. Mi madre y el tío Aaron.

—O las dos cosas.

—Con los mayores nunca se sabe.

—Zwaan ya no está aquí.

—Se ha esfumado.

—Dice que se mareó mucho en el barco.

—Pues muy bien.

—¿Era bonito el barco?

—No sé, yo no lo acompañé al puerto. Me fui a ver a mi madre a Laren.

—Qué mal —digo.

—Nos tomamos un té con una galletita y no hablamos de Piem. Ella no quería que yo sufriera y yo tampoco quería que sufriera ella. El tío Aaron y Piem se fueron en tren a Róterdam, que es de donde salía el maldito barco. Yo había quedado con ellos en la estación Central para ir con ellos a Róterdam. Pero no aparecí. Tremenda decepción debieron llevarse, ¿no crees?

—No lo dudo —repliqué—. Estoy seguro de que se llevaron una decepción de campeonato.

—¿Tú crees que les hice una mala pasada?

—Bastante —contesté—. Zwaan no pudo despedirse de ti desde la cubierta del barco.

Bet mira al vacío. Está enfadada con Piem. Y quien no tiene ocasión de arreglar una disputa, permanece enfadado con la otra persona. Me gustaría consolarla, pero no sé cómo se hace eso.

—Zwaan ya no va a volver nunca, Tommie.

Por primera vez llama Zwaan a Piem.

—Y nosotros no vamos a ir a Estados Unidos —añado.

Por mucho que me mire voy a seguir siendo Tommie. No me voy a convertir de repente en Zwaan.

Atravesamos el parque de Vondel.

Tengo la impresión de que Bet ha crecido. De pronto se da cuenta de que la estoy mirando y encoge la espalda. En invierno, cuando hacía frío, a lo mejor iba también siempre con la espalda encogida, pero no se le notaba porque todavía tenía el pelo largo.

Hay poca gente en el parque.

Lo bueno es que allí tengo menos calor que en plena ciudad, gracias a las largas y tranquilas avenidas y el murmullo de los árboles.

—¿Has tenido una charla agradable con mi madre?

—No. Había un señor.

—¿Cuándo has ido?

—Hace dos o tres horas.

—Y ya estaba allí… Cada vez va más temprano.

—Se tomaron de la mano.

—Por favor, Thomas, no necesito saberlo todo.

—Es un hombre alto.

—¿Quieres hacerme rabiar, o qué?

—Tu madre llevaba ropa muy elegante.

—¿Tenía los labios pintados?

—Sí, mucho. De rojo oscuro.

—¿A qué olía?

—No sé.

Bet se ríe.

—¿Por qué te ríes?

—Está enamorada de ese señor —afirma—. Y ¿sabes por qué?

—Ni idea.

—Porque él está enamorado de ella. Ese hombre está enamorado de mi madre desde la escuela secundaria.

Le dije a mi madre que no quería volver a verlo, que lo odiaba, que come con demasiada ceremonia, habla como un pedante y siempre lleva los zapatos brillantes como espejos. Mi madre se enfureció y me dijo que no me metiera en sus asuntos. Seguro que se acaba casando con él y entonces tendré que llamarlo papá o padre o yo qué sé. Antes prefiero morirme.

Nos sentamos en un banco del parque, dejando un espacio entre nosotros.

—En este banco caben fácilmente tres personas —digo al cabo de un largo silencio.

Ella asiente con la cabeza.

Yo sonrío. A Bet no hace falta explicarle nada. Ella lo capta todo.

—Mañana se sentarán aquí otras personas —digo.

—Y ayer también se sentaron aquí otras personas —añade ella.

—Ayer es raro. Y mañana también es raro. Pero hoy es más raro todavía.

—Hoy es lo más raro que existe —dice Bet.

—Aquí es donde te sentaste con tu padre cuando tenías seis años, ¿cierto?

—Aquí no, en otro banco. Da igual. Entonces hacía bastante frío.

—Todavía no había empezado la guerra.

—No, todavía no había empezado.

—Y no dijeron nada, ¿verdad?

—Ni una sola palabra.

—Y a pesar de ello, todavía te acuerdas.

—Me acuerdo perfectamente.

—La tía Jos dice que no te debo poner nerviosa.

—Por mí me puedes poner todo lo nerviosa que quieras.

—Y ¿qué tengo que hacer?

—Pregunta.

—¿Piensas mucho en tu padre?

Silencio.

—¿Piensas mucho en Zwaan?

De pronto cierra los puños, los presiona contra las rodillas, se inclina hacia delante y mira furiosa la gravilla.

—¡No lo soporto! —exclama—. No es que eche de menos a Zwaan, es que sin él no soy nadie. Solo me queda la familia de mi madre, pero no he llorado ni una vez. No soy capaz de llorar.

—Pues yo soy capaz de llorar cuando quiero.

Bet me mira. Sus ojos son pequeños y penetrantes tras los cristales de sus gafas.

—Y ¿alivia?

—¿Qué?

—Llorar.

—Ah, sí —contesto.

—Y ¿por qué yo no consigo llorar?

—¿No decías que lloraste aquí, en este parque, cuando tu padre se puso a bailar alrededor de un árbol y a ti te daba vergüenza?

—Sí, pero entonces tenía seis años.

—Tu tío Aaron llora mucho y es mucho mayor que tú.

—Tú sabes que mi tío llora y yo ni siquiera lo sabía —replica enojada.

—Me lo ha contado Zwaan en su larguísima carta.

Bet me mira irritada.

—Cuéntame más cosas de esa carta.

—Esta noche la voy a leer otra vez.

—¿Qué dice?

—De todo. Es una carta espléndida. Mañana la voy a leer varias veces más.

—¿Habla de mí?

—Por supuesto.

—Yo no soy una persona fácil, Tommie. Para nadie.

—Yo también discutía mucho con mi madre.

—¿Por qué?

—Porque era muy gruñona.

—Y ¿te arrepientes?

—¿Qué?

—Que si te arrepientes.

—Ni que estuviera loco.

—¿La viste muerta?

—Fugazmente. Cerré los ojos enseguida. Mi padre se dio cuenta y me sacó rápidamente de la habitación del hospital.

—¿Piensas mucho en ella?

—Yo qué sé. Quién sabe.

Bet se vuelve a reír. De pronto se levanta del banco y se acerca a mí.

—A lo mejor Zwaan no se atreve a escribirte una carta larga —digo.

Ella se quita las gafas y asiente con la cabeza.

—Tienes unos ojos muy bonitos.

Se vuelve a poner las gafas.

—Si me voy a Estados Unidos, te llevo conmigo.

En mi boca se forma una sonrisa sarcástica. Nadie cumple una promesa hecha en un parque un día de sol.

—Mañana salgo de viaje —dice rabiosa—. Me voy con una amiga a un campamento de verano. Mi madre dice que tengo que divertirme con otros y no encerrarme en mí misma. Voy a divertirme con otras chicas, Thomas. Voy a bailar, saltar y reír.

—¿Es rubia tu amiga?

—Qué tonto eres.

—¿Puedo ir con ustedes?

—No.

—Me lo temía.

—¿Me tienes ojeriza, Tommie?

—Sí, te tengo una ojeriza de mil demonios.

—El verano es un rollo, ¿verdad?

—Sí, el verano es la peste.

—Seguro que volvemos a vernos.

—Como si me importara un carajo.

—Tommie, Tommie, ¿quién te va a enseñar a ti a hablar bien?

—Voy a escribirle a Zwaan.

—Pues no pongas palabras feas, ¿vale?

Me quedo pensativo. Yo me sé muchas palabrotas. Pero la mayoría no sé ni cómo se escriben. En la escuela no te enseñan a escribir palabrotas.

Bet me extiende una mano. Mi mano está húmeda de sudor, su mano está seca y fría. A continuación se da la vuelta con determinación y se marcha con paso firme.

La sigo con la mirada.

Al llegar a la valla se detiene, se da la vuelta y me despide con la mano en alto, tomándose su tiempo.

Yo no le devuelvo el saludo directamente.

Pienso en Zwaan.

Cuando miró hacia el muelle desde la cubierta de aquel maldito barco, Bet no estaba allí para despedirlo con la mano en alto, porque estaba con la tía Jos en un jardín en Laren.

Alzo la mano.

¿Estará pensando Bet en Zwaan en este momento?

Tengo los ojos húmedos, pero eso es todo. Soy capaz de llorar como el que más, pero ahora no me da la gana.

¿Se está riendo Bet o no?

No lo veo bien.

No, por supuesto que no se está riendo. Bet no es ese tipo de chica.

Voy caminando por una de las largas avenidas del parque de Vondel. Estoy cansado. A duras penas consigo poner un pie delante del otro. Puedo echar a correr o puedo echarme a descansar en el césped. Por todas partes hay césped.

Miro hacia el sol.

Quién sabe, a lo mejor en este mismo momento Zwaan está en Brooklyn mirando el sol y piensa: a lo mejor Thomas también está mirando el sol en este momento.

Cuando vuelvo a mirar al frente no veo nada. La luz del sol me ha deslumbrado.

No, no voy a echarme a descansar al césped.

Poco después echo a correr como un loco.

Estoy solo. Nadie corre detrás de mí y yo no corro detrás de nadie. Alzando los brazos, lanzo un grito al cielo.

El autor: **Peter van Gestel**

Peter van Gestel (Ámsterdam, 1937) se ha labrado un nombre en los Países Bajos como guionista de radio y televisión. A finales de los años setenta, empezó a escribir para niños y jóvenes en revistas y periódicos. Sus personajes son jóvenes que no han renunciado a sus particularidades por afán a pertenecer o conformarse, con una visión taciturna y de asombro entre ellos. Reconocido por sus diálogos auténticos, cercanos al mundo real, Van Gestel es poseedor de un gran sentido del humor y una habilidad para perfilar la compleja psicología de sus personajes.

Hielo de invierno, su libro más aclamado, ha recibido los siguientes reconocimientos: Gouden Griffel, Woutertje Pieterse y Nienke van Hichtum. En 2006, Van Gestel recibió el premio Theo Thijssen por su obra literaria.